京都という劇場で、パンデミックを観る

古川日出男

河出書房新社

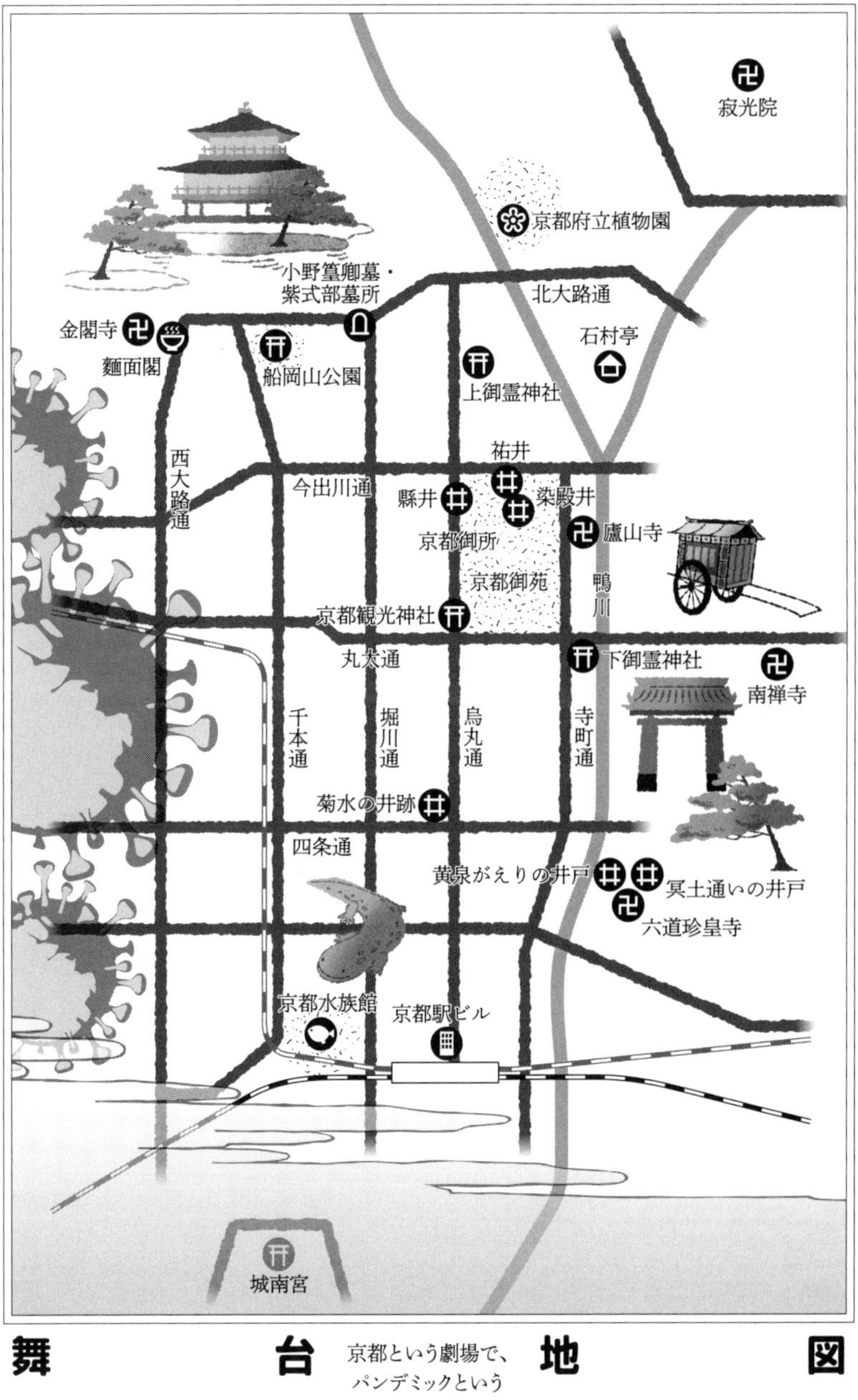

舞台地図

京都という劇場で、
パンデミックという
オペラを観る

装幀　アルビレオ
装画　アワジトモミ
地図制作　小野寺美恵

京都という劇場で、パンデミックというオペラを観る

目次

ココアかカブトガニか？

「時代が変わった」と人びとが感ずる時に社会には新語が氾濫する。その、変わったという様相に人びとが慣れたり、変わった時代が「終わったかもしれない」と感受して、また終焉を期待しはじめる時に死語が増殖する。この序文は死語クイズから出発したい。この序曲ならぬ序文は、二〇二四年の春にしたためられているが、いまから二〇二〇年から二〇二一年にかけて日本社会に氾《あふ》れた新語、かつ二〇二四年時点での死語を幾つか挙げる。四つに絞ることにして、一つだけ贋《にせ》ものを交えよう。一、マスク会食。二、ズーム演劇。三、自粛ポリス。四、僕チン未接種。説明を若干補えば、三の自粛ポリスはむしろ自粛警察との語《ことば》のほうが認知度をあげた。また、四、は「自分は新型コロナウイルス用のワクチンの接種を切望しているのに、叶えられていない」との意思表明であって、ワクチン全面反対派——これは反ワクとの新語／死語で呼ばれた——とは正反対の態度の表明でもあった。やや自虐のニュアンスがあって、だからボク（僕）とワクの響きが重ねられていて、使用者のジェンダーは問われなかった。というのは嘘である。よってクイズの正解は四なのだが、呆れられる前に説明したい。この序曲ならぬ序文の、この書き出しの意図を。

二〇三〇年に、いまの設問はどれほどの正答率となるか？

それを僕は予想もできないでいるのだ。

たとえばズーム演劇とは「ウェアラブル端末の黎明期に、コンタクトレンズ状の装置を眼球（おもに両眼）に嵌め、オペラグラス不要で舞台芸術を鑑賞（もっぱら拡大視《ズーム・イン》）した行為のこと」と説いたら、新型コロナウイルスのパンデミック宣言――二〇二〇年の春だ――から十年後、二十年後を生きる子供たちはほぼ全員が真《ま》に受けるのではないか？　僕はなんだか確信できてしまう。

いま「真に受ける」と書いた。その真とは、真実の真、である。

そして真実とは、僕が半世紀以上を生きてきて感ずるところ、以下のような性質のものである。

私の記憶にはあるがあなたの記憶にはない、という出来事は、なかなか多い。

私の記憶にはあるが社会の集合記憶にはない、という出来事も数多い。

すると、それらの出来事は現代史（現代《いま》の歴史）から抹消される。

「いやいや、誰かは記録しているだろう」とあなたは切り返すだろうか？　イエス、記録はした。しかし記録と記憶は――僕はさらっと断じてしまうが――まるっきり違う。冒頭の死語クイズ、あれは愉快な冗談のつもりも僕にはあった。ここからはあなたに本気で質問する。ココアと聞いてあなたは何をイメージするか、いま？　もちろんあの甘い飲料、チョコレート味のあれ、そうなるだろう。しかしココアとは日本の厚生労働省とデジタル庁が提供したスマートフォン向けの新型コロナウイルス接触確認アプリのことで（も）あって、COCOAすなわちCOVID-19 Contact-Confirming Application＝新型コロナウイルス接触確認アプリ、である。二〇二〇年六月に導入された。しかし不具合、トラブルがいろいろとあった。およそ二年後、運用終了と相なった。なぜそんなことになったのだろうか？　あるいは、どのような成果ならば出たのだろうか？　僕が眺める範囲では、ほとんど誰も検証していない。それはなぜなのか？　誰も答えてくれない。そしてココアといったら感染症対策のアプリケーション、とは二〇二四年の春のいま何人《なんぴと》も連想しないのだ。

つぎの質問へ移ろう。カブトガニと聞いてあなたは何をイメージするか？

「生きた化石」？　イエス。しかし新型コロナウイルスの感染爆発のことは連想しないのだろうか。そのためのワクチンのことは？　むしろ、いまのあなたの眉間には皺《しわ》が寄っていたりするのだろうか？　この著者は何を言っているのだ、と。僕は、ワクチンとカブトガニ（剣尾類《けんびるい》に属する節足動物）とは劇的かつ劇烈に関係する、と言っている。その事実を詩にも書いた、かつて。長篇詩『天音』という本を僕は二〇二二年十一月に上梓しているのだが、そこから引用する——

日本列島のうちの　九州の北西には　カブトガニが訪れる
この剣尾類の血は青い
その青白い血液からは
ライセート試薬が得られる
別名はリムルス変形細胞溶解物といって
内毒素なるものを検出できる
そうした唯一の天然資源で
だから　それゆえに
ＣＯＶＩＤ－19のワクチンの製造には必須
それゆえに　だから
何十万匹ものカブトガニが捕獲されている

年間何十万匹もの
西暦二〇二〇年のパンデミック以降であれば　期待値を込め
　年間で何十億万匹ものカブトガニが採られる

　これで説明は事足りるだろう。もちろん捕獲されて血液を採られた（というか盗《と》られた？）カブトガニの何パーセントかは、最悪の見解だと三〇パーセントもがこの採血によって死んでいる。にもかかわらず日本人が、また、われわれ現代《いま》の人類が、カブトガニと聞いて新型コロナウイルスの感染爆発を、そしてワクチン製造を連想しないのだとしたら、ひと言で断じられるのだけれども、罪深い。

　パンデミック下の暗鬱な世界で僕はある段階から危機感を持った。記憶のための記録をしようと思った。それは社会の集合記憶、もしかしたらホモ・サピエンスの集合記憶に貢献したいということでもあった。つまり簡単に言ってしまうと「書いておかないとな」と直覚したのだ。それゆえパンデミック下のその日常に関する文章が商売《ビジネス》的には無価値になる時期から書きはじめて、その記録の内側の物語が終わった時期の少し後のところで書き終えた。

　なんだか厄介なことをボソボソ語っているような序文になってきたので、これから先はスパッと書こう。かつ短くまとめ、この序文を序奏ならぬ助走としよう。本文への助走、だ。意識していたのは二つ。恣意《しい》的な記録には意味がないから、それは定点観測とならねばならない、パンデミックはこの世界を翻弄しているのだから、ある一点（定点）に碇《いかり》を下ろさなければならない、もっとも相応なのはどこか？　僕は、京都だ、と躊躇なしに自答していた。グローバルな事象――それがパンデミックである――にぶつけるべきは地域性である、しかも魑魅魍魎《ちみもうりょう》すらネイティブであるような極端な地域

（土地）である、と了《さと》っていた。「おいでやす」と誰かから誘われたわけではないが、そこで僕は、押しかけつづけたのだった。二つめ、これは執筆／記録に当たって意識していた事柄の第二だが、パンデミックは数多《あまた》の悲劇をもたらした、と同時に喜劇的な状況も社会にもたらしていて、それがたとえば（現在《いま》はもう死語である）自粛ポリスの出現なのであって、あの「他者排撃」の感情爆発――感染爆発ではない――はなんだったのか、なぜ、あのような当時の空気も検証されないのか？ あんなポリス《おまわりさん》の誕生は喜劇性の窮《きわ》みだったと僕は感ずる、するとパンデミックには悲劇があった、喜劇もあった、だとしたら欠けていたのは？

欠けているのは？

歌劇だ。

と、僕は即答した。自分にだ。自分という文学者にだ。

よし。オペラをやってやろうじゃないか。それが京都の〝物語〟であれば、たぶん護符にもなる。

このような経緯《いきさつ》で僕はこの文章、この散文の極北たる文章に臨んだのだ。

オペラ神社へようこそ。

この社《やしろ》の境内には哲学の森もあるので、京都の哲学の道、さらには糺《ただす》の森の代わりにもどうぞ。たっぷり思索し、散策し、そして異界も探訪しましょう。ほら、地獄を覗いたり……ね。そうなのです、人類……いいえ人類文明のその歩みは死屍累々《ししるいるい》だったのですよ。

京都という劇場で、パンデミックというオペラを観る

第一部　Untitled（無題）

一

伊庭靖子　京都

画家の伊庭靖子《いばやすこ》さんと話をする。

彼女のアトリエで。二〇二二年八月二十二日に。

「今日はよろしくお願いします。これはメールにも書きましたけれど、パンデミックに入った直後の時期の、あの、都市の屋外に……むしろ都市の屋内外に、かな？　人がいない感覚、あの独特の感覚が、伊庭さんの作品を鑑賞している時にもあるのだ、と今年になってから僕、気づきまして。これはメールには書きませんでしたが、僕はコロナ禍《か》の日本でいちばん大変なのは、やっぱり京都だろうなって感じてたんです」

「えっ、どうしてですか？」

返された言葉には、ほんの少し、その抑揚に都《みやこ》の響きが感じられる。

伊庭さんは京都市に生まれ育ち、いまも京都を拠点に活動されていて、父親も祖父も画家である。

「観光都市じゃないですか。京都は。それも日本国内では独り勝ち《ひと》の」

「ああ……」

僕は、そうか、そこに暮らしつづけている人間には京都はぜんぜん観光都市ではないのだなと悟る。ただの地元だ。

「だから観光客が減って、ほら、インバウンドは激減ですよね？　そういうのは致命的だろうと、まあ思ったわけです。一昨年《おととし》の春からの、この、パンデミック、それがいちばん苛烈に影響したのは京都だろうな、って。外部の人間として想い描きました。『よそさん』って言ったらいいんですか、そういう僕には観光客の影がほとんど見当たらない京都の市中《まちなか》って、『もはや、それは京都じゃないんではないか？』と言えてしまう。

言い過ぎですけどね。

僕はでも、パンデミックになってから関西には一度も来てないんです。

今回が初めてです。三年にはなりますね。ゆうに三年ぶりには。

だから『観光客たちの姿の消えた京都』の実際の姿というのを、僕は実際には目にしていない、それもあって余計に想像しました。妄想もです。ベースには報道の映像があります、『京都は、現在、こうなってます』って。それから事情があってＹｏｕＴｕｂｅとかにアップされる動画も見たり。たとえば二〇二〇年の五月、それから六月七月八月の金閣寺とかね。『そこには誰もいません』の衝撃。

信じられないなあ、と思うわけです。

もちろん東京もですね、おんなじでした。屋外からだいぶ人間が減って。一回めの緊急事態宣言の時には、ほんと相当減って。ただ、僕はここ京都のことをですね、ほら観光都市と認識していたので、エコノミックに、だから、きつさは半端なものではないだろうと。

　そして伊庭さんの絵を、想い起こしたんです。

　メールに書いたことを、もう一度言うと……。

　伊庭さんの絵画作品の、その前に立つ時に、ほら基本は静物画じゃないですか？　それを見ているんだけれども、その対象（静物）に、周りがあるんですよね。周りっていうのは、描かれている陶器の、その置かれた空間で、でも鑑賞者の僕は、そっち側にはいないわけです。だけれども、そっち側を感じて――それから次第に、絵と、鑑賞者の自分との間に、何かがある、何かがいる、そう思えはじめる。

　けど、その何かは、作者じゃないんですよね。

　伊庭靖子じゃない。

　ギャラリーにいても美術館にいても、金縛りにさせられる作品があって、ふつうは単純に『見飽きない』って言うんですか？　ただし、この言葉は違うと思う。その作品の内部《なか》か、その手前かに、何かがある、何かがいるから、じっと見てしまう。けれども見えないんですよ。あったし、いた、でも、ないし、いない……みたいな？　それが、僕には、いちばんパンデミックの恐怖がきつかった頃の都市の風景みたいで、それこそコロナの風景画だって感じられる。静物が描かれていても。

　という感覚を、僕は持ってしまって。

　勝手に持ってしまって。

　だから『伊庭靖子の話を聞きたい』って、そう思ったんですね。

それでギャラリーの……」

僕は知人の名を出す。もう十年以上のつきあいになるギャラリー・オーナーの名前。その恵比寿のギャラリーでは伊庭さんも数度個展をしている。グループ展も何度か（その一つには僕も関わった）。


こうしてインタビューの前ふりとして多めに言葉を費やしても、やはり何かは足りない。圧倒的に不足している。それは伊庭さんに対して、だが。この文章には——この文章の読者に宛《あ》てては——二つのことを書き足す。一つめは二〇一九年七月二十日から十月九日まで開催されていた、東京都美術館を会場とする伊庭靖子の大規模展『まなざしのあわい』のこと。この個展に僕は、じき閉幕という十月四日の夜、足を運んだ。この年の十月四日は金曜だった。金曜日は晩《おそ》い時間までオープンしている、それが「夜に足を運んだ」根拠だ。東京都美術館は台東区の、上野恩賜公園内にある。二つめは観光という問題、これは物語という問題と連なるというか、絡まっているということ。

この一つめと二つめの間の、だから一・五と言ってもいいのだろうけれど、そこから行く。

新型コロナウイルス感染症は二〇二〇年二月十一日に世界保健機関（ＷＨＯ）によってＣＯＶＩＤ-19と命名された。お終《しま》いの数字はこのウイルスの発見年を示す。二〇一九年だから〝19〟である。そして、僕はこのウイルスがどのような起源を持つのかを言い切れる知識はないのだけれども、二〇二二年十月のある全国紙の記事では、「二〇一九年十一月二十二日……中国湖北省武漢市で……初めて確認」とあった。この記述を信頼するならば、ＣＯＶＩＤ-19のパンデミックは〝19〟（＝二〇一九年）のうちでも十一月以降に出発点がある、と言い切れる。伊庭靖子展が閉幕するのも、僕が鑑賞するのも、その前である。

また、観光の問題と物語の問題の連なり、絡みから京都を語るのは、出発点から後の経過《なりゆき》をもって、となる。

それでは補足の一つめ。

『まなざしのあわい』展のあらましを伝えることで伊庭靖子がいかなる作風の画家か、を説明する。

この展覧会には、しかしながら、版画（シルクスクリーン）も映像も展示された。版画家というのは画家の分類のその一部だ——次位《サブ》のジャンルに入る——とは言えるから、それはよいとして、映像作家は画家ではない。それでも僕は「伊庭靖子は画家だ」と捉えている。ならば代表的な作品は、どのようなものか？　静物を描いている油絵である。モチーフはたとえばクッション、たとえば陶器。壺などだ。

人物は描かれない。要するに人物画というジャンルには関係しない。

けれども『まなざしのあわい』展の時点で、出展されている版画は風景画で、だから「静物画しか描かない」と断じることはできない。いずれにしても、静物、風景ともに抽象性はない。それどころか写実的なのだけれども、このだけれどもに、伊庭靖子のなにごとかがある。

具象画としてのクッションがある。幾つもある。シリーズである。いずれも無題——「Untitled」だ。ほかの情報は何年制作の何番としかない。そのうちの、ひとまず二〇〇六年のクッションのどれか、そのどれかに模様がある。模様があるから、模様を見る。しかしクッションも見る。クッションには生地があって、そのうえに柄があるのだから、この油彩は立体的である。ということは写実的である。という解説ですむはずである。

しかし、すまない。

実際に鑑賞するとわかる。ということはつまり、実際にそうしなければ理解が（または想像が）及ばないわけだが、そこに描かれているクッションを見ているとか、クッションの一部を眺めているとか、そういう理解から遊離した感覚に、だんだん嵌まる。または、そういう感覚をだんだん抱《いだ》きはじめる。

二〇一六年から二〇一九年にかけてのシリーズはどうか。

こちらのシリーズにも題名はない。「Untitled」としかない。しかし一貫したアプローチがあり、たとえば二〇一八年の二番めの壺は、ガラス製なのか陶器なのか、それが判然としないのはアクリルボックスに入れられているからだ。また、シリーズのその他のいずれのモチーフも、やはり同様にアクリルボックスに入れられてしまっている。すると当然、そのアクリルそのものも油彩に描かれて、けれどもアクリル樹脂はほとんど透明だ、だからそのものは描けないに等しい、それゆえアクリルボックスに反射している情景が描き出される。二〇一八年の二番めの壺であれば、後方の面に、反射した壺（第二の壺、壺の影）が。のみならず底の面にも、反転する壺が。一つ、それから第二の壺（壺の影）の反転像が、二つめとして。

情景がそのように描かれる。情景が増える、多重化する。

のみならず、光も増える。アクリルには光が映り込んでいるから。

その光の様態まで描かれる。

そこまで鑑賞する体験は、どこか過剰で、超越的である。

具象性のあるものに対峙しているとは到底言えない。具象画を凝視しているのにもかかわらず――だけれども。

この『まなざしのあわい』展での伊庭靖子の最新の試みが、映像だった。ランダム・ドット・ステレオグラム、すなわち点《ドット》だけで構成されている立体視のための画像。これは両目の視線を交叉《こうさ》させると3D映像が現われる、ということだったが、はたして僕は、ちゃんと見たのか。見られなかったのか。訝《いぶか》しい。立体視ができていない間は、それは単なる砂嵐である。しかしザーザーともジージーとも言わない。また、ちゃんとは見られていないかもしれない僕にも、「そうか。伊庭靖子は粒子でもって何かを描いているのだな」とは理解させた。言い換えると、「伊庭靖子は画家だ」と納得させた。

ちょっと静けさについて追記したい。伊庭靖子の絵画は静かである。版画にも（そこに描かれる風景にも）音響をやんわりと抑え込むような感触がつらぬかれている。映像は、前述したけれども、表層は騒がしさに満ちているのにザーともジーとも言っていない。

それを「静まり返っている」と表現すると、そこにもまた、パンデミックに突入した直後の世界の、あの、独特の感覚がある……と僕には言えてしまう。呼応しているようだぞとの印象を語れてしまう。

だが一歩、立ち止まりたい。

僕は二〇二〇年にずっと日本にいて、だから「このパンデミックの災禍は、視覚的だ」と感じた。想像を絶する禍《わざわ》いであるのに、マスクを着用しなければ駄目、会話をしては駄目、演劇公演も音楽公演も駄目、歌って騒いだら非難囂々《ごうごう》、そうした日々が続いたから、「この悲劇は聴覚には訴えないな」と思っていた。しかし異論はあると思う。自分でだって異議は唱えられる。たとえば「その年（二〇二〇年）ならば、三月半ばのイタリアはどうだ？」――と。この頃はイタリアの感染状況がもっとも他国、他地域から「大丈夫なのだろうか。この先」と危惧されていた。医療現場が崩壊に瀕している、いいや、もう崩壊したかもしれない、そうした報道が続いていたように僕は記憶する。事実、イタリアのその全土には移動制限がかかった。散歩も駄目、ジョギングも駄目、食料品店と薬局以外はいっさいお店は開《ひら》いては駄目。とうに学校などの施設は鎖《とざ》されていたから、イタリアの人びとは基本的に家の内部《なか》に籠もり、そして——沈黙しなかった。僕は、あるニュースに、たしか「ベランダ音楽会で連帯」のような見出しを読んだ。どういうことかと言うと、自宅の窓辺に立ったのだ、イタリアの各地で、人びとが。

そして歌った。

楽器を奏でた。

互いを励まし合った、大声で、歌って、騒いで。

しかし距離《ディスタンス》は保ちながら。

あるプロの声楽家の映像も、何度か観た。彼は自宅のベランダに出る、そしてプッチーニの歌劇『トゥーランドット』からアリア「誰も寝てはならぬ」を熱唱する。その美声を宙《そら》に放つ。

つまりその時期のイタリアには、イタリアを覆ったパンデミックの災禍には、聴覚的な側面が強《したた》かにあり、ぜんぜん静まり返らないのだった。

二階で、三階で、一階と四階と九階とで、合唱も行なったのだった。

という映像を、けれども僕は、日本の僕たちは、画面越しに視聴して、それはテレビ画面のこちら側だったりスマートフォンのこちら側だったりして、こちら側すなわち日本の社会は、黙《もだ》していた。

補足の二つめ。

観光都市・京都との視角から、観光そして物語……と掘りたい。

京都であれば幾々たびも訪れている。が、初めて行ったのは高校の修学旅行で、僕は十七歳だった。東北地方の地元（福島県郡山市）とこの古都とは空間的にも隔たるのだけれども、翻弄されたのは京都の内部《なか》での時間的な隔たりだった。というのは、歴史があまりにも凝集されすぎている。だから江戸時代の室町時代の平安時代の鎌倉時代の桃山時代の、たぶん〝美術〟と呼べるものを中心とした事物が、仏像もだし建築もだし庭園もだが順序《あとさき》を無視して出現する。何百年も隔たっているはずのものが隔たらないで存在している、存在を誇示している、それこそ密《みつ》だと感じたわけだ。僕は学生服の集団の一人で、その、つぎつぎと鼻さきに突きつけられたのにも等しい歴史を、級友たちとわいわい眺めた、粛々と覗き込んだ、まともに見なかった。つまり、いろいろだった。

結局「京都の歴史は不連続である」とこの十七歳は理解した。

それは誤解だろうか？　二泊三日のうちに断片（歴史の断片である）をゴチャッと浴びた青少年の、避けがたい誤解だろうか？

いまの認識にひと言足して、「観光都市・京都の歴史は不連続である」——こう変えたら、どうか？

私見では真理になる。すなわち事実は誤認されていないいないだろう、だ。つぎのようにも言えると思う。京都の観光資源がほぼ無尽蔵であるのは、断片化の賜物だ、と。

ひと片《きれ》ずつは消費しやすい。

破片《ピース》はパッケージ化しやすい。

「盛り合わせ」にできる、ということだ。たとえば寺域神域の。たとえば名所旧蹟の。たとえば美食珍食の。おまけに土産爆買の。ほら二泊三日ぶんのスケジュールはやすやす埋まった。もう詰まった。もし、ここで「歴史とは本来、逐次的・継起的であり、すなわち連続する」といったテーゼを出すと、観光そのものが、観光のためのパッケージ化そのものが斥《しりぞ》けられる。しかし観光は、――この「観光」とは観光をうながす側の謂《い》いだけれども、たぶんこれ（前掲のテーゼ）は踏まえている。そのようなストーリーがある、を前提としている。連続性をきちんと考慮して、そのうえで〝由緒〟を出すのだ。

これが「観光」の戦略だ。

〝由緒〟に、値札をつければ、消費可能となる。

ここに観光が成立する。観光をする側こそが消費の主体だから。背景を学習しないでも物語《ストーリー》を享受できる。その強み。その凄み。しかも京都は「ニッポンの古都」である。一千年余の都《みやこ》である。ここほど連続性に勝る都市はない。結局、日本国内においては無尽の勝利が約されていた。二〇二〇年一月に日本政府観光局（ＪＮＴＯ）が公表したデータでは、訪日外国人観光客の推定値は、前年――二〇一九年に過去最多を記録した。三千百八十八万二千人。このうちの何割が、京都を、ニッポンの古都を無視できたか？

この「無視できたか？」との強気の姿勢が、けれども数カ月で崩れる。

京都市観光協会の発表しているデータによると、二〇二〇年四月のインバウンド（外国人観光客）は、市内ホテルの外国人の宿泊者数との側面で九九・七パーセント減った。前年の同月比で。

こうした展開を、僕は「桁外れの物語力を持ったはずの京都が、ふいに敗れた」と表現したい。歴史の断片に高値をつけていたのが〝由緒〟すなわち物語《ストーリー》で、京都はこれに関して、その集積度、その底なしの度合い、ほか国内最強で、ゆえに無敵だったのだけれども、やにわに一敗地《いっぱいち》に塗《まみ》れた。敗者になったわけだから「うちやぶった者」がいる。

その勝者は誰か。パンデミックだ、となる。

ちょっと整理する。僕は「桁外れの物語力」を持つ京都が敗北したといま書いた。ならばパンデミックの勝利の要因は、それを凌駕する物語力となるはずだ。ここで、あえて異論を僕自身が挟む。インバウンドの激減は、たとえば世界的なフライトの欠航にあった。二〇二〇年四月のことを言えば、四月三日の〇時の段階で早《はや》、日本が入国拒否の対象としたのは七十三の国と地域に及んだ。かように世界各国で出入国制限（渡航制限）がかかっていたわけだから、観光都市・京都のその大敗北は、物語云々《うんぬん》よりも実際的な要因があるのであって……と言える。

言えるのだろうか？

こう表現しては駄目だろうか？　僕たちはパンデミックにやられた。けれども、それ以上に、パンデミックという物語にやられたのだと。

ここは作家として実践してみる。

恐怖の再現を、だ。

その都市は中国にある。中国の湖北省にある。名前は武漢。……ブカン？　そんな都市、あったんだ？　とたいがいの日本人は思った。たいがいの日本人は武漢市を知らず、なのに、二〇二〇年の一月のある日、そこで「新型肺炎」の感染が拡大している、と知る。テレビ新聞雑誌インターネットの報道で。それどころか、武漢の人口というのはおよそ一千百万人だとも知って（なんたる大都市！東京にそんなに劣らない……ニューヨーク市のそれは超えている……）、どうして人口を知る事態《はめ》になったのかを説けば、「一千百万都市の武漢が事実上、封鎖されることに」と同月二十三日に報じられたからで、空港と鉄道は閉鎖され、市内全域でバス、地下鉄、フェリー（武漢は長江と支流の漢江が交わるところである）の運航が停められた。すなわち武漢の住人たちの移動は制限された。武漢市の政府は「戦時状態の措置を実施する」との方針を確認した、と伝えられた。パニックが伝えられた。僕たちは、少し前まで知らないでいたブカンの、巨大都市・武漢の現況を想像した。これは必死のイメージだった。なかなか迫真性を出せないからだ。しかも「新型肺炎」はいまだＣＯＶＩＤ－19との国際正式名称を得ていない。名前なき疾病はいよいよ謎めき、むしろ時めき、より威力を発揮する。

僕たちの想像力に対しても。

武漢は遠かった。しかし。

人はどんどん死ぬ。

感染者はどんどん現われる。中国ではないところに。世界中に。日本にも。

日本国内でも死者が。それが二月十三日のことで、報道はまだ「新型肺炎」と言うのをやめない。三月、世界の感染者数が十万人を超える。イタリアのそれは一万人を超える。三月の三十日にはイタリアの感染者数は十万人を超えている。その前に、十日前にすでに、世界全体の死者数が一万人を超えている。どんどん桁が変わる——桁外れになる——三日ごと四日ごとに状況が変わる。この、三月二十日から三十日までの間に、日本では「二〇二〇年の東京オリンピックは二〇二〇年には開催されない」と決まる。東京で、週末や夜間の外出自粛が要請される。その東京の都知事だが、どんどんカタカナを連発する。感染爆発をオーバーシュートと言う。都市封鎖をロックダウンと言う。それはつまり、「さあ世界標準の破局ですよ」と暗に示すことである。心理に作用させることである。ここで僕たちの想像力はマックスに膨らむ。

そういうことが三月末日までには起きている。

僕たちは恐怖に駆動されている。

その駆動のエンジンを物語《ストーリー》というのだ。


オーケー、パンデミックの物語力の測定は成った。

甚大だった。

さきほど僕は「作家として実践してみる」と言った。容易に察せられるだろうけれども、僕は作家であるからこそ物語、物語とこの鉈《なた》をふるっている。鉈めいた一語を。そうであるのと同時に、京都には物語という言葉がふさわしいからこそ、この鉈を繰り出してもいる。どの物語を例に挙げてもいいのだけれども（『源氏物語』でも『狭衣物語』でも『保元物語』でも）、『平家物語』全巻の現代語訳を著わしてもいるのが僕なので、ここに立脚して、「繰り出しているのだ」と言いたい。

さて。

『平家物語』は平氏の、平家の物語である。ストーリー（物語、歴史、由来）である。

『平家物語』が由緒を解説している事物は多い。

もちろん京都に多い。それから、畿内、西日本、東日本とひろがる。

それどころか、国家（「日本国」）なる枠組みを設《しつら》えて、この枠＝設定を越えるということも可能である。

実践してみよう。

『平家物語』の最重要の人物は、平清盛だ、と言える。それに対するのは（じつは「ライバルは」と僕は書きたいのだけれども）後白河法皇だ、と言える。両者は実在した。『平家物語』は両者をドラマタイズしている。だから脚色に不適なエピソードはこぼれる。が、僕に言わせれば、そこにも物語はあるのだ。一一七二年、これは承安《じょうあん》二年だが、そこを覗く。九月、これは太陰太陽暦での長月《ながつき》だけれども、両者のもとに宋からの使者が来た。宋というのは中国の王朝である。この頃の日中だけれども、国交は閉じている。なぜならば遣唐使（中国への公式使節）が廃止されて久しいからである。が、だけれども使者は訪れたわけで、この宋人は「日本国王」としての後白河に、「太政大臣」としての清盛に、贈り物をした。このあたり、中国はあきらかに日本の国情（後白河、清盛その二者の肩書き）を誤解しているけれども、実態は理解している。そしてどうなったか？　後白河は翌《あく》る年返書を送った。これは「オフィシャルな国家と国家の交わりが、成った。ふたたび開いた」ということである。かつ清盛だが、というよりも平氏はだが、以前から宋との私貿易というのは認めていて、それどころか瀬戸内航路の整備も推し進めていた。そこにこの〝国交〟だった。たちまち日宋貿易で儲けて、結果、大量の宋銭（宋の貨幣）を日本国に輸《うつ》し入れた。するとどうなったか？

日本は貨幣が流通する国家となった。

「まっとうに流通する」の謂《い》いだ。

日本の真の貨幣経済が、実質ここからスタートした。

というエピソードの舞台（主舞台）はもちろん京都で、大切なのは観光都市・京都からの視角だったから、ここで観光業のそのエネルギー源を問うと、金銭だ、となる。たぶん異論は出ない。消費するにも消費させるにもマネーが往き来《ゆき》する。そのうえインバウンド、インバウンドと唱えるに当たっては国境を越えること、越えさせることが意識されている。国家の枠を、だ。僕が言いたいのは京都の観光史を再考しようと試みる、すると、その起点には平清盛がいる、『平家物語』の登場人物たちがいる、という事実、現実である。

だから僕は物語、物語とこの鉈をふるう。

では締めの一点。観光という産業は、現在、グローバル市場を相手にしている。それゆえインバウンド、アウトバウンドが言われる。そして感染症の流行なのだけれども、これは特定の地域にとどまっていればエンデミック、そこから周辺にひろがり出すとエピデミック、世界的な大流行となるとパンデミックで、すなわち、パンデミックはグローバルな土壌——譬喩《ひゆ》的なグローバル市場——があることが要件だ。

フィールドは等しい。

競技場または戦場は。

このように物事を見てから、さて京都はパンデミックに敗北した、と語ると、物語力はなお鋭利に迫る。勝者＝パンデミックの物語力の嵩《かさ》が。

伊庭靖子インタビュー。二〇二二年八月二十二日。

場所は、伊庭さんのアトリエ。上京区にある。

「えー、そうなんですね？」と伊庭さんは応《こた》えた。

おっとりと、と書いてしまうと語弊があるけれども、僕の前ふりを悠々《ゆうゆう》受けとめて、「そんなふうに見ていただいてたなんて」と言った。この、そうである、とか、そんなふうである、というのは、伊庭作品と鑑賞者の間には何かがある、何かがいる、しかし作者（伊庭靖子）ではないとか、あたかもコロナの風景画のようにも事後的に感じているとか、そうした僕の評言を指す。

「私、そういうつもりは、ぜんぜんないんですよ」

「それはそうですよ」と僕。パンデミックの前にパンデミックは描けない。「伊庭さんは、作り手の意図と受け手の理解、その理解が誤解になる、そういう地平？　それを越えて、あの……。意図とは違うものがそこに見られてしまう、このことを事前に織り込んで、組み入れて制作をされているって気がします」

どうですか？　と言わんばかりの物腰に僕はなっていて、だから伊庭さんは笑い、つられて僕自身柔《にこ》やかになってしまい、すると伊庭さんが〝意図〟というこちらの出した語を拾った。

「自分の意図なんですけど。そもそも……。

あっちにもこっちにも取れるようにしている、というか。

プラスマイナス、ゼロをめざす、みたいな感じがあって。

『どう見られてもいい』とは思っています。だから、おっしゃったような印象を、受けてもらえたんだろうし。さっき古川さん、私が……作者が入らないってコメントされましたよね？」

「えっ、入らない？」

「作品と見ている自分との間に、誰かがいるのだけれども、作者がいるわけではない、って」

「言いました」

「それは私、昔からそうしようと思ってたんです、ずっと」

「ずっと。本当ですか？」

「はい」

アトリエにはいま僕と伊庭さんしかいない。このアトリエの空間は一見して「画家のアトリエだ」とわかる。壁に絵画が掛かる。制作途上の作品がある。地色が塗られているだけのカンバスがある。絵筆の束。百本は超えている。絵の具。合成樹脂ラップが上にかぶさる。立てかけられた裏返しのカンバス。写真のプリントアウト。窓。カーテン。エアコン。一眼レフのカメラ。三脚に固定されたカメラ。モチーフ（題材）のクッション。脚立。弓道の弓。七尺三寸だろうか？　伊庭さんは弓道をやる。

「大学に入って、美大の版画科ですけれど、その基礎の授業で『好きなものを描きなさい』と言われました。だから素直に、無邪気に、ちょっと馬鹿だったんですけど、描いたんですね。美しいなって思うイメージを、その、ふつうに女の子の好きそうな？　動物だったり女性像だったりです。そうしたら、笑われたんですね」

「えっ」

「たとえば先輩から、それこそくくくって感じで、こいつ何を描いているんだと笑われて。

猛烈な否定でしたね。

それがトラウマになって。

『自分を出す』って恐いなあって。そこで学んでしまったんです。自分がいいなって思っていることを、題材、テーマを、素直にやっちゃいけないんだって」

「ひねくれてしまった、ということですか？」

「そうですね、その……。というか、出せなくなったんです、自分を。だから『自分の思いは封じ込めよう』って決めて」

「その状態は、その後、何年ぐらい続いたんです？」

「いまもですね」

えっと僕は思って、それはもちろん表情《かお》に出て、すると伊庭さんはシステムについて語り出す。システマティックな制作法の、そのシステム。

「自分がいいと思うものをそのまま描かないためのシステムを構築しました。自分が出ない、自分の思いが出ない、ということです。もしも出ようとしても、そのシステムが邪魔をして抑え込む。

私の思いをです。

だからプラスマイナス、ゼロになります」

抑制のシステム――。

「写真を撮るんですね。まず。

何もないところからは作りません。

何もないところから作ろうとすると、私という、重さ？　濃さ？　それがどうしても入ります。強い思いが、ですね。だから、そうならないように、入り込まないように、初めに写真を撮ります。そして、撮影した写真のなかから選びます。『この一枚は、違うな』『近いな』ってやって。そうやって選んで、それから調整するんですね。その一枚の、内側《なか》の、光の感じだったり……色だったりを。私は、自分が見たいものを、ものって風景や、状況のことですが、そこに現われるように、そこに見られるようにって調整を進めます。これは、自分の思いをコントロールしているんですよね。調整して、制御して。

あの、私は私の表現は信じていないんです。

そういうものは。

私にはなんにもないんです。私の『いいな』って思っていること？　それは全部、何かの影響です。ことごとく影響。私自身ではありません。だから……自分自身の見たいものを、写真に撮って、『これは違うな』『これは近いな』とやるわけです。

そして、これは作品になるかもしれないな、というのを見つけます。

見つけて、それを、さらに、つぎの段階でもって自分自身に翻訳するんですね」

翻訳。

強烈な言葉が出た。

「翻訳することがイコール、光や色の具合などの調整なんですね？」と僕は尋ねた。

「はい。ちょっと変えるというか……写真のその読み方を変える？　すると、できあがってきます」

僕は整理させてもらう。いま、画家・伊庭靖子は、「自分の内部《なか》にはない」と言っている。何もない。しかし、カメラをどこかに向けて写真を撮るのだから、外の世界にはある。ないものがある。外の世界には、それが自分の外部を意味するのだから、当たり前だけれども自分はいない。けれども自分を投影できるなにごとかは存在しているのであって（なにごとかはある、と伊庭さんは信じている）、何枚も何十枚も、もしかしたら何百枚も？　と撮影された写真のいずれかに、「あっ、これだ（あっ、これかもしれない）」という一枚は発見される。この、外の世界を翻訳すると、だんだんと、そこにはいない自分が現われ出す。

ゆえにその写真は、描いてもよい一枚、となる。


伊庭靖子は写真から油彩を描いている。いま、ちょっと、説明が遅れた。

伊庭靖子はその目で見たモチーフをじかには描かない。

クッションも陶器も。

撮影し、その写真をもとに制作を進める。

ゆえに写実的だ、と（ひとまず）言われる。


「いいな、って思うんです。古川さんは『自分が現われ出す』っておっしゃいましたけど、私が、何をいいなと感じるのか、感じることができるのかってことを、写真が、その写真の調整が、ですね、わからせてくれて。それから制作しますよね？　そして完成して、もしかしたら気に入りもしますよね？　この瞬間に初めてこれだって気づけるんです。これが見たかったんだって。

だから……。

結局……。

なんて言うのかな、自分が『これをしたい』っていうのは、まず、ないんです。だけれども、描いてみて、仕上げてみて、その時は『これだっ』って思うんです。ただ、私は、『あっ、……もっとあるかもしれない』とも思って。だから探して。どんどんと探しつづけて、だから、作品も最近はコロコロ変わっています。叱られちゃいますね」

と、相互に親しいギャラリー・オーナーの名を挙げて、「――さんから」と笑う。

それから僕たちは、ここまでに語られたような作品へのアプローチは、小説の執筆に譬《たと》えると、――ということは小説の執筆（という営為）に翻訳すると、ということなのだけれども、どうなるか、という話をする。僕は発想していた物語が、最初のイメージからずれる、逸れる、しかしその「誤差」の間にこそ自分（＝私の資質）を発見する、みたいなことを語る。それは「誤差」であるのと同時に距離《ディスタンス》だ。思い込みと実際との間のアンソーシャル・ディスタンス。たまにピタッと合う小説もある。要するに完璧に書けたと感じられる小説。で、たいがい、そうした小説は黙殺される。と説明したら、伊庭さんは壺に嵌まったように笑った。

わかります、なにかわかります、と。

「でも、うらやましいです。ここに近づけようとして、あっちに行ったり、そっちに行ったり、ゆらゆらとした運動の内側にいられるのは。私も、そういう揺らぎ？　揺らぎはあってほしいんです。なんて言ったらいいのかな……、私がぜんぜん思ってもいないようなところに、ほんとは到達してみたいんですけど。

私、ほんと、こんな描き方しているんで、ぶれないんです。なかなか」

「そうですよね。ぶれないために、このシステムを構築されたんですよね。写真を撮る。選ぶ。写真を修正する。それに基づいて筆を執《と》る」

「そこをぶらしたら、揺らしたら、当然、思ってもいないようなものは現われます。でも、そうしてしまったら、今度は現われるはずだったものが出現しないし……。なんだろうな、私が求めているのって、結局……イメージじゃないんです。絵の具を積み重ねていって、その、累積の、質の内部《なか》に現われるもの。

その積み重ね方が、うまい方向に転んだら、揺らいだことになるんでしょうけれど。

イメージじたいを変に……強引に崩したら、それは違っちゃう。

技術でどうのこうのでもないんです。イメージが転ぶのも駄目。転ばせるのは、その……、物質？

物質的なところで転びたい。

私は、物質を転ばせたい」

ここまで真摯に語って、だからこそなのだけれども、伊庭さんは「いまの、わかりづらいですよね？」という表情《かお》をした。僕は、じゃあ自分なりに強引にまとめます、翻訳します、と言った。

僕たち鑑賞者は、画家の展覧会に足を運ぶに際して、こう思い込んでいる。

それは視覚芸術なのだから、イメージを見せるだろう、と思い込んでいる。

もちろん絵画はイメージを与える。

けれども伊庭靖子は、視覚の〝視（＝見る）〟だけではないものを、与えようとしている。

感覚させようとしている。

それは物質の問題と近い。とても近い。

ただ、問題は、絵画を鑑賞しようとする人間は、ほぼ自動的にイ、メ、ー、ジ、を見ることに専念する点にある。

「――だから」と伊庭さんは応じた。「ふつうは、こういうことを考える作者は、具象は描きません。イメージではないなにごとかを捉えさせたいって求めたら。でも、私は具象にこだわりたいんです。目の前に何かがある、モチーフがある、そのモチーフが見えている、私は、具体的なそれを見せながら、でもそれではないものを見せたい。

何かをメインに据えておきながら、そこに視線を誘導しながら、でも。

でも、『じつは違うんです』って言いたい。そういう感じなんです」

これらのことを伊庭さんは、とても穏やかに、そう、おっとりと、僕に伝える。

二　藤幡正樹　ロサンゼルス

この後も一時間半、それ以上と、伊庭さんとの対話は続いた。

それをまるまるはここには書かない。さきに、意図、というテーマを拾い直す必要もある。

ここも整理しよう。

僕が、作品の前に立ち、何かを感じる。

描かれていないものを見る、感じる。

作者は「それが見られる」とは意図していない。

という側面があって、けれども、これは一面である。どういうことか？

作者が、作品の前に立ち、ある意図を込める。

その意図というのは、「ここはこういう色彩にする」程度でもいいのだ。

ある色に、前段階で調整して、実際の制作の段階で塗った。そうやって仕上げた。

その完成作品の前に立ち、僕は、しかし作者が表現したかったようには色を感じられない。つまり描かれているものを見ない、まずもって、それが見られない。

僕が色弱だからだ。

いま、驚いてしまうことに色弱という言葉は言い換えが進んでいる。「色覚多様性」に直されつつあるのだ。だがそういうのは困る。当事者として困る、と僕は言っている。色盲は英語であれば color blindness で、色弱は partial color blindness であり、自分が部分的《パーシャル》な色盲なのだ、とこの語（「色弱」）はじかに理解させる。そこが肝なのであって、多様であるだのなんだのと言われたら、マジョリティに比して自分（の視覚、感覚、世界認識）はどういう様態なのかをイメージできない。そこに不具合がある、というか、ほとんどよろしくないことしかない。まあ、こういうのも個人的な意見だ。けれども先天的に色弱である人間というのは、日本に三百十万人余いる。これは女性には少ない、男性に多い。その「多い」ほうの僕の見え方だが、僕自身にはこの世界はカラフルである。色彩《カラー》がフル（豊富）だ、ということだ。そのうえで、自分には感受することが不可能な、あるいは難しい色彩がもっと、もっとあるのだと想像できる。というか、幼少期から僕はしている。すると補えるわけだ。見えないが、ある、と感じることで、より世界を立体化させている。――というふうに言える。

自分が色弱であるとふだん他人《ひと》に話したりはしないし、ほぼ書いてもいない。日本語には「色鏡」という言葉があるが、この類いの打ち明け話は聞き手、読み手のその目に色彩を入れる……と懸念した、のかもしれない。それから美術家には、こちらからは一度も言っていない。もちろん伊庭靖子さんにもだ。鑑賞であれ対話であれ、こういうのはコミュニケーションなのであって、バイアスというものはまず除《の》けるに限る。と僕は思っているし、まあ憂慮も若干はあるのだろう。「君にはアートはわかりえないね」等、誰かに撥《は》ねのけられてしまったら、どうしよう？　との。

ところで前段の、美術家には、こちらからは一度も言っていない、との記述はじつは訂《ただ》す必要がある。僕は一度、いまのところ一度だけだけれども、言ってしまった。二〇二二年五月十四日に。メディア・アーティストの藤幡正樹《ふじはたまさき》さんを相手に。ただし、それはロサンゼルスでのことだったので、おまけに夜だったので、日本時間だとこれは五月十五日に当たっている。とも付記できる。どうでもいいことだけれども。書き落としてならないのは、藤幡さんと僕はこの日、この場――カリフォルニア大学ロサンゼルス校（ＵＣＬＡ）の教授宅――が初見であったということ。初対面で、にもかかわらず僕は、色弱なんですけど、それで……と語り出し、……だったんです、と語り終えると、藤幡さんは猛烈に反応していた。

おもしろい、と。


一九九七年に刊行された『カラー・アズ・ア・コンセプト』という本がある。この書籍にはＣＤ－ＲＯＭがついていて、どのように収められていたかといえば、表紙に嵌め込まれていた。カバーが透明（ビニール樹脂）で、このＣＤ－ＲＯＭを護っていた。副題は「デジタル時代の色彩論」だった。編者・著者は藤幡正樹。その序には、以下のような宣言がある。まずは、一、「色彩を操作し、それを表現のツールとして扱う」には、絵の具ほか「物質を媒介物として扱う方法しかなかったので」ある。それが、二、いま「コンピューターの登場で変化しようとしてい」る。というのも、三、「コンピューターが扱う光の3原色によって、色彩の価値観が解放され」て、「どの色もその物質性から自由になっ」たからだ。

光の三原色は、ＲＧＢ、それぞれが赤（レッド）と緑（グリーン）と青（ブルー）の頭文字になる。この本にはＣＤ－ＲＯＭが付属していたと初めに説いたが、それは、この『カラー・アズ・ア・コンセプト』にはソフトウェアが付属していたの謂《い》いでもあった。どのような？

そのソフトウェアはＲの値をｘ軸に割り当てた。

そのソフトウェアはＧの値をｙ軸に配置した。

そのソフトウェアはＢの値をｚ軸に指定した。

つまり、色彩を、ＲＧＢを座標系とする立方体として表わした。

その色が仮定された空間（三次元空間）内のどこにあるのかを示した。

つまり、僕は、見えない色、識別不可能である色も、その配置によって「ある」と認識できた。

そのソフトウェアを起動し操ることで――である。


という個人的な経験が、それから四半世紀ほどを経て、しかもアメリカ西海岸の一都市で、編著者のメディア・アーティストに語られたのだった。僕の口から。「ぜんぜん、藤幡さんの意図とは違う使い方だったと思うんですけど」と言った。「とりあえず『ない』色の座標を確かめました。本の、インストラクションにあったような遊び方はほとんど無視したんじゃないかな。いわば誤読ですね。ただ、ほんと実用的でした」

そして藤幡さんは、ほとんど破顔して「……おもしろい！」と言ったのだった。

その反応に僕は感動した。

二日後、僕はロサンゼルスのダウンタウン、リトル東京に所在する全米日系人博物館（ＪＡＮＭ）

に行き、藤幡さんと対談する。その数時間前にはPCR検査を受けている。これでCOVID－19に関し「陰性《ネガティブ》である」という証明（というか証明書）が得られなければ、日本に戻れない。帰国便はこの深夜、アメリカの太平洋岸の時間帯で日付が変わった午前一時台に出発、と予定されていた。が、このカリフォルニア滞在を少しでも録《しる》すのだったら、いつ渡米したか、それは何日だったか、そして何が要ったか、に言い及ぶのがパンデミックの記録として有用だろうと思われる。

五月八日に日本を出た。

出るには、陰性証明書（出国前、一日以内の検査結果でなければ無効）、COVID－19用のワクチン接種証明書（厚生労働省のアプリでも可。僕はどちらも用意した）、アメリカ側に提出する宣誓書（文書でなければ無効）、アメリカ疾病予防管理センター（CDC）に提供する情報を記した書類、事前のトラベラー健康《ヘルス》フォームの申請（これはロサンゼルス市の要請）、出発七十二時間前までの電子渡航認証システム（ESTA）の申請、が要求された。その段階で、帰国のための手続きも頭に叩きこんだ。到着予定時刻の六時間前までに「ファストトラック」への登録、そのためにアプリのインストール、そして質問票・誓約書・ワクチン接種証明書・検査証明書のアプリ上での登録、審査。これは事前審査である。通らなかったらどうなるのであろう。

なかなか眩暈《めまい》がしそうだった。

にもかかわらず、自分は健康で、羽田空港でのPCR検査（二万円もした）は、結果は陰性《ネガティブ》で、その空港内だが、これほど人がいないことに驚愕する。これほど暗いことにも驚愕する。さまざまな店舗《みせ》がクローズしていた。あまりに閑散としていて、その閑《しず》けさには眩暈がした。

すでにWHOのパンデミック宣言から二年二カ月が経過しつつある、だが、こうだった。

あるいは……だから、こうだった？

　五月八日に離陸して、それは午後の十一時台だったのだけれども、五月八日にロサンゼルス国際空港に着陸する、すると、まだ午後の四時台だった。入国審査は長蛇の列である。が、抜ける。五月九日の昼になってからマイケル・エメリックさんとＵＣＬＡ内のホテルの中庭で落ち合う。彼は日本文学（日本文化？）の教授であり、パンデミックの影響で開催が延びていた全米の学会が今年ＵＣＬＡで行なわれるので、僕が招《よ》ばれた。そこで基調講演をする、が渡米の第一目的である。街なかでタコスをテイクアウトして、ＵＣＬＡにはキャンパス南東にボタニカル・ガーデンが設けられているのだけれども、この園内で食する。その後は夕方までいっしょにコーヒーを飲んで過ごす。翌日からは何万歩も歩く。太平洋に臨んでいる地域へも出かける。サンタモニカの、ルート66（一九八五年に廃線になった国道）の西端とか。歩いている間はほとんどマスクは着用しないので、奇妙な解放感がある。奇妙な、というのは、どうも裸体でストリートを闊歩しているという錯覚に囚《とら》われる。日本人は、というか僕は、「それの未着用は倫理《モラル》に反する」と骨の髄まで叩き込まれたのか、日本社会から？　ハンバーガー店に幾度か通う。講演の内容面を詰める。ダウンタウンでミュージカルを観劇する。劇場のその敷地内に入るには、ＩＤ（僕はパスポート）とワクチン接種証明書を係員にさし出さなければならなかった、座席ではマスク着用は義務づけられていた。しかし拍手喝采はオーケー。歌われたものに対し、叫騒《きょうそう》でもって応答する。さて学会だけれども、期間は三日間、そのどの日であっても会場に入るには簡易ＰＣＲ検査キットを自ら用い、陰性《ネガティブ》の証明をしなければならなかった。毎度、毎日ということだ。つまり陽性《ポジティブ》だったら登壇は不可となる。が、できた。そしてマスクをいっさい外さないという恰好《かっこう》で講演をやった。

奇妙な閉塞感は、あるにはあったけれども（冒頭のたぶん数十秒はあった）、それはアメリカの地を踏んで以来のあの奇妙な解放感と対《つい》だからプラスマイナスはゼロだった。

基調講演を終えた翌《あく》る日にホテルをチェックアウトする。ここからはエメリックさん宅の客用の間《ま》に泊めてもらう。その一泊めの夜に藤幡正樹さんと初めて会い、歓談したのだった。あの話もした。色弱、『カラー・アズ・ア・コンセプト』、おもしろい。

渡米の第二目的は藤幡さんとの対談である。

それを五月十六日に行なうのだが、そこから九日さかのぼった五月七日の土曜日に藤幡さんの展示がスタートしている。

ＪＡＮＭ、全米日系人博物館内で。

展示のタイトルを『BeHere / 1942』という。

そのオープニングの日付にわざわざ土曜日にと添えたのには理由がある。この土曜は、あの土曜のほぼ八十年後だ、というのだ。ほぼ八十年前とは一九四二年五月九日を指し、もちろん土曜日、ロサンゼルスのダウンタウンのリトル東京において何がこの日、この土曜に起きたか？　日系アメリカ人たちの姿が消えた。リトル東京とはそもそも日本人街であるわけだから、人の姿が消えた。ゴーストタウン化した。真珠湾攻撃は一九四一年十二月八日のことである。アメリカ時間では七日である。それを機にアメリカと日本は交戦状態に入った。そして二カ月と少し経ち、一九四二年の二月十九日にルーズベルト（第三十二代アメリカ大統領）は大統領令９０６６号に署名した。それを発令した。国防上の必要がある場合、外国人を強制的に隔離する。

外国人。

敵性外国人。

敵性市民。

適用の範囲がひろがる。日本人、アメリカ国籍を持つ一世、ほか、二世・三世の日系アメリカ人。JANMの説明をまとめると、「一九四二年五月九日土曜日の午後十二時（太平洋戦時時間）以降」は、つまり正午以降は、「日本人の祖先を持つ者は、外国人もそうでない者も」、皆そこにいてはならないと命じられた。強制収容所に送られることになったのだけれども、「アメリカ政府の婉曲的表現」によれば「『転住センター』に『避難』させられ」た。命令が出ると、期限までの時間――猶予期間――は与えられた。五月九日の正午までに、家、財産を処分しなさい、ということだ。リトル東京の人びとはそれをして、そして「『転住センター』に『避難』させられ」たという体《てい》になっているが「実際には、バスや列車に乗せられて強制収容所へと」輸《うつ》された。

それはいったい、どういう光景だったか？

アメリカ政府が、避難だ、保護だと言い、実態はそうではなかった強制的な立ち退き（リトル東京からの、日系人たちの転所《それ》）は、どういう情景だったのか？

この問いに答える写真がある。じつは多数ある。そのうちの一枚、ドロシア・ラングは報道写真家として著名だが、彼女がこうした場面を撮っている。女の子がいる。正装《おめかし》して、家族の前に立っている。彼女はバスを待っている。彼女とその家族がバスを待っている。それは転住センター／強制収容所に彼女とその家族を避難／収め容《い》れるためのバスだ。女の子はにっこりしている。ように見える。

ように見えるから、メディア・アーティストの藤幡正樹はそれを疑い、写真を拡大する。その少女の、被写体の目を、超拡大する。すると瞳に発見されるものは何か？

撮影者の影である。

つまりドロシア・ラングである。

しかしほかにも二人ほどいる。

ほかにも写真はあり、どういう類いかと言えば、藤幡さんが同様に拡大し、被写体の瞳（やサングラスの表面）を超拡大した写真があって、そこにはやはり、三人ほど映る。ものによっては四、五人映る。それらはなんなのか。誰なのか。

一人はカメラマンで、それ以外は政府関係者である。

被写体の日系人たちを監視し、それを撮るカメラマンを監視し、何がいま写されるかを監視している政府関係者である、に違いない。

つまり写真の〝意図〟の監視者だ。

そんなものが、写真の内側《なか》に、図らずもいた。

被写体のその外側《そと》の世界の、カメラマンすら縛る「誰かさん」として。

藤幡正樹『BeHere / 1942』展は、しかしながら、それだけでは終わらない。もっと大胆に、もっと奥行きを持って展開する。ドロシア・ラングたちが政府に雇われている、そして記録用の写真を撮っている、それらの記録（ドキュメント）は現実を捉えながら虚構（フィクション）の側に傾斜する、傾斜させられる、そうした現場がビデオ映像にて再構築されている。さらにAR技術が用いられる展示室がある。AR、すなわち拡張現実。そこには古いカメラの模型が置かれている、持ってよい、構えてよい、覗いてもよい。覗いたら、どうなる？

いない人間が映る。

そこにはいない、一九四二年の誰かが。

それを来場者たちは撮影もできる。かつ、それを撮ってしまうということは、来場者の一人ひとりが、ドロシア・ラングたちに重なる「アメリカ政府に雇傭《こよう》された写真家」に変じることだ。

そして、『BeHere / 1942』展はこうした屋内の展示で終《しま》いにはならない。

ＪＡＮＭの館外へ、屋外へと続いている。

そこにｉＰａｄを用いるパブリックＡＲインスタレーションが設置されており、またもいない人間たち（何十人もいる）がロサンゼルスという都市の、現代《いま》のリトル東京の、その屋外に現われる。

ところでこの文章がロサンゼルスに飛躍したのは、意図、とのテーマを拾い直したからだ。伊庭靖子さんとのインタビューを、まるまるはここには収めないし、それが（結局は）伊庭さんとの対話――から得たもの――を深めることになる、とも直観したからだ。だから京都を離れて、この文章は北米大陸の太平洋岸のカリフォルニアの州内を散策、徘徊しているのだけれども、観光都市・京都からの視角が大切だ、との構えは変わらない。だから藤幡正樹さんを視野に置きつつ、視界に収めつつ、いったん京都に戻る。

いつの京都か。

伊庭さんのアトリエにいた時間、夏、から二カ月と八日後、二〇二二年十月三十日。秋。僕がどこにいるのかと言えば、西本願寺（龍谷山《りゅうこくざん》本願寺）にいて、その境内のどこにいるのかを説けば書院の対面所にいて、これは「鴻《こう》の間《ま》」と呼ばれる。そこで何をしているのかを説明すれば、僕はほとんど何もしない、している人たちを観るのだ。観劇するのだ。著名な二人の声優（小野賢章《おのけんしょう》、細谷佳正《ほそやよしまさ》）が朗読劇を行なうのだけれども、そこには「『平家物語』『犬王の巻』の世界」と副題がついていて、その『平家物語』とは拙訳、また、『犬王の巻』というのは僕が『平家物語』の完訳後に著わした『平家物語　犬王の巻』のことで、この略して『犬王の巻』は能楽師と琵琶法師を登場人物とした、書き下ろしの創作物であって、その二冊から声優たちの朗読劇の脚本は構成されていた。だから、僕は、原作者として客席にいたわけだ。「鴻の間」というのは国宝で、正面の欄間《らんま》には鴻――コウノトリ――の透かし彫りがあって、雲中を翔《と》んでいる。ほか、意匠が右の方《かた》を眺めても左の方を眺めても魅せる。この「鴻の間」は能舞台に南面していて、しかも北側にも、見えないのだけれども、国宝の能舞台があって、これが日本に現存する最古の能舞台だという。朗読劇は昼、夜と二度行なわれて、その二回の合間に、僕は出演する小野さん細谷さんに舞台裏で挨拶させてもらって、このタイミングでじつは北の能舞台も目にした。入母屋《いりもや》造りのある種の質素な印象が、逆に強さを、存在の強さをシャープに感じさせた。そういう能舞台と、南の能舞台に挟まれて、朗読劇は展開して、なかでも夜の部は、照明（人工照明である）がその役割を十分に自負して、務めて、その寺院のその書院のご門主――門主とは一宗派の長、ここでは浄土真宗・本願寺派の長――との対面所を、劇場化していた。「鴻の間」が劇場と化していた。

そうした状況を目撃できたのは、たとえば拙訳『平家物語』に基づいたTVアニメーション・シリーズが制作、放映されたり、『犬王の巻』を原作にする劇場アニメーションが上映されたり、といった展開があったからだなと咀嚼しながら、この十月三十日の京都の僕は、順に二つのことを考えた。

一つ。西本願寺はロサンゼルスにもある。

ロサンゼルス別院がある。この宗派の。

どこにあったのかというと、一九六九年までは、ＪＡＮＭのメインの建物の、プラザを挟み、ちょうど向かい側にあった。藤幡正樹さんは、そのプラザに、『BeHere / 1942』のパブリックＡＲインスタレーションを設置した。なぜならば、一九四二年に、リトル東京の日系人たちは実際にそこからバスに乗り込んで、「転住センター」と偽られた強制収容所に向かったたから。『BeHere / 1942』展では、何十人もの、そうした「いない人間たち」をこの屋外の展示で目にできる。

もうすぐ収容所に発つよ、という彼ら彼女らを、またカメラマンをも、幻視できる。いないのにいる。

二つめはアニメの話になるし伊庭靖子さんの二〇一九年の、あの『まなざしのあわい』展の話にもなる。前者はＴＶシリーズ『平家物語』（監督・山田尚子、脚本・吉田玲子）のことで、ここには原典にも僕の現代語訳にも出ない人物が、いわばナビゲーターとして登場する。虚構の人物であり、琵琶法師であり、少女であり、そしてキャラクター設定がひじょうに興味深いのだけれども、右目で未《さ》来《き》を見ることができて、左目はやがて、亡霊（＝過去）を見られるようになる。

僕たちはもともと両眼視をしている。

空間を認識するために。

が、このアニメーション内の少女は時間を前後させる両眼視もする、ということだ。

それから伊庭さんの『まなざしのあわい』という大規模展、ここに初の試みとして出されたのが映像の作品で、ランダム・ドット・ステレオグラムで、僕はそれを……画面の手前に出現する透明な像を、ちゃんと視認できたと言い切れない。それは、鑑賞者がその右目と左目の視線をきちんと（……きちんと？）交叉させなければ現われない。

僕は何が言いたいのか。

両目が要る、と言いたいのだ。

その交叉の探求が、と言いたいのだ。

可能であれば時間が前後するまでに至る交叉を、と言いたいのだ。

と、劇場化した「鴻の間」に言われたのだ。どう実践する？

二〇二二年九月十九日に僕は藤幡正樹さんからメールをもらった。この時も藤幡さんはロサンゼルスにいてUCLAで客員教授をしていた。用向きはむろん、そのメールに書かれていたのだけれども、個人に宛てた文面をそのまま引用するのは失礼なので控える。やりとりは何日か続いたので対話にアレンジする。藤幡さんと僕の、だ。

「古川さん、ご無沙汰しています。これは『BeHere / 1942』に関係したプロジェクトとは別件です。いま『My First Digital Data』という展示を準備しています。つまり、私の初めてのデジタル、です」

「デジタル？」

「デジタルで撮影した写真のことです」

「ああ……」

「こういうのは、デジカメだったか写メール（携帯《ケータイ》の写真機能）だったか、人によっていろいろだとは思います。そこは問わないんです。一九九〇年代に撮影したデータから、そうですね、五点ばかり選び出して、出品してもらえませんか？」

「僕に？　僕が、ですか？」

「写真の善し悪《もの》しは問わないんですよ。そうだなあ、古川さん自身がデジタルに動揺してしまっているの、みたいなのが理想なんですよ。ほら、もうアナログ対デジタルの議論は途絶えて久しい。だからこそ、ですけど、初めてデジタルに遭遇した時の古川さんの驚きを共有したいんです。ほかの出展者や展覧会の鑑賞者たちと」

「それはとっても刺激的……ではあるんですけど、僕は、じつは、携帯電話もデジタルカメラも二〇一一年四月になるまで持たなかったんですよ。購入しよう、携行しようと決めたのは東日本大震災後のことで。

それは福島県の、太平洋岸の被災地に入るためだったんですけど。

ただ、いまのは『自分のとしては持たなかった』という意味で。

デジカメは、それ以前、雑誌の仕事で触っています。二〇一〇年の五月から六月にかけて、メキシコに行って。その旅行記を、写真つきで？　書いたんですね。自分の写真がいっしょに誌面に載せられるって、ほとんど予想してなかったんですけど。

あれは、というか、それは、たぶん一千枚超は撮ってます」

「デジタルで、ですね？」

「デジカメで、です。はい」

「いいじゃないですか」

「いいんですか？　だって二〇一〇年ですよ」

「『古い』ってことよりも比重は『初めて』ってところにかかっているんです。内容的にぜんぜん問題ないです。しかも十年以上前の写真になるわけでしょう？　完璧。ぜひ出品してください！」

「えーと、じゃあ、選びます」

　六日後。

「いやあ、あの、大変でした」と僕。「藤幡さんのコンセプトは、たぶん、自分なりには理解できたと思うんですけれども、だいぶ難航しました。『撮る』という意識が、どうしてもフィルムのカメラを操るみたいに撮る、になっていて、きれいにしちゃったり、構図作ったり、つまり動揺をさせない方向にしてるんですね。

　どうしても意識が……自分のだから自意識が、めちゃめちゃ滲《にじ》んじゃって。

　でも、それでも候補の七、八点は選べたので、送ります」

　その一枚。これは最終的に「時差（The Time Difference）」と題される。これはメキシコ・シティのどこかの路上で、僕が、自分の腕を写している。僕は、腕時計——の時刻——をアップで撮ろうと試み、失敗している。ボケた。が、藤幡さんは、「いいですね。ピントが合っていない。それからアップルウォッチじゃない、もっと古い、白黒《モノクロ》の液晶で。いろいろ読めます」と反応を返した。また僕も、解説文を用意して、そこに、

　　私のこの写真の撮影日時は、データの情報によると二〇一〇年五月十六日の05：37となってい

るのだけれど、その時間に私の腕を写したこの写真は、たぶん15：37を示している。これはどういうことなのか。日本とメキシコ（中部時間。メキシコ・シティはこの時間を採用する）の時差は、五月だとメキシコ側がサマータイムを導入しているので、十四時間。これは「日本のほうが十四時間進んでいる」ということであって、つまり私は日本から見たら、前日の15：37にそこにいたわけだ。メキシコ・シティのどこかに。私は、そうする意図はなかったのに、ここで時差を可視化した。しかもデジタル数字で。

等と書いた。この一文には実際には前後していないのに前後したとしか言えない時間についての言及が、図らずも孕《はら》まれている。この偶然性に足場を組もう。僕は何を言っているのか？　劇場化した「鴻の間」に言われたことを、その命《めい》を、ここから実践する、と言っているのだ。

「鴻の間」は京都の西本願寺にあった。

僕は二〇一〇年五月から六月、メキシコ国内にいた。首都メキシコ・シティにいたが、他の都市にもいた。たとえばベラクルス州。その州都ハラッパにいて、相当数の写真を撮った。僕はこのハラッパを歩いた日本人、アジア人になっていたわけだけれども、このハラッパを初めて通ったヨーロッパ人、スペイン人というのが一五一九年にいて、つまり四百九十一年前だ。名前はエルナン・コルテス。征服者《コンキスタドール》コルテス。たった一人で歩いていたのではない。五百人余の兵隊を率いていた。だから「ハラッパを初めて通ったヨーロッパ人」はじつのところ三桁いる。ほかに馬もいる。そして、当時、新大陸には馬はいない。ちなみに北米大陸、南米大陸、オーストラリア大陸を〝新大陸〟と呼ぶのは、それまで旧《ふる》い大陸にいた人間たちだけ、である。

ハラッパを通過する前のコルテスたちはどこにいたか？

港町ベラクルスにいた。当時はそんな名前ではなかったし、そこに都市はなかったし、単に「コルテスたちは、そこに上陸してきた」に過ぎないが。

上陸時に、十六頭の馬をともなっていた。

十四門の大砲も。

ほかに、疾病も。

この年のうちにアステカ帝国の首都テノチティトラン（現在のメキシコ・シティである）に進軍し、翌々年にはこの帝国を滅ぼした。アステカ側がいっさい火器を知らなかった、という要因があり、馬という生き物にそれこそ神話的に威圧された、とも言われていて、併せて、天然痘が流行した。大流行した。この感染症は〝新大陸〟にはなかった。――ということは、旧いところから持ち込まれた、ということだ。

アステカ帝国の人口の半数がこの感染性の疾病で死亡した、と言われる。

これが「西洋人の上陸した、北米大陸での一情景」である。

けれども西洋人というのは、日本に上陸しなかった……わけはない。もちろん来た。最初は一五四三年、日本側の暦だと天文《てんぶん》十二年にだけれども、種子島にポルトガル人が漂着した。初めてのポルトガル人、だからヨーロッパ人。同時にこれは鉄砲の、火器の伝来だった。堺《さかい》の町がこれを大量に生産する。その堺の町――自治都市だった――を織田信長が直轄地にする。そして天下統一をめざす。信長の力（武力）の源泉は、説明は不要だろう、鉄砲隊だ。大規模な鉄砲隊の活用、運用。

邪魔になる勢力は、どんどん潰《つぶ》す。

弾圧する。そのなかには宗教勢力もある。たとえば信長は、一向一揆はその宗徒を「根切《ねぎ》りにする」と言った。皆殺しにする、ということだ。一向一揆の一向とは何かと言えば、一向宗を指し、この一向宗とは何かと言えば、浄土真宗のことである。たとえば一四八八年、これは長享《ちょうきょう》二年だけれども、加賀の国で農民たちが武装蜂起して（その数二十万人か）、守護職の富樫政親《とがしまさちか》を自害に追い込んで、その結果、じつに九十年余、農民たちの自治をする国が生まれたのだけれども（実態は、土豪、僧侶たちとの合議制だった）、これも一向一揆だった。つまり浄土真宗の、本願寺派の、その〝思想〟がプロテストの核にあった。

が、その自治国は百年は保《も》たず、主因はほかでもない、織田信長である。

いま僕の右目はエルナン・コルテス（とその時間。世界史）を見て、左目は織田信長（とその時間。日本史）を見た。交叉させた。

三　小野篁　平安京

二〇二二年八月二十三日に京都市の左京区、大原にいる。

墓参している。

墓と書いたが陵墓だ。宮内庁が管理している。参道の上り口には、

「高倉天皇皇后徳子

大原西陵」

の立て札がある。時刻は午《ひる》の十二時半、蟬が鳴いている。蟬たちはわーわー鳴いている。中心にツクツクボウシがいる。それは僕の周囲や頭上にあって、足もとには別の音があって、それは歩いている自分の跫音《あしおと》、砂利を踏む音だ。玉砂利ではない。御陵なので鳥居があり（神式）、けれども、どうも五輪の塔らしき石塔も見える（仏式）。背後は山。もうもうとした緑で、鳥居とその供養塔に覆いかぶさるのは楓《かえで》だ。巨樹である。ところで蟬の声だけれども、ふた桁かみ桁の蟬がメロディを重ねているので、音の束が形成されて、しかもフレーズが終わらない、熄《や》まない。この瞬間に僕は考える、いま、僕に注いでいるのは声である。僕たちに注いでいるのは声である。僕と御陵の主とに。

ここは天台宗の尼寺、寂光院《じゃっこういん》の裏山である。

参道を下り、寂光院側に歩む。正面（受付）をめざす。と、案内の看板がある。

「建礼門院《けんれいもんいん》御陵」

はこちらとは逆側ですよ、とあるのだが、御陵には〝お墓〟と、建礼門院には〝平清盛公の息女〟と説明が添えられている。これだけで基本情報は補われる。さらに受付をすますと、パンフレットを手渡されて、そこに、

建礼門院徳子（平清盛の息女、高倉天皇の中宮で安徳天皇の国母）は、文治元年（一一八五）九月に入寺。源平の戦いに敗れ、壇ノ浦で滅亡した平家一門とわが子安徳天皇の菩提を弔い、終生をこの地で過ごされ閑居御所とされた。

とある。ちなみに受付の建物にはＴＶアニメーション『平家物語』のポスターが貼ってあった。同じポスターは東京の拙宅にも貼られている。僕は、当然、この場所を訪れたかったし、なぜならばここそが物語――平家一門の物語――のエンディングの場所だったからで、訳出した『平家物語』も最後の「灌頂の巻《かんじょう》」はここ寂光院――という山の奥――で幕を閉じる。その終幕の余韻は強烈で、だからこそ僕は軽々《けいけい》には訪ねられなかった、と言える。また、これは史実でもあるのだけれども後白河法皇がこの洛北の地、大原にはるばる御幸《ごこう》していて、それは建礼門院との対面を望んで、のふるまいであって、建礼門院が「生きながら私は六道（いっさいの衆生《いきもの》が輪廻《りんね》する六つの世界）を体験しました」と語るのを傾聴してもいて、彼、後白河がそこまでしたのだから、僕、『平家物語』の訳者は満足だ、と思えてしまっていたのだったとも言える。違う理由もある。拙訳を原作としたアニメーションが制作されると決まって、やはり訪れたい、参りたいとは思って、だが二〇二〇年のある時期からの京都は自分を安易には寄せつけなかったのだ、とは語れる。寂光院は同年の四月十八日から「新型コロナウイルス感染拡大に伴い、当面の間、拝観を一時中止させて」もらうとアナウンスし、再開は六月一日、だが二〇二一年一月十四日にふたたび「新型コロナウイルス感染拡大に伴い、当面の間、拝観を一時中止させて」もらいたいと同じアナウンスをし、この再開が同年三月一日、だが四月二十八日から六月四日までも参拝は不可となって、そして二〇二二年には「八月一日より当面の間」は参るのを控えてもらいたいのだと告知があって、僕は、伊庭靖子さんと会うタイミング（二〇二二年八月二十二日）の前後では、だから、大原行きのバスには乗らないなと予測した。予定に大原へとは書かなかった。

八月十三日から、けれども、拝観は再開成った。

わずか十二日間であった「当面の間」。僕はこういう時に感じるのだ。パンデミックの物語力はいまや大幅に減じた。ほんとに減退した、と。

さてそれを僕は喜んでいるのかいないのか。


という問いはさておき、寂光院に参詣成ったのは単純にありがたい。しかも御陵にさきに参れた。建礼門院というその女《ひと》のだ。いっしょに途切れないフレーズの、積み重ねられたメロディの蟬の声を聞けた。——むろん死者は、それは聞けないのだけれども。寂光院の寂は「さびしさ」とも読めるが「しずかさ」とも読める。それは蟬たちがわーわー言っている内側《なか》での静謐、だ。なにごとかが圧倒的に正しい。と僕自身には思われた。そして物語のエンディングの地、寂光院で本堂に参り、境内をぶらぶらするのだけれども、二枚めか三枚めのTVアニメーション『平家物語』のポスターも発見するのだけれども、問題は本堂なのであって、これは二〇〇〇年五月にいちど焼失した。本尊（地蔵菩薩立像）は焼損し、また建礼門院像も焼けた。

放火である。

のち復元された。

僕はそちらのほうに掌《て》を合わせている。

こういう瞬間にも当然いろいろと考えるわけだけれども、この放火犯は未逮捕である。そして、僕は、放火によって失われてしまう寺院建築を、いま一つ、いわば同時に見る。金閣寺である。一九五〇年七月にこの三層の楼閣は焼け落ちた。のち再建された。この事件の、犯人は判明しているし逮捕もされている。二十一歳の青年だった。そうしたディテールが判然としているから、いろいろと芸術作品が作られた。絵画、小説、映画。映画は小説に基づいた。オペラ。オペラも小説に基づいた。映画にもなりオペラにもなったのは三島由紀夫の『金閣寺』で、僕は黛敏郎《まゆずみとしろう》が作曲して宮本亞門《みやもとあもん》が演出した舞台というのを二〇一九年二月に東京文化会館で観ている。東京文化会館は台東区の、上野恩賜公園内にある。そのことに刺激されてか、そうではなかったのか（たぶん刺激された）、僕自身が「金閣」と題した中篇小説を二〇二〇年の十一月に雑誌に発表した。要するに三島由紀夫の死後、五十年めに、その死に捧げる作品としてだ。この男の死後とは自決後と言い換えられる。なかなか文学者は割腹自殺はできない。その点がとても謎めいている。三島は、だ。

二つの放火がある、とこの瞬間、僕は交叉はさせずに見た。

ここから片目で掘り下げよう。

さしあたり日本史のみを、との意味だ。

建礼門院が大原に余生を送った、とはどういうことか。その尼寺、寂光院に入ったのだから「出家をしたのだ」と把握できる。しかし出家をしても家にいる人間もいる。たとえば建礼門院徳子の母親、平時子がそうだ。一一六八年に出家しているから二位《にい》の尼と呼ばれたのだけれども（剃髪後に従《じゅ》二位に叙せられた）、直後に平家の邸《やしき》を出ました、という話は聞かない。出家とは家を出ないでもできるものだったのである。だが娘は違ったわけで、なぜならば帰るところがない、どこにもホーム（家、故郷）がなかった、建礼門院には。

というのも平氏は滅亡したのである。

壇ノ浦で滅ぼされていたのである。建礼門院の寂光院入寺の半年前に。

それでは誰が滅ぼしたのか。平氏同様の、というよりも平氏に拮抗しえた唯一の武家、源氏だ。その棟梁《とうりょう》、源頼朝は鎌倉に武家政権を樹立した。いつ鎌倉幕府ができたのかには諸説ある。だが、僕はいつにはこだわらない。いつよりも、どこ、に肝《きも》がある。平安京は延暦《えんりゃく》十三年、これは西暦の七九四年だが、にできて、以来日本の政府は京都にあるものだった。まあ平清盛が短期間、福原遷都という暴挙には出たけれども。しかし福原は摂津の国にあったのだから畿内だ。鎌倉はどうか。畿内か。まさか。直線距離で三百五十キロ弱ほども離れる。当時の街道に沿ったら、もっともっと離れる。

そこに日本の中心ができた。

そこにもできた。

鎌倉に武家の政権（幕府）があり、京都には貴族の政権（朝廷）がありつづけた、ということだ。

何か妙な気がする。たとえば一つの国家を想定する時、その国家の空間的な枠組みを、たぶん「国境なのだ」と言えて、これは円をイメージするならば円周に相当する。しかし円のその中心の点が二つである、相当に隔たってもいる、となったら、円周（とは「日本国」の枠である）は重なりようがない。が、しかし、壇ノ浦で平家一門が滅亡するや、つまり建礼門院が大原をめざす宿命を負うや、日本は中心を二つにしていった。

このように書いてしまうと、まとめてしまうと、それはそれで問題が出る。というのも、――それでは平氏は、平家一門は、滅びる前は京都という中心にいたのか？　こう僕が自問しはじめるからだ。

洛中、洛外という言葉がある。

京都の市中《まちなか》を指しているのが、前者、洛中である。

これは鴨川以西だ。この川を渡らないところまでだ。渡るとどうなるか？　鴨川の東岸には何があるのか？　誰がいるのか？　二つめの問いにさきに答えると、鴨川の東岸、旧五条大路の末から六条大路の末にかけての土地を六波羅《ろくはら》と呼び、清盛の巨大な邸（泉殿《いずみどの》）はそこにあった。のみならず、一族郎党の邸宅がやはり六波羅にあった。たとえば平頼盛の池殿《いけどの》、ここで建礼門院は皇子《おうじ》を出産した、のちの安徳天皇を。また、この皇子の父親であり建礼門院の夫、高倉天皇は、譲位の翌年（すなわち高倉上皇となってから）ここ池殿で没した。

六波羅が平家の本拠地だった。

平清盛が生前握っていた権力の大きさを考慮すると、ここにも武家政権（軍事的独裁制の政府）は築かれていた、鎌倉幕府に先んじて、とも言える。となると、中心＝洛中からわずかに外れている、洛外にこの政権が樹立されていたという事実には相当な重要性を見出せる。

さらに回答を続ける。一つめの問いは「鴨川の東岸には何があるのか？」だった。六波羅から少し東進する、すると鳥辺野《とりべの》があった。ここは平安中期以降の火葬場、すなわち葬送地、墓所だった。

そういう地域を、平家は押さえた。

もっと具体的に言う。六波羅があり、六道の辻があり、鳥辺野があった。

六道の辻とは何か？　この世とあの世の境《さか》い、境界線である。現世とそうではないところ、冥界、この二つの世界の交叉点である。

と、理解するや、両目が要るのだと直観した。

二〇二二年十月三十一日に六道珍皇寺《ろくどうちんのうじ》を訪れる。というのも、六道の辻はこの寺院の門前にある。「境内にある」とさえ言われている。

六道珍皇寺の通称は六道さんなのだそうだ。

僕が、六道、の一語から連想するのはほぼつねに建礼門院である。『平家物語』の「灌頂の巻」、そのうちの「六道之沙汰」の章段。お終いの「女院死去」段の一つ前に置かれている。もちろん死去するのは、往生するのは建礼門院。その前に六道について語り、その物語りに耳を傾けるのは後白河法皇。

六道珍皇寺というのは不思議な名前だ。

この寺院には――六道の辻のほか――何があるのか？　薬師如来像、閻魔大王像、小野篁《おののたかむら》像、小野篁の冥土通いの井戸、等とガイドブックにはあって、それら堂内の寺宝の拝観は、要予約、五人以上で、とあった。

河出書房新社の編集者にヘルプを頼む。おもしろい手配をしてくれる。というわけで、僕は、六道珍皇寺の住職に「閻魔・篁堂」を開放してもらって、これを同業者である円城塔さん（大阪に在住）、谷崎由依さんと福永信さん（二人とも京都市内在住）、僕の妻とオーガナイザーである編集者（「文藝」編集長）、の計六人で、時間をかけて拝んだ。たとえば伝《でん》小野篁作である閻魔大王座像。冠の中央に〝王〟の一字があって、金色に塗られていて、その形相は忿怒《ふんぬ》である。

すさまじい憤りの相である。

その瞬間に、ああマスクがないのだなと僕は感受して理解する。誰かに対して猛烈に怒る、それを荒々しい表情で示す、そういう局面ではマスクの着用はコ、ミ、ュ、ニ、ケ、ー、シ、ョ、ン、を阻害するのだ。円城さんと谷崎さん、福永さんの三人は揃って『コロナ禍日記』というアンソロジーに原稿を寄せていて、そのいずれの内容も興味深い、しかし僕がここで特に引きたいのは谷崎由依さんの二〇二〇年三月二十三日、月曜、の項で、谷崎さんは同書掲載のプロフィールに「(二〇二〇年の) 1月に出産し、夫と子と3人で京都に暮らす」と記している。

園に着いて、園長先生と担当の先生ふたりから説明を受ける。コロナについての懸念を話すと、空気清浄機は常時稼働しているし、机などもこまめに消毒している、「コロナが流行りだして急に消毒はじめた園も多いけど、うちはずっと以前からやってますよ」とのこと。「マスクで保育士の表情が隠れてしまうので、そこは可哀想ですけれど」言葉のわからない乳児にとっては、表情のコミュニケーションが大事なのだ。

その後の世界のなりゆきが相当予言されている。言葉のわかる二歳児、十二の子供、それから二十二歳や四十二歳や、九十二歳にも表情のコミュニケーションは大事なのであって、なにしろ閻魔(地獄の主神)の威《おど》しとも関係する。ちなみに谷崎さんの日記の五月十五日、金曜の項は、

保育園から手紙。特別措置が今月いっぱいで終わることについて。登園自粛したぶんの保育料は、ここまでは行政より返金される。六月からどうなるかは未定だという。

とある。ところで前述した閻魔の座像を作ったと言い伝えられる小野篁の、その当人の木立像も拝めるのであって、いかにも平安時代の公卿《くぎょう》という装いで、しかし左右におかしな像が並ぶ。向かって右側は、あきらかに獄卒。つまり地獄で罪人を責める鬼。また、向かって左側、これは官僚なのだけ

れども道服を着ているのではないか？　解説を読むと冥官とあった。つまり冥府の官吏、地獄の、閻魔の庁の役人ということだ。

閻魔の庁では、死んだ者の、その生前の行為に判決が下される。

が、どうして獄卒と冥官とが小野篁の両側に控えているのか？

六道珍皇寺の住職にお訊きする。本堂に招かれ、座布団までご用意いただき、編集者が名刺をさし出してぴしっと挨拶し、「こちらが取材に来られた作家の、古川さんです」と僕を指し、僕もぴしっと頭を下げ、この時にだ、あとで聞いたら円城塔さんの判断がまず速かった。「ここはお付きの者をやったほうがいいな、と思ったんですよ」ということで、自らは名乗らず、古川の世話役（？）を演じた。それから、谷崎由依さんと福永信さん、こちらの二人はノートを出して、住職のお話（いちおう僕が引き出している）を続々メモして、まさにアシスタント然としていて、しかも、僕からの質問が十数秒というか数秒でも途切れると、これは福永さんなのだけれども、

「六道珍皇寺の、珍皇、とは、いったい……？」

と質問を挟む。意味はこれこれだ、と定説が示されたわけではなかったけれども。

けれども絶妙なパス回し。チーム文学ジャパン西（関西）という感慨があった。

「そうですか、閻魔大王にはパンデミックがどのように映るのか、ですね」住職が僕に応じる。「なるほど、なるほど、このコロナ禍は現代人に、死、というものを間近に感じさせた。ええ、たしかに。そして京都はもともと、感染症にいかに対するか、疫病神《えきびょうがみ》、これは御霊《ごりょう》ですねえ、この御霊をいかに鎮《しず》めるか、をもっぱらにしてきた都でもありました。

おまけに当寺《うち》は六道の辻にあります。

冥界の入り口が当寺《うち》にある、と考えられてきました。

ええ、ええ、その頃の平安京の東の、葬送地の、ええ、鳥辺野。はい。そこに至る道筋に当寺《うち》がありましたから、野辺《のべ》の送りがここいらでされたんですねえ。洛中を出て、鴨川に架かる橋を渡って。

辻に至って。

六道、というのは、先生おわかりでしょう。地獄道・餓鬼道・畜生道・修羅道・人道《にんどう》・天道《てんどう》という六種類の冥界です。そのどれかに人は、因果応報によって輪廻する。六道のどこへ流転《るてん》するのか？

これが決まるのがこの辻だった、というわけで。

あとはですね、小野篁ですね。

小野篁がですね、当寺《うち》のこの本堂の、裏庭、そこに井戸があるんですが、そこから毎夜毎夜、冥府通いをした。

この言い伝えですねえ。

閻魔の庁に勤めていた、とも言われるんですわ。

篁が。

昼は、平安京の、朝廷の、そこに出仕して、けれども夜は地獄に勤務、です。これは奇妙《けったい》な伝説ですね。しかし冥土通いの井戸はあります。入っていった井戸が。それでは冥土からの出口はどこか？

昔は嵯峨野の大覚寺門前にあったというお寺、これは明治頃までしかなかったんですが、そのお寺の井戸に出た、こう説かれていまして、けれども違った、当寺《うち》に隣接した民有地のですね、これは旧い境内地ですね、そこから井戸が出た。近年発見されました。『黄泉《よみ》がえりの井戸』です。まあ、そういである言われているんです。こちらも拝まれますか、先生？」

「はい。ぜひ」

井戸を覗いてみる。蓋の格子——の隙間——を真上から。

穴があり、その穴を少しふさいだ、第二の石製の蓋があって、そこに

転
輪 廻
生

と四文字が浮き彫りにされている。

二〇二二年十一月一日、僕なりに観光都市・京都の視角をシンプルに把握し直す。極度にシンプルである。京都の、観光という産業をシンボリックに表現している、ある神社に参拝する。それだけだ。しかし、そういう社《やしろ》がどこにあって、祭神はなんであるのか、をどの程度の人が知っているのだろう。環境省の所管である京都御苑のその内部《なか》にあるのだから、京都の中心にあるのだ、とは言える。なにしろ御苑内には御所《ごしょ》がある。旧皇居が。しかし御所からはだいぶ南に下がっていて、その社は、宗像《むなかた》神社の境内社のその一社として鎮座する。名は、そのまま、京都観光神社である。祭神は猿田彦《さるたひこ》の大神《おおかみ》。社内の説明書きには、「昭和の時代になって、京都を訪れる観光客が急増」してきたので、「観光客を迎える全ての観光業者が一丸となって、観光客の無事息災を記念し」——これは〝祈念〟だろう

か？――「併せて業界の発展のため、道案内の神をお迎えし」――それが猿田彦神だ――「昭和四十四年十一月一日に建立」したのだとある。さらに「全国でも珍しい観光神社です」と謳《うた》っている。

なにかいさぎよい。

この神社から徒歩で四十分歩く。どこへ？　洛外へ、とは言えた。島津製作所の紫野《むらさきの》工場の敷地内へ。紫野というのは遊猟《ゆうりょう》の場所だった。鷹狩り等をした。清盛の孫、平資盛がそこで遊んで、はしゃいで、その帰り途《みち》にやらかしたというエピソードを僕は知る。資盛は馬に乗ったが、もちろん現代、馬にはまず会えない。公家《くげ》の乗用車を牽《ひ》いている牛にも会えない。すれ違う人たちはマスクをしている。やがて堀川通をひたすら北上、北大路通との交叉点（「堀川北大路」だ）まで行って、渡って、戻って、するとある。堀川通に面して、「紫式部墓所」と碑《いしぶみ》がある。また、「小野篁卿墓」の石柱もある。掃除をしている老年の男性がいるので、おはようございます、と声をかけるとびくっとされた。

堂々と参る。

島津製作所の敷地ではあるけれども、見るからに立ち入り禁止ではなかろう、と判断して。

小野篁の墓がどこにあるのか、の情報をもたらしたのは六道珍皇寺の住職で、住職はさらに「紫式部の墓がわきにあります」と語った。紫式部？　どうして……。「紫式部は地獄に堕《お》ちた、と言われていたそうで」と続けた。……ああ、『源氏物語』という作り物語、つまりフィクション、を産み落としたから、その罪障《ざいしょう》で、という話だ。それならば認識している。たしか鎌倉仏教が擡頭《たいとう》してきた頃。紫式部堕地獄説。「でも、小野篁は閻魔の庁に勤めて、人のその、生前の罪悪の審判に関われたわけで。紫式部を助けたんだそうです。地獄の縛《いまし》めから自由にした。これに感謝して、いま紫式部のその墓は小野篁の墓所の隣りにあるんだ、と」

だから訪れる。

参る。

それは二つの塚だった。東側に小野篁のものが、西側に紫式部のものが。対《つい》になっているのだ、とも言えたし、ただ並んでいるのだ、とも言えた。きちんと墓参する。かがんで、掌《て》を合わせる。と、わかった。二つの塚は奥でつながる。しかし手前で岐《わか》れている。そういう印象がある。それらの墳墓は。

起《た》ち、もっと見る。

二カ月と少し前の伊庭靖子さんの声が聞こえる。

「映像を始めたのは……。

なんて言うのかな。

なんだろうな。受け身では見られない、というものを出したかったから、なんですね。

立体視って、そうですよね？」

伊庭さんはそう言ったか？　言ったかもしれない。でも半分、自分の誘導かもしれない。こちらが鑑賞者の能動性だの、そういうフレーズを出した、挿入した。その流れで——だ。けれども伊庭さんは、これに応えて、「だからクッションの絵に、柄を登場させたんです」と、けっこう即座に言った。クッションのシリーズに模様が登場して、鑑賞者はその模様をまず見て、それから視線をクッション本来の地に向ける、すると平面（柄）を見ていたはずなのに、鑑賞者の体験——とは視覚だ——に変化が、いわば不調和が挿《さ》し込まれる。

見るとはなんなのか？

その発展形に、具体物のモチーフがアクリルボックス内に収められた絵画、がある。たとえば壺があり、その壺を見る。アクリル樹脂に映る光も見る。もしかしたら光ばかりを見る。

そして質感を、空気を、ないものを、見る。

認める。

もしかしたら出してしまう。出現させてしまう。

僕は、紫式部の墓――墳墓――と小野篁の墓――墳墓――を正面に、交叉視する。『平家物語』に続いて『源氏物語』？　オーケー、量感満点の物語じゃないか。それも京都の物語じゃないか。それらに背中を押されて、ほら。

浮かぶ。想い浮かぶ、劇場が。日本史と世界史。人類の歴史？　なるほど。いいや、いかにも。そろそろオペラの時間だ。

第二部　金閣寺二〇二〇

一

フランシス・フォード・コッポラの『地獄の黙示録（Apocalypse Now）』

中心はどこかを問うことから始めよう。

二〇一〇年十二月に戻る。

誰が、を記すのならば、僕がその日に戻る。また、僕は東京の自宅に戻る。この日の午後四時頃まではは妻の実家にいたのだ。それは富士山の麓にあって、朝には雪も降ったのだ。昼は義父義母、妻と鮨を食べた。十二月三十日だった。おせち料理をいっぱい土産にもらい、妻と東京へ帰った。

「え？　電気つかない」と妻。

「停電か？」と僕。

漏電ブレーカーが落ちている。上げたら復旧した。が、十五分後にまた落ちた。ふたたび上げ、その間に家主に相談に行った。行ったのは妻で、僕は闇と、寒さのなかに残った。室内がこうも寒い

（富士山麓なみに寒い）のは存外《ぞんがい》衝撃で、鉄とコンクリートの建物というのは電気を喪《うしな》ってしまうと無慈悲なもんだなと感じた。ところで家主だが、一家で同じ敷地に住んでいる。説明が難しいのだけれども、二棟の住宅があり、それらがL字形に配置されていて、うち一棟を縦に半分に割って——おおよそ三階分の高さ——ふた組の店子《たなこ》が暮らしている、というのが当時のそこの状況だった。

　ブレーカーはまた落ちた。

「どうも、古川さん。東電、呼びましたから」と大家の息子さんが、妻の後ろから拙宅のリビングに現われた。ここに姿を現わすためには階段をのぼってこなければならない。またもや説明の難しいことを説明するのだけれども、玄関は道路に面しているが、入ると即、右手に風呂場、正面に階段となる。その階段をのぼった二階がリビング・ダイニング・キッチンである。この二階部分は吹き抜け空間だとも言えて、しかしながら頭上の半分はロフトの床面になっている（さらに一室、その上方《うえ》にある。僕が仕事場にしていた）。このリビング・ダイニング・キッチンの南面と西面は大胆に巨《おお》きなガラス窓で、そのために冬場には——暖房器具を用いなかったら——猛烈に寒さが沁みるとは言えた。採光の点ではすばらしいのだが、なにしろ夜（日没後）だ、この瞬間は。

「あ、今日、来てもらえるんですか？」

「はい」

　それから僕、彼、僕の妻は、外套《コート》の類いは誰一人脱がないまま、拙宅の暗闇内に立ち、東電の社員の到着までボソボソと四方山《よもやま》話をした。おかしなことに、その特殊な状況——寒い・暗い・突っ立っている——は円滑にわれわれを親密にした。僕も妻も、彼の父親（とは大家さんだ）と話す機会のほうが日常的に多い。圧倒的に多かった。彼はこの頃たぶん四十前後だったと思う。話題が多方面にわたり、かつ一つひとつのトピックが興味深いというか尖《とが》っているので、僕は、ちょっと言い方はまずいかもしれないが軽く驚いた。

「あ。来ましたね」と彼のほうが言った。階下《した》の、玄関にノック音。

われわれは東電の社員を迎えた。

われわれは東電の社員の作業を見守った（しかし、暗い）。

われわれは東電のこの男性が優秀であることを確認した。

「どうも漏電ブレーカーそのものが故障している可能性が高いです。部品があれば、明日の午前中、交換作業をしてもらえるよう手配します。なければ年明けの、数日後になります。ですが、それまで普通に使えるように、応急処置はします。電源は……はい、復旧です。給湯器も……はい、動きます」

明るい。給水栓からの湯であるはずの水は？　温かい。

ありがたい。

「助けられました」僕は言った。

「こんな大晦日の前の日に、こんなに晩《おそ》くまで、ありがとうございます」妻が言った。

午後九時頃に、この東電社員は帰り、彼も、L字形の向こうの一棟（家主宅）に戻った。

十二時間後にまた来た。昨日手配された電気工事の技術者——東電の下請け企業の人間——がさきに現われて、なりゆきを見守るために彼も来た。技術者がいきなり玄関に現われたものだから、僕はリビングでCDをかけっぱなしだった。低音量にはしたが、停めはしなかった。聴いていたのはベートーベンの交響曲第五番、いわゆる『運命』、演奏はウィーン・フィルハーモニー管弦楽団、指揮はカルロス・クライバーである。一九七四年の録音である。

「大晦日に五番とは粋ですね。古川さん」

彼はあっさり言った。合唱付きの九番（第九《だいく》）ではなしに、の意味で。

「そうスか」と僕は言った。

「昨夜《ゆうべ》と同じチェックを、今日の電気屋さん、やってる気がしますね」

「気がします」

「ここもね」と彼は拙宅を指した。「古川さんが出たら借りたいって人、ウェイティング・リスト、いっぱいなんです」

「ウェイティング……順番待ちの？」

「ほら。原広司《はらひろし》さんの設計じゃないですか。古川さんには、でも、きれいに使ってもらえてるから、ありがたいなあ」

建築家の原広司の名前が出て、僕は大変に驚いている。妻もまた。

ずっと住居《すまい》としてきた建物が……原広司のデザイン？

「部品、駄目ですね。交換しなきゃ」と技術者の声。「もう問屋は休みに入っているから、年が明けてからの取り寄せになります。部品のね。ない部品のね。じゃあ、今日はこれで」

原広司の代表作はJR京都駅である。

この駅ビルはホテルと百貨店を含み、一九九七年に竣工した。

たとえば原広司は、『空間〈機能から様相へ〉』という著作内で、二十一世紀の建築は「現実の生活を演劇的にとらえる傾向が強まり、建築が物語り性、フィクショナリティをもつ」だろうと予見している。この著書は一九八七年に出た。

　原広司はまた、大江健三郎の友人で、大江の作品内に虚構化《フィクショナライズ》されて登場したこともある。その長篇小説『燃えあがる緑の木』（三部作）を僕は読んでいる。

　僕が杉並区のAという地域のその住宅の賃貸契約を結んだのは二〇〇二年十二月末、そして二〇二一年の十月末にやっと出るのだけれども、その、最初の八年間、誰が設計に関わったのかを知らずにいた。というのも、この物件を僕自身は探しださなかったからだ。個人史になるが、「専業作家になる」との僕の決断は二〇〇二年の十一月の頭になされて、そこから僕は必死で原稿を書き――食うことができなければならない――その間に妻が不動産屋で貸家、貸部屋の類いを探すということをしていた。猫が二匹いたので条件はいろいろとあった。要するに、可能ならば〝家〟がいい。妻は六軒、七軒と当たった。外観も確かめて内部《なか》も見て、夫は作家が生業《なりわい》である、と先方に伝えて、そこでたぶん「クリエイティブになれる環境」を求めているのだ云々《うんぬん》となったのだと想像するのだが、二カ月弱を費やして最終的に紹介されたのが、杉並区Aのそこだった。

「あなたにも実際に見てほしい」と言われた。「自然光の入り方が、ちょっと尋常じゃない」

「そうなの？」

「天窓もある」

「まじ？」と、当時三十六だった僕は答えた。

　そして妻と連れ立って見に行き、たとえばリビング・ダイニング・キッチン空間からロフトに通ずる階段の存在《ありかた》一つとっても、階段が一段ずつの腰掛けのようにも感じられて、言ってみればデザイン面で傑出している。仕事場候補の部屋にもたっぷり光が採れる。

「ここに決めよう」僕は言い、入居審査を申し込んだ。

はたして通るか？　貸主（とは大家さんだ）は、この時点で著作が四点しか刊行されていない新米作家に、貸す、と判断するか？

審査は二時間ほどで通った。驚愕した。これほど短時間で入居審査が了《お》わったのは、十八歳で東京に出て以来初めてだった。のちの大家さんの言《げん》は、「小説家にはですね、ここにはですね、ぜひ住んでもらいたいから」——で、僕の素性は益《プラス》になった。入居日には、リビングの隅にその大家さんからのウェルカム・フラワー、鉢植えのチューリップが置いてあって、ただただ感激した。

そして住みはじめて、多種の、厖大《ぼうだい》な量の原稿を書きつづけて、本も出版しつづけて、そこをたしかにクリエイティブになれる環境だと始終認識しつづけながら、僕は（それから妻も）設計が誰の手になるかを知らなかった。知らずじまいの八年を経て、二〇一〇年の年末を迎え、大家さんの息子の彼が、店子の僕たちに事情を教えるわけである。大家さんの息子の彼が、原広司と面識があり、そこの設計をじかに依頼したようなのである。「事務所の名義で、やってもらってますけどね。原さんの建築研究所の」

僕は専業作家になって以降、ほとんどずっと、その——原広司曰く——物語り性、フィクショナリティをもつ住居内で創作していた。

そして、やはりここからは直観というか、何かを事前的に感じとってしまっていたのだろうが、ある時期から、僕は京都に泊まる際にはJRの駅ビル内のホテルを利用するようになっていた。そこでの宿泊は、楽なのである。けっして安価とは言えない。けれども心理的に、大変に楽なのである。東京の自宅《うち》にいるようなのである。理由がわからなかったのだけれども、二〇一〇年の大晦日には判明した。たとえば京都駅のコンコースには大階段が具《そな》えられている。ここの大階段は階《きざはし》そのものが人びとの憩いの場である。座れる。これと同じ意図、構造を有して、かつミニチュアであったのが杉並区Aの拙宅の内部に設けられた階段なのだった。

中心はどこかと問いたいのだった。

二〇二三年二月三日の話をする。

この日は、というか三日前から僕は京阪神の神（神戸）に近いエリアにいた。JR神戸線というのは、東海道本線のとある区間の愛称で、同じ路線が京都駅から大阪駅間はJR京都線と呼ばれている。西宮駅よりももっと西の駅にいて、その駅に隣接したショッピング・モールの一階のカフェにいた。午前九時半。僕は十時からは仕事だ。数人と共同作業をする。うち二人はミュージシャンである。僕が書いたラジオ朗読劇——ラジオ・ドラマの一種——の脚本に音をつけ、整える。そうした状況であったため、僕は音声のボリュームだの、定位（空間的な位置づけ）だのにやたら意識がいっている。そのカフェの、窓ぎわのソファに座って、マグカップから黒い液体を飲んでいる。ガラス窓は駅前の大通りに面している。

人通りもそれなりにある。通勤と通学の混雑《ラッシュ》はもう落ち着いているけれども。杖をついた女性が、東から西へ、駅舎のある方向をめざして、歩いている。

四十代だろうか？　使っているのが白杖《はくじょう》だから、両目に障害があるのだ、と即座に理解される。目の前を——ガラス越しに——過《よ》ぎる。僕はハッとしている。僕は、どちらかといえば視覚障害者や聴覚障害者を、遇《あ》うと観察するほうだ。もちろん無礼にならないように注意しつつ。しかし視覚に障《さわ》りのある人を直視しても、それは無作法ではないとも感じつつ。そういう僕がハッとしているのは、「そうだった」と気づいたからだ。その女性の姿勢に気づかされたからだ。背筋が伸びているのだ。

そういえば、ほとんどの彼ら彼女らは、その背筋が伸びているのだ。

と、記憶に当たって、認識し直す。

なぜか、は問わないでもわかる。頭の位置に関係する。両耳の位置に与《あずか》る。それを一定に保ち、あの音はここ、その音はあそこ、と正確に配すること。定位すること。これこそが要《かな》めなのだ。外界を捉えるための。

だから、頭は揺れず、できるかぎり垂れず、すーっと伸びた頂《いただ》きに、周囲のあらゆる音響のその中心に、ありつづけなければならない。


これは訓《おし》えである。

僕は交叉《こうさ》する視線ということを考えている。右目と左目それぞれに世界史と日本史とを見て、その二つを交わらせる、ということを考えている。そこから人類の歴史にアプローチする。近づき方を誤らなければオペラになる。なぜならば（人類史の）構想は宏遠《こうえん》、また（人類史の）展開は躍動的、劇的、そして（人類史の）もろもろの題材、多種多様な思想は全篇、歌いあげられるはずだから。と、ひとまず記す。そのようなポジティブさが発現することを本気でこの僕が期しているのか、は措《お》いて。

しかしながら最初から僕は過ちをやるところだった。定めていなかったのだ、中心を。またもや僕はひとまず記すが、中心がなければ世界認識はない。天動説をイメージすればよい。宇宙の中心は地球である、といったん設定したから、コペルニクスの宇宙構造説、「中心は太陽である」と唱える地動説は衝撃的に登場した。僕はここで中心という語の両義性に触れている。中心がなければ中心は否定されない。ご承知のように現代《いま》では太陽ですら宇宙の中心ではない。だが、中心は、いずれにしても一度は定められなければならないのだ。僕は、どうやら目に頼りすぎた、「交叉視をしよう」と気負い立ってこの色弱の両眼に過度に頼った。

　ではステップを踏む。

　一歩め。中心はどこか?

　僕は前にこう書いた。京都御苑の内部《なか》にあるものは京都の中心にあるのだとは言える、なぜならば御苑内には御所《ごしょ》があるから、旧皇居があるからだ、といったふうに書いた。けれども旧皇居には旧がついている。そこには誰もいない、いまは住まない、いつから天皇は、そこに住まわれないのか?の問いには「明治二年(一八六九年)から」と答えられる。

　そういうのが現在の京都の中心か? まさか。

　さあ僕は否《いな》んだ。かつ、僕にはもう答えがある。とうからあった。けれども姿勢に問題があった。正していなかった。ゆえに正せ。背筋を伸ばせ。

　すると、言い切れる。ほら。

　京都の中心はJR京都駅である。

　わけても観光都市・京都の中心はJR京都駅である。

　たいがいのよそさん、わけても観光客はここから行動を開始する。いわば定位のための中心点、JR京都駅からバスで何分、北に、だの、徒歩で何分、南西に、だの、また、奈良線や嵯峨野線に乗り換えて何駅め、だの。しかも僕には、僕と妻とだけには、言い切れる。そこには以前の住居《ホーム》の感触、あたたかさ、中心性がある。

そして「以前の」であるからこそ、東京の、杉並区Aからの転居後は僕は駅ビルのホテルには泊まらない（泊まると、妙な心持ちになるのが目に見えている）。二〇二三年の一月十九日に僕は京都にいるが、いったいどこに宿泊しているか？　中心であるJR京都駅の、もっと東、である。

その中心ではないホテルで、ラジオに出演する。

NHKアナウンサーの渡邊《わたなべ》あゆみさんと話をする。

渡邊さんは東京の渋谷のNHKにいる。僕は京都にいる。

そして携帯電話を耳にあてている。携帯電話に話している。

二〇二二年の四月から、月に一度、その深夜放送番組に出ている。僕の出演は午後十一時台、僕のコーナーには「事前録音しない」とのコンセプトがあり、それゆえ僕は電話で、生《ライブ》で出る。だいたい近況について話す。近況と、そこから考察した事柄。担当は基本的に渡邊さんで、この日までに八度の対話をしていた。渡邊さんは一九九三年から約一年間NHKの人形劇『平家物語』のナレーションを務めていた。この頃の名前は黒田あゆみ。縁はある。

この日は京都にいるから、京都での発見について、話す。

が、その前にも京都については語っている。たとえば、二〇二二年九月の出演回、僕は「こないだ城南宮《じょうなんぐう》に行って」という話をした。「それはどこにありますか？」と訊かれた。京都市の南部にある。鳥羽《とば》にある。鳥羽は、水郷地帯である。この鳥羽の真南でかつて鴨川、桂川が合流した。鳥羽には院政の拠点が置かれた。白河上皇が離宮を、一〇八七年、ここに造営させた。これには鳥羽が陸上および水上交通の要所だったことが関係する、はずだ。鳥羽はまた、平清盛がクーデターを起こした一一七九年、後白河法皇を幽閉した地でもある。それから日本が「明治」の世を産むに際して、鳥羽伏見の戦い、すなわち戊辰《ぼしん》戦争の初戦のあったところである。

城南宮は平安京の南西（裏鬼門）を護る。

城南宮には神苑《しんえん》と呼ばれる複数の庭があり、そこには『源氏物語』に登場する植物八十種余を植栽した「源氏物語　花の庭」が含まれる。けっこう感心させられる。

城南宮は一九七〇年に「曲水《きょくすい》の宴《うたげ》」という行事を復活させて、そこでは白拍子《しらびょうし》も踊る。白拍子とは平安時代の末期に出現した、男装の女芸能者である。

僕は、城南宮に行った晩夏、白河天皇陵にも寄り、それをデジタルカメラで撮る前後に、どうしてだろう、着用していたマスクを外してしまい、少し離れたコンビニに入ろうとした瞬間に、俺はマスクをしていない、いない、いないのだとの事実に気づいて、慌て、しかしポケットにもない、手に、手首にゴムでかけてもいない、どこだ？　と渡ってきたばかりの交叉点をふり返り、凝《じ》っと見た、手前の横断歩道、これで北に渡れる、奥側の横断歩道、これが西に通じている、その横断歩道の、右から二つめの白線に、ある、あった、マスクだ、転がっている、しかし車に。

轢《ひ》かれた。

また轢かれた。

舞った。

呆然と僕は見た。

という体験をしていたのだけれども、この話は渡邊あゆみさんにはしなかった。ラジオでは披露しなかったということだ。それが二〇二二年の九月である。

この日は二〇二三年の一月である。僕はオオサンショウウオの話をした。

「京都に来てですね、今回、最初にどこを訪ねたかというとですね、水族館です。ええ、水族館。京都市内の。あるんですよ。遠い？　いえいえ。これが京都駅から――」僕は中心《ちゅうしん》を出していた。一月の時点で、そうしていた。「――歩いて十五分。そんなもんです。真西にです。梅小路《うめこうじ》公園があるんですけど。これは一九九五年の開園で、平安遷都千二百年を記念すると謳《うた》って、ですね、その梅小路公園の内部《なか》に京都水族館って、できたんです。あんまり知られてないですよね？　二〇一二年の三月開業だから……十年とちょっとか。わりと最近の水族館だから、ですね。きっと。でも凄いですよ。いるのは、その、クラゲが五千匹いますよ。オットセイとアザラシと、それからペンギンたちが可愛いですよ。でもね、オオサンショウウオです。

国の特別天然記念物の。

世界最大の両棲類の。

それが、京都の川に、いるんですね。

しかもこの水族館に入ると、いっちばん初めに展示されているんですね。オオサンショウウオに、僕ら来場者は会えるわけです。けっこうな数がいて、いっちばん大きいオオサンショウウオは百五十八センチです。

それでですね、愛らしいことに感動します。

サンショウウオがですよ。そのオオサンショウウオたちがですよ。

館内の説明パネルによると、オオサンショウウオは『生きた化石』と呼ばれていて、それって、二千三百万年前の地層からも、ほっとんどおんなじ姿形の祖先の化石が発見されているから、らしいですね。

ただですね。

同じパネルが、悲しい事実も教えましてね。

さっきの、百五十八センチのオオサンショウウオ？　これは、在来種じゃないんですね。

交雑個体なんですね。

一九七〇年に、外来種が鴨川に現われたらしいんです。

チュウゴクオオサンショウウオです。もちろん、日本に持ち込んだのは人間、人間たちの仕業《しわざ》です。

人為移入。これが——チュウゴクオオサンショウウオという外来種が——逃げ出したか、捨てられたかして、鴨川で野生化した。そして日本の、在来種の、オオサンショウウオたちと交雑した。

いま、在来種は一〇パーセント以下になっちゃってるそうです。棲息数が。

外来種そのものもあんまり見られない。交雑種ばかりになっているそうです。

あのですね。人類って、三万五千年前に、日本に、この日本列島に、初めて到達したんですよね。

アフリカ、ヨーロッパ、アジアの大陸のほうから。

でね、この五十年でですね、二千三百万年は変わっていなかったオオサンショウウオを、京都市内の川のを、たぶん絶滅させるんですよね。

それってなんなのかなあ、と」

なんなのだろう？

僕が水族館に興味を持つのは、動物園に興味を持つのと根はいっしょで、たとえば京都市動物園、ここでは京都弁がたっぷり拾える。この動物園は一九〇三年に開園した。そして、この動物園で、僕はほとんど観光客を見かけない。しかし賑わっている。ということは、ネイティブ（京都人）で賑わっているのだ。そういうことは僕は把握ずみで、もしや水族館も同じではないのかと想像し、行ってみたら「やっぱり、そうだ」と確かめられた。家族連れが多い。若干の修学旅行生はいた。

いずれにしても言葉の収集は楽しい。耳で、方言をたっぷり捉えることは。

いずれにしても、オオサンショウウオたちは愛らしい、しかし現状は悲しい。何かが惨《むご》い。チュウゴクオオサンショウウオが食用に移入された、との情報にも触れると、より考え込まされる。あとはラジオでは何も語らなかったことだ。水族館を出て、梅小路公園を散策する。大変に広い。

そして、ここは八百五十年さかのぼると『平家物語』にだいぶ関係する。ここには平清盛の別邸、西《にし》八条殿《はちじょうどの》があった。これは大邸宅である。まず清盛の妻、時子が承安《じょうあん》三年、とは一一七三年だが、八条大路北、壬生《みぶ》大路東に持仏堂《じぶつどう》を建立した。それを包み込むような形で二町の邸《やしき》が生まれて、これが拡張した、なんと六町規模になった。『源氏物語』に登場する光源氏の大邸宅・六条院が、四町もの空間を占めるからとんでもないとされているのだから（これはフィクション）、記録に「六町の範囲である」とある平清盛の西八条殿は（九条家本『延喜式《えんぎしき》』の図にそれが誌《しる》されている。つまりドキュメント）、輪をかけてとんでもない。この別邸に、清盛はたとえば白拍子を呼んだ。『平家物語』に登場する名前の知られた白拍子には、祇王《ぎおう》、祇女《ぎにょ》、仏御前《ほとけごぜん》、静御前《しずかごぜん》がいる。このうち、祇王は西八条殿に召し置かれた、祇女はその妹である、仏御前は祇王のライバルである。しかし敵愾心《てきがいしん》のないライバルなのであって、そこから悲劇が繰り広げられる。

という挿話の舞台を僕は二〇二三年の一月十八日に歩いている。

平清盛の西八条殿は治承《じしょう》五年、一一八一年の、清盛の死の直後に焼けた。「放火だと噂された」と『平家物語』には書いてある。実際には放火とぞ聞えしと書かれていて、それを僕が現代語に訳した。こういう局面では、ああ訳者として清盛に呼ばれたなと思う。自分がだ。呼ばれて、JR京都駅（京都の中心）から徒歩わずか十五分の水族館に、水の世界に来た。ただちに生きているオオサンショウウオたちに遭遇した。予期していないのに遇《あ》ったということ。その意味は？　と考える前に、梅小路公園を南東の隅の駐輪場があるところから出るのだが、その直前、奇妙な石碑《いしぶみ》を目に入れる。読める文字とどうにも読みづらい文字があり、前者だけを視認すると、

私の愛する人類へ

と刻まれている。これはなんなのだろうか。誰が建てたのか、や、目的は、とは僕は考えない。園内にあるのだから一九九五年前後か、以降に建った。しかし僕がこの文字群に遭遇するのは、二〇二三年一月である。しかも振りかぶって「人類へ」と言われた。しかも平清盛が圧縮した時間（八百五十年ほどだ）を僕に叩きつけて、途端、言われた。なんなのだろう？

だから考えるし、その思考をここに展《ひろ》げる。要点はオオサンショウウオである。京都水族館に掲示されていたパネル群は、その川を終始一貫〝鴨川〟と表記した。京都市内を北から南に流れるその川は、たしかに、河川法で〝鴨川〟だと定められている。ただ、法律から離れた感性だと、〝鴨川〟と

いうのは高野川と合流してからの名前で、その合流点――出町柳《でまちやなぎ》のデルタ――の上流が賀茂川、下流が鴨川、と理解されているのではないか？　僕はそうだ。そして、どちらもカモ川だ。僕が水族館の展示に触れながら、鴨川にオオサンショウウオがいる？　と戸惑ったのは、上流域（すなわち〝賀茂川〟）というイメージを持てなかったためである。いや、もしかしたら下流域にも棲息するのかもしれない。変なことは断じられない。だが、オオサンショウウオの繁殖場所が生態として河川の上流であることだけは確かだ。だいいち、たとえば夏の、鴨川の納涼床、いわゆる床《ゆか》とオオサンショウウオは、やはり組《ペア》にしてイメージすることは難《かた》い。

自分の想像力を、川の上流にさかのぼらせなければならない、と僕は考える。

そこに時間の圧縮を重ねる、とも考える。

すると一本のアメリカ映画が頭に浮かんで、この作品の監督は「時間を遡上する川の旅なのだ、これは。この戦争映画は」と語っていたのだった、と僕は思い出す。監督の名前はフランシス・フォード・コッポラ、そして映画は、コッポラの二度めのカンヌ国際映画祭最高賞（この時はパルム・ドール。一度めは現在のパルム・ドールに相当する最高位のグランプリを獲得した）の受賞作となった『地獄の黙示録』。

パンデミックからの視角で『地獄の黙示録』に迫ると、大切な独白《モノローグ》が最終盤にあるのだとわかる。それは一人の大佐の口から出る。ちなみに物語の背景はベトナム戦争、時代は一九六〇年代末である。大佐は――カーツ大佐という――アメリカ陸軍特殊部隊の隊長だったのだが、主人公ではない。主人公は、アメリカ陸軍空挺旅団の大尉――ウィラード大尉という――である。この主人公が特別任務を負っている。ウィラード大尉はカーツ大佐を暗殺しなければならないのだ。

いま、カーツは、カンボジア奥地の密林に彼の王国を築いている。

軍（あるいはアメリカ）を離れた。

だから抹殺せよ、と命じられたのだ。極秘裡に。

そしてウィラード大尉は、サイゴンから出発する。サイゴンは、その頃のベトナム共和国、いわゆる南ベトナムの首都で、現在はホーチミン市である。しかし当時はサイゴンである。この都市を、『地獄の黙示録』はまず中心と設定した。そして、ウィラードが首都サイゴンを離れる、川をさかのぼる、サイゴンから、中心からどんどん離れる、時代が前時代化、それこそ中世化や古代化を果たす。川の源流には壊廃《かいはい》した寺があって、そこはもうベトナム領ではない、カンボジア領である、そこにカーツ大佐がいる。現地の部族を率いている。

カーツは、ウィラードに語る。

特殊部隊（グリーンベレーである）にいた時の逸話を語る。

収容所の子供たち（ベトナム人である）に注射をしたのだと語る。

小児麻痺の予防接種を行なったのだと語る。

その収容所を出ると、泣きながら老人が一人、後を追ってきた、と語る。

ベトコン（南ベトナムの武装共産ゲリラ。アメリカに敵対する）が収容所に来て、小児麻痺の予防接種を受けた子供たちの、腕を、斬り落としていったと語る。

カーツは、「その腕は、山のように積まれていた」とウィラードに語る。

小さな腕の、腕塚《うでづか》だったのだ。

その場面に臨んだ際のおのれの気持ちを、自分は、決して忘れたいとは思わない、とカーツ大佐はウィラード大尉に語る。

そして僕だけれども、この独白《モノローグ》と、それが植えつけたビジョンを、一度も忘れていない。僕が『地獄の黙示録』をスクリーンで観たのは、中学一年の冬、それは地元の福島県郡山市で特別試写会が行なわれたからで、僕はその試写会に申し込み、一人で、最前列で観た。いっさいがっさい強烈で、東南アジアのジャングルに自分が置き去りにされたと感じて、と同時に、終演後の、質疑応答の時間に、「大人の人たちも、馬鹿な質問をするんだな」と呆れた。たしか『ディア・ハンター』と比べて、このベトナム戦争映画は……云々と語る年配者がいたのだ。そして的《まと》を射ていないと十三歳の僕は感じた。

問題は斬られた腕である。

映像では現われないのに忘れられない光景《ビジョン》である。

つまり、さっさと言おう。ワクチンにはその頃から物語力がある。ワクチンが打たれた腕なぞ、さっさと斬って落としたほうがよい。僕は前に観光都市・京都の物語力とパンデミックの物語力を比較した。たとえば二〇二〇年の一月、二月、三月と事態を整理して、パンデミックの圧勝だと整理した。そして、この二〇二〇年の一月、二月、三月にはＣＯＶＩＤ－19用のワクチンというのはまだまだ夢である。日本国内でのワクチン接種は二〇二一年の二月に始まる。さて、そのワクチンの物語力だが、やはり『地獄の黙示録』内のビジョンに似た。劇烈、かつ、立ち位置で善悪が反転した。

ワクチンを打ちたい。ワクチンに助けられたい。善が吸引する。

ワクチンは避けたい。ワクチンには殺される。殺されずとも、他の疾病の因《もと》となり、免疫はきっと落ちに落ち、ひょっとしたら遺伝子配列が書き換えられ……。悪。絶対悪。

　しかし『地獄の黙示録』は、斬られる水牛のビジョンでも僕に訴える。このベトナム戦争の映画はベトナムでは撮影されていない。フィリピンのルソン島で撮られた。そこが「ベトナムに地形が通ずる」とされたためで、かつ、アメリカ軍はベトナム戦争の映画には協力しない（「反戦物となるだろう」と懸念する）が、そういう前提がフィリピンにはない、実際にフィリピン軍は撮影に協力して、その軍備は、たとえばヘリコプター、ジェット機などの肝《きも》の装備を採ってもアメリカ製である。こういう背景があったから、カーツ大佐がカンボジア奥地で率いる現地の部族を演じたのは、フィリピンのルソン島の先住民族の、イフガオ族で、この部族の本物の祭儀が——たぶん再現されてなのだろうが——映画の最終盤のそのピークに挿入されている。一頭の水牛が生け贄にされるのだ。山刀《やまがたな》で斬られるのだ。大きな山刀で、たちまち屠《ほふ》られるのだ。しかしスロウな印象なのだ。肉の断面（文字どおり生肉である）が見えるのだ、幾度も、次第にアップにされて。水牛はイフガオ族の家畜で、基本、食用ではない。耕作用、運搬用のはずだ。水牛はその体高が一・八メートルに達する大型獣で、これが斬り殺される。

　酷《むご》いか？

　中学一年生の僕は、唖然とした。自分が目を覆わず、自分が「こういう死をフィルムに記録するなんて！　非道だ！」と心中で叫ばず、泣かず、魅入《みい》られていたから。

　要するに自分の反応にショックを受けた。

　祭儀とはなんであるのか？

『地獄の黙示録』はまた極めてオペラ的な映画でもある。音楽が重要である、とは急所を突ける（そういう意味でのオペラ的な映画――戦争映画でもある――は僕にはもう一作あって、それはエミール・クストリッツァ監督の『アンダーグラウンド』で、こちらもまた、クストリッツァの二度めのカンヌ国際映画祭最高賞《パルム・ドール》受賞作である)。この作品の代表的なスペクタクル、それはアメリカ陸軍の空中機動師団が出撃して、軍用ヘリからワーグナーの「ワルキューレの騎行」をオープンリールのテープで大音量でもって流す場面だが、この楽曲はワーグナーのオペラ『ワルキューレ』の第三幕の序奏だ。使われた音源の、演奏はウィーン・フィルハーモニー管弦楽団、指揮はゲオルグ・ショルティ。そして『ワルキューレ』というのは四晩にわたって上演されるオペラ史上最大最長と言われる――本当か?――四部作の『ニーベルングの指環』の二部め、第一夜に相当する。一部めの『ラインの黄金』は序夜である。

が、オペラの音楽が添えられたからオペラ的なのか? 『地獄の黙示録』の撮影監督はヴィットリオ・ストラーロというイタリア人だが、彼の証言がある。「『この(ベトナム)戦争はショーだ』とフランシス(・コッポラ)は僕にいつも意識しろと言った。これはベトナムのドキュメンタリー映画とは違うんだ。アメリカ人は(それが戦争であっても)ビッグ・ショーに変える。照明、音楽つきのイベントに! 敵を攻撃するに際してはワーグナーの音楽だ。ほとんどショー、ほとんどオペラ。それがアメリカ人の幻 想《ファンタジー》だ」(『ハート・オブ・ダークネス コッポラの黙示録』内の発言。私訳)

つまりオペラを映画で作る、ということが、さきにある。

それからまた『地獄の黙示録』はポーランド生まれのイギリスの小説家、ジョゼフ・コンラッドの小説『闇の奥(Heart of Darkness)』を下敷きにしている。この小説はアフリカ大陸の熱帯地方、現在のコンゴ民主共和国を舞台にしていて、『闇の奥』は一八九九年に刊行されたから、いっぽうにヨーロッパの白人文明の優越があり、他方にアフリカの黒人たちのそうではない世界、文化状況、すなわち地獄が配される。主人公は、コンゴ河をさかのぼる、そうして奥地の絶対的な権力者となった白人・クルツ（Kurtz）に会わんとする。

Kurtzを英語読みすればカーツである。

アフリカのジャングルを東南アジアのジャングルに置き換え、コンゴをベトナム、ヨーロッパをアメリカに換えれば、映画『地獄の黙示録』の構造が出る。

オリジナル脚本に基づいているのが『地獄の黙示録』だが、コッポラは撮影中、何度も「これは『闇の奥』の翻案である」との出発点に立ち返る。コッポラ自身も脚本（場面、台詞）を書いている。

するとどうなるのか？　ベトナムにコンゴが重ねられて、アメリカにヨーロッパ文明の古層のようなものも塗り重ねられて、しかも撮影地はフィリピンである。いっさいが多面である。

この多面を、僕は神話の相貌《かおつき》と考える。

ベトナムとアメリカの衝突がそこまで行ったのだ。

けれども、ジャンルとしてはこれは戦争映画、次位《サブ》のジャンルとしては「ベトナム戦争」物だから、いろいろと批判も出る。ベトナムのこの描かれ方は、なんなのだろう？　このアジアに対する蔑視は、なんなのかなあ、と。僕は、ベトナムのサイゴンに生まれてベトナム戦争のその末期にアメリカに移住し、国籍はベトナムでありアメリカであり、詩人で小説家であるリン・ディンと、二〇一六年にニューヨークで、二〇一八年に東京で会ったのだが（東京では春秋の二度）、その東京での再々会時に『アポカリプス・ナウ（地獄の黙示録）』をどう思うか？」と訊いたのだけれども、「それについては日本で出る新刊に書いたよ。もう」と言われた。それは『アメリカ死にかけ物語』で、

『地獄の黙示録』に描かれるベトナムは、多かれ少なかれ一連のジャングルに過ぎず、何気なく木から死体がぶら下がり、弓矢や槍が木の葉の間から飛んでくる。弓矢の攻撃のシーンは、ジョセフ・コンラッドの『闇の奥』からそのまま抜粋したもので、黒人の船長は飛んできた槍に突き刺される。このシーンは息を飲むほど嘘くさい。北ベトナム軍やベトコンは弓矢と槍で勝利をもたらしたわけではない。しかしコッポラは1899年に書かれた小説から抜粋した場面を、1979年の映画になんとか組み込まなければならなかった。なぜなら彼はその荒々しさに魅了されていたからだ。主人公ウィラードの乗ったボートがナン川を上るシーンで唯一見られる文明の印は、2つのアメリカ陸軍基地とフランスのプランテーションだけだった。それはリアルなベトナムではない。ベトナムを訪れたことがある人ならきっとこう言うだろう。ベトナムは（戦時中も）著しい人口過多だったのだと。川や道路には集落が並んでいる。比較してみれば、アメリカの方がよっぽどワイルドだ。ベトナムを訪れるとすぐに至る所に書かれた文字を目にすることになる。それは文明の印以外何ものでもない。ベトナムにはありとあらゆる場所に文字の書かれた看板や垂れ幕があるが、『地獄の黙示録』のパノラマショットには、ひとつもそれがはっきりと映されていない。コッポラはベトナム人に何も話させなかっただけでなく、書かせることもしなかったのだ。

（小澤身和子訳）

こう腐している。

言い分もっともである。そしてアメリカ人にはアメリカ人の主張があり、ベトナム人にはベトナム人の主張があり、リン・ディンにはこの批評、この批判があったのだから、アメリカ人でもベトナム人でもない僕は、引用したこのリン・ディンの文章に何かを添える。続ける。ベトナム人がベトナム戦争期のベトナムを再現して、そこに何かを書いたとする、たっぷり文字というものを書いたとする、けれどもローマ字（ラテン文字）以外が書かれることはあるのか？

そのベトナム文字は滅んだ。字喃《チュノム》という。

字喃は漢字から派生的に生まれた。たとえば日本には国字がある。弱い魚で鰯《いわし》、等。漢字に似せて日本で作った文字だ。ちなみに「弱い魚で鰯」と僕がフレーズを記す時、僕は、漢字ひらがな漢字ひらがな国字、を用いているわけだ。字喃はいわばベトナムの国字で、しかし位置づけとしては私的である。公的ではない。たとえば一二七二年の歴史書――ベトナム最初の歴史書――『大越史記《だいえつしき》』は漢文で書かれている。この辺りの事情は日本に通ずる。『日本書紀』は漢文で書かれている。公式文書であるのだ、ということだ。いっぽう『古事記』は漢字で書かれているのだけれども、漢文（当時の中国語）ではない。だから『古事記』の八年後に『日本書紀』が編まれる必要があった。字喃は、漢字と混用された。交ぜ書きにされた、ということだ。つまり「弱魚鰯鰯」的だった、ということか？　いずれにせよ、この文字体系を道具にするには漢字がそもそも扱えなければならない。

ベトナムは、（識字率の問題を抜きにすれば）扱える国だった。

漢字文化圏に属していた。

いまも歴史的な建造物には漢字はある。けれども一九六〇年代末のベトナムを再現するために二〇一〇年代、二〇二〇年代のベトナムに縁《ゆかり》のある人間たちに文字を書かせたら、そこに漢字は含まれない。字喃は含まれない。ローマ字ばかりになる、と想像される。

ベトナムは紀元前一一一年に漢王朝に支配された。独立——中国からの——は紀元後の九三八年、国号を大越《だいえつ》にしたのが一〇五四年、これは十九世紀の初めに越南《えつなん》と改められて、同世紀の後半にこの越南国はフランスに侵略される。一八八四年に、完全にフランスの植民地になる。フランスは何をしたか？　この宗主国は統治の必要性から、ベトナム語のアルファベット化、すなわち「ローマ字という文字体系の採用」を試みた、強いた、推し進めた。ローマ字には独特の補助符号もつけられた。ということであるから、ベトナム語の音を表わすにも十分であるから、漢字と字喃は斥《しりぞ》けられた。

一九四五年、ベトナムは、ベトナム民主共和国の成立という形で独立を回復する。この時点で、漢字および字喃は廃止された。これはベトナムが漢字文化圏からは立ち去ったということだ。そして漢字文化圏のことを考えると、ある中心がはっきり見える。中国である。

中国。チュウゴク。

京都水族館には、オオサンショウウオがいる。いちばん大きな個体は百五十八センチあり、これは京都の、鴨川の、日本の在来種ではない。雑種である。チュウゴクオオサンショウウオと交雑した。

二　ポール・シュレイダーの『ミシマ（Mishima: A Life in Four Chapters)』

中心ではないところから話す。

台湾だ。

僕の小説が翻訳されて、二〇二二年六月に台湾で刊行されたが、この中国語版のタイトルを僕は簡単に読める。なぜならば訳されたのは僕の『平家物語　犬王の巻』であり、台湾版のほうの題は『平家物語　犬王之巻』であるからだ。のが之に換わっただけだとも言える。しかし、それだけか？　考えてほしい、日本人であれば『平家物語　犬王の巻』も『平家物語　犬王之巻』も「へいけものがたり　いぬおうのまき」と読む。頭のなかでそう読んで、声に出すにもそうするだろう。せいぜい「……いぬおうの、まき？　かん？」と巻の発音で悩むだけだ。ここで想い描いてほしいのだけれども、台湾の人たちは、そんなふうに『平家物語　犬王之巻』を日本語としては読んでいない。中国語（国語。中華人民共和国の普通話《プートンホワ》と基本的に同じ）として読んでいる。つまり音がまるで異なる。

日本語の漢字には、旧字体、新字体の別がある。新字体というのは一九四九年に〝正字〟として定められた。それまでは、たとえば医師の医は、醫と書いた。この醫のほうが旧字体である。当然だが昔はこちらが〝正字〟だった。似たような区別は中国語にもあって、台湾では伝統的な字体を用いつづけているけれども、中国、すなわち大陸の中華人民共和国は文字改革を行なった。まず一九五六年に五百十五字のその字体を簡略化し、一九六四年には合計で二千二百三十八字を簡体字として制定した。その後も改革は進められた。この、大陸の中国で筆画が減らされていった文字群に対し、オリジナルは繁体字と言われる。オリジナルとその母体のグループは、だ。台湾の漢字は、この区分に照らすと繁体字である。

繁体字は日本の旧字体に近い。見た目がだ。

僕は旧字体がそれなりに読める。作家としての訓練の賜物《たまもの》だ。

というわけで、僕は、『平家物語　犬王の巻』ならぬ『平家物語　犬王之巻』が、その中身に踏み込んでも、読める。だいぶ判読可である。おまけに原著（『平家物語　犬王の巻』だ）を著わしたのが僕であるから、訳書（『平家物語　犬王之巻』だ）のその内容をかなり正確に推測でき、すると、これはどういうことか？

これは、僕がこの、台湾で刊行された中国語の書物を、まるまる一冊新たに日本語に訳出することが可であるかもしれないと仄《ほの》めかす。

僕は中国語を話せないのに、である。

違うことを空想してみよう。僕が、ベトナムの字喃《チュノム》を学んだとする。たとえば台湾の台の字に二を組み合わせて、前者が偏《へん》、後者が旁《つくり》である一字を、字喃は数字の〝二〟としている、等。こういうことを学習しはじめたら僕はおもしろがるから、いずれ字喃をそこそこ修める。そして、僕は、漢字のほうは（旧字体でもそこそこ）読めるわけだから、どうなるのか？　僕は、ベトナムが一九四五年以前に残した厖大《ぼうだい》な量の文献に、漢字だけで書き表わされるのであれ字喃と漢字の交ぜ書きであれ、そういう文献のアーカイブにいつでもアクセスしうる、という事態を実現させる。

ということになる。

そして、これがまた肝要なのだが、僕はベトナム語は話せない。


東アジアには漢字文化圏があった。この点にスポットライトを当てると、ベトナムは一九四五年まで東アジアに属していて、以後、東南アジアに分類されるようになった、とも言える――これとは別の文脈で、東南アジアという概念は第二次世界大戦の初期に確立したのだけれども。いわゆる西洋がイメージする東洋には、たぶん「漢字の東洋」という貌《かお》もあって、もちろん東洋、アジアというのは多面なのだけれども、あきらかに一面――一つの貌――は「漢字の東洋」である。この貌は、しかし解体に向かう。ベトナムは脱《ぬ》けたのである。日本は、それまでの〝正字〟を旧《ふる》い字体にして、軌道を変えた。中国もまた漢字を改良した。簡略化した。いま改良と書いたが、ここに中華人民共和国政府のそもそもの意思《おもわく》がある、中国の文字改革とは「識字運動」だったのだ。中華人民共和国の成立以前、識字率は一〇パーセントに満たなかったと言われる。これを革《あらた》めるために、誰もが習得できるようなシンプルな漢字を！　となった。簡体字はそのように生じた。そしてベトナムでは、ホー・チ・ミン（一九四五年建国のベトナム民主共和国の国家主席兼首相）もまた同じことを考えた。識字運動。誰もが国語《クオックグー》を読み書きできるには？　フランス人たちの遺産、ローマ字がよい。

漢字は数が多すぎる。

漢字は知識人の道具である。

漢字は大衆を一〇〇パーセントの識字率にはしない。

そして一〇〇パーセントの識字率の達成は、過去との接続を絶つ。たとえば現在のベトナム人の何パーセントが、『大越史記』をザッと読めるか？　あるいは、これは翻って日本なのだけれども、戦中戦前（とは一九四九年以前ということだ。ちなみに当用漢字＝新字体が登場するぞとの公布は一九四六年、昭和二十一年）の文献を誰がすらすら読めるか？　二〇〇〇年前後に誕生した日本人は敗戦から半世紀以上を経て生を享《う》けた、そして現在は高等教育も終えている、こういう層の、それこそ一〇パーセントほどは「すらすら」であるのか？　無理だろう。だとすれば、そういう層の九割以上がこの国の戦中戦前のアーカイブにはアクセスできない、と言える。それらのアーカイブ、つまり日本の近代史（の文献）に関して識字率は一〇パーセントに満たない、とも言い換えられる。

　文字は、読める必要がある。

　書ける必要がある。

　言語は、それが母語であれば、話せる必要がある。

　そして、話して、みなが読み書きのできる現代のベトナム語があり、それはローマ字文化の圏内に成立している。僕の、話せず、けれども（空想するならば）読み書きにも到達する可能性を秘めたベトナム語、近代以前のベトナム語がある。ここで文字体系に、二つのベクトルが仮定できる。空間志向か、時間志向か？　ちなみに中国も、一時はローマ字に依《よ》ろうともした、識字率一〇〇パーセントのためにだ、けれども「伝統的な字体（繁体字）から簡体字にする」と向きを変えた。

　香港。一国二制度の香港で用いられるのは、繁体字である。

　パンデミックの少し前から、香港の民主化運動は弾圧され出した。中国で、合計二千二百三十八字のシンプルな漢字が制定されて、半世紀と少し後から。

　台湾。その有事——人民解放軍が台湾（中華民国）に侵攻する——がリアルに囁かれ出したのは、まさに二〇二〇、二一年のパンデミック以降である。台湾は、もう述べたが、繁体字を使用する。

いまの二つの補記は、どうしてだか書き落としてはならないと直観された。

ちょっと西洋のことを考えよう。西洋の文字史をだ。そちらでは象形文字は発展しなかった。より高度な表意文字には成長せず、消えた。アルファベットは、フェニキア語の文字が祖《おや》なのであって、そのフェニキア語の文字というのは、子音字のみで、二十二個しかない。フェニキア語を話したフェニキア人というのは何に携わっていたか？　海上交易である。ここには「空間に散る」がそもそも含まれると僕は考える。海上空間、それから陸上空間へ。たとえば通商語《リンガ・フランカ》という発想がある。いま現在は英語がそうだ。この言語は、大英帝国が「七つの海を支配する」ということをやったから拡散した。その後、地位をアメリカが襲《つ》いだ。その通商語《リンガ・フランカ》の主はアメリカなのである、と。こういう巨大化した言語、超大国の言語の問題点は、少数者の言語を呑むことである。

言語は、それが母語であれば、話せる必要がある。だからベトナム人はベトナム語を話す。しかし英語を読み、英語を書き、母語を英語にしてしまう非アメリカ人もいる。

それは言葉が空間的に拡張することだから、よい点も多々ある（のだろう）。

しかしベトナム語を使用しながら、ローマ字を用いることもでき、漢字を用いることもできる。

さて漢字は知識人の道具か？　習得が容易であるのは二十数文字のローマ字で、困難であるのは数千文字（あるいはもっと）の漢字だ、と言い切ることは容易で、だが、人間は、たかが数千文字を憶えるのにそれほど難儀するのか？

人類、それも現生人類についてイメージしよう。

僕たちは直立歩行している。

こうやって直立して、二足歩行をして、どうなったか？

脳容積が増大したのだけれども、それよりも、手が自由になった。両手が。

すると道具が使える。

それどころか道具が作れる。

それどころか、作り、使い、書ける。筆記具で。

直立歩行をして、人類はその結果「書ける」ようになった。と、こう僕は言いたい。私の愛する人類へ。


もちろん漢字も、空間的に拡散、巨大化するということはしたのだ。

紀元前一四〇〇年、中国最古の王朝、殷《いん》に文字が生まれた。

紀元前二二一年、秦《しん》王朝が中国を統一した。

始皇帝は文字改革もやった。ここで漢字という象形文字は飛躍を遂げる。具体物のその形を象《かたど》るという段階を脱した。表音文字の側面も具えた。すると、何が起きたかと言うと、多民族が、それぞれの担う数多《あまた》の言語を、捨てずに中国＝漢字の帝国下に入る、という事態が実現された。しかもこの帝国は、存外《ぞんがい》寛容であったのだ。周辺諸国に朝貢《ちょうこう》は強いた。これは構図としては不平等である、中国が絶対的に高い地位にある、だが皇帝に貢ぎ物さえ献《ささ》げれば各国（とは形式的な属国だ）の内政は干渉されなかった。

おまけに自由に漢字を用いてよいのだ。

おまけに漢訳された仏教（梵語《サンスクリット》から漢訳されているのは仏典だが）というのを採り入れてもよいのだ。

漢字がなければ仏教は伝来しなかったのだ。日本に。

ここで日本史に移る前に、いま少し中心から光を照らす。漢字があり、それを「読める」「書ける」ということと、そうではない文字があって、たとえば純然たる表音文字・ローマ字があって、こちらを使ってコミュニケーションを図ることとは、どう違うのか？　これはコミュニケーションとはなんなのかを考察するに似る。意思を伝達したい、伝達し合いたい相手が、目の前にいるとする、この場合、聴覚の問題や発声器官の問題がなければ「話す」ということを人間はする。日本語で話したり英語で話したりスワヒリ語で話したりヨルバ語で話したりタミル語で話したり、まあいろいろだ。「話す」ための努力もする。コミュニケーションはいわば、それで事足りるはずなのに、どうして「読める」「書ける」が求められる状況があるのか？　相手が目の前にいないからである。

ここで検討しなければならないのは、距離、すなわち空間である。

離れている二者をつなげるために、文字はある。

だが、離れている二者は、そこに電話があれば「話す」のではないか？　ウェブ会議的なシステムに接続して、離れていても擬似的に眼前にいる状態に置かれた時、やはり「話す」が基本ではないか？　インターネットの普及以降、電子メールやＬＩＮＥ的なメッセージは相手に瞬時に届いていると了解されている。が、それ以前の時代、たとえば手紙は遅れて届いた。

だから書いた。文字で。

それが、文字が、読まれた。

ここに挿《はさ》まっているのは、時間である。

つまり人類は、「書ける」ようになって、それで空間をちぢめたのだが、じつは時間を接続させている。前後にある時間を。前に過去があり後ろに現在がある。または前に現在があり後ろに未来がある。もっと単純に「過去と未来をつなげている」とも大雑把には言える。こういう点を、もちろんローマ字の使用者も把握している（あるいは把握できる）はずだ。だが、僕は日本人であり、漢字とカタカナとひらがなの三つの文字を扱う文化の内部《なか》に生きていて、このうちのカタカナとひらがなは表音文字である、ローマ字と同様である、しかし漢字はそうではない、その、漢字なる文字システムに触れる時にだけ、猛烈に時間を意識する。意識させられる。なぜならば、それを書いた人間が、中国大陸のどこかにいて、朝鮮半島にいて、インドシナ半島にいて、台湾にいて、その全員が僕には理解できない言葉を話した、そういう言語で思考した、それなのに二〇二三年のいまを生きている日本人の僕が理解できる、この事実があまりに衝撃的だからだ。

コミュニケーションとは、自己と他者の間にある。

そこには空間的な隔たりがない状況があり、ある状況もある。

しかし、いちばんの距離とは時間的な距離である。

と、漢字なる文字のシステムは僕に告げる。

カタカナについて補記しよう。カタカナは平安時代の初期に漢文（当時の中国語）を日本文として訓《よ》むために生じた。ただの補助記号だった。しかし最終的には、日本第二の表音文字として、成熟した。先んじて熟したのはひらがなである。そして第一、第二の表音文字が発展する前、いいや、生まれる前に、日本は中心から徹底的に拒まれる、叩かれるという体験をする。

つまり中国に敗戦した。

それが六六三年の白村江《はくすきのえ》の戦いで、これは日本と中国が一国対一国で衝突したのではない。日本は百済《くだら》と連合し、中国（唐王朝だ）は新羅《しらぎ》と連合していた。が、実質的に日本が大敗を喫したのは唐の水軍に対して、である。結果、百済は完全に滅亡した。日本は朝鮮半島から撤退した。ここから日本史に話題をはっきりと切り替えるが、この敗戦以前に日本には漢字が、仏教が入っている。それらは手放さず、しかし日本は「中国（中央）には、朝貢をしている程度でいい。遣唐使をさしむけている程度でいい。もう朝鮮半島とも交渉しない」との道に進む。そして現存する最古の歴史書『古事記』を生み（七一二年）、これは日本化した漢文で著わされたので、正規の漢文による『日本書紀』も成立させる（七二〇年）。要するに、中央に対して、日本《うち》には歴史があるのだ、と宣言した。独立宣言。そして第一の、第二の表音文字も生まれて、ほら日本《うち》は国家として独り《ひと》立ちしている、と証す。

それ（敗戦。白村江の戦い）から千二百八十二年が経過する。

日本はまた連合軍に大敗する。しかし実質的にはアメリカに叩かれる、完全に敗れる。西暦一九四五年八月。あるいは降伏は九月だったのだと認識してもよいが——同月二日に降伏文書に調印した——、すると奪われるのは独立である。アメリカの占領下に入る。一九五二年の四月に独立は回復する。この間、何が起きているか。漢字は新字体に切り替えられた。日本の一度めの独立というのは、中国（唐）に倣《なら》って律令制国家を、がスローガンだったが、二度めの独立に際して唱えられるスローガンは、アメリカに倣って民主主義国家を、である。そしてカタカナが、この表音文字は前々から外来語を表わすのに用いられる傾向があった、それが、どんどんとアメリカの言語を宿しはじめた。カタカナは、時間志向よりも空間志向、ただ刹那《せつな》にひろがることを希求して、「数年後には死語になっていい」の構えで散る。しかもアメリカに顔を向けている。

アメリカが中心であると言わんとしている。

もはや劣等英語《にせ》なのだ。

ところで一九四五年の八月にアメリカ合衆国に敗北し、一九五二年の四月に独り立ちし直し、その七年弱の期間に何があったのか、だが。

三島由紀夫ならば、こういうことを書いた。小説『金閣寺』内で。


米兵が叫んだ。私はふりむいた。足をひろく踏んばった彼の立姿が目の前に在《あ》った。指で私に合図していた。打って変った温かい潤《うる》みのある声が、英語でこう言った。／「踏め。おまえ、踏んでみろ」／何のことか私にはわからなかった。しかし彼の青い目は高所から命じていた。彼のひろい肩幅のうしろには、雪をいただいた金閣がかがやき、洗われたように青い冬空が潤んでいた。彼の青い目は少しも残酷ではなかった。それを、その瞬間、世にも抒情的だと感じたのは何故だろう。／彼の太い手が下りて来て、襟首をつかまえて、私を立たせた。しかし命ずる声音はやはり温かく、やさしかった。／「踏め。踏むんだ」／抵抗しがたく、私はゴム長靴の足をあげた。米兵が私の肩を叩いた。私の足は落ちて、春泥《しゅんでい》のような柔らかいものを踏んだ。それは女の腹だった。女は目をつぶって呻《うめ》いていた。／「もっと踏むんだ。もっとだ」／私は踏んだ。最初に踏んだときの異和感は、二度目には迸《ほとばし》る喜びに変っていた。これが女の腹だ、と私は思った。これが胸だ、と思った。他人の肉体がこんなに鞠《まり》のように正直な弾力で答えることは想像のほかだった。

このエピソードは虚構である。しかし、この虚構、このフィクションは「一九五〇年七月二日に金閣寺が、その寺の齢《よわい》二十一の僧侶に放火された」との事実、すなわち記録、ドキュメントを下敷きにしている。京都の北山《きたやま》で、そういう事件が出来《しゅったい》した。そして、放火する若い寺僧というのはこのような屈折を経るのだろう、と三島は構成した。アメリカの力の具現化（軍人）が、外人向けの娼婦――日本人である――の腹を踏ませる、女は流産する。このことで主人公は追い詰められる。

そして流産する赤子というのは、日本だ、とも読める。

この三島由紀夫の『金閣寺』は映画化もされオペラ化もされた、と以前に述べた。が、そこでも僕が言っていないのは、アメリカ人にも映画化された、である。いま少し正確に解説する。アメリカ人による日本人作家の伝記映画の、一つの章《チャプター》という形で映像化された。ポール・シュレイダーが監督した『ミシマ』である。ただし、実際には邦題はない。日本では劇場公開が見送られた。日米合作なのだが日本人の俳優たちは母語（日本語だ）で演じる。そして製作総指揮はフランシス・フォード・コッポラとジョージ・ルーカス。またコッポラである。が、僕の語らんとする要点はそこにはない。

美術監督が石岡瑛子《いしおかえいこ》で、彼女は実験的なセットを担当した、それが肝《きも》がつぶれるほどに凄い、ぜんぜん映画ではない、完璧にオペラである、と言いたい。

たとえば金閣寺は、まっぷたつに割れる。断面も黄金《きん》である。

麺面閣《めんめんかく》という飲食店がある。これは京都に実際にある。金閣寺の所在地は京都市北区の金閣寺町だ。

その境内の、参道は黒門から総門へと続いているのだが、その黒門の、東にほんの百メートルほど先に西大路通の「金閣寺前」の交叉点があって、そこに麵面闍はある。西大路通に面して、この店はある。何が提供されるのか？　もちろん麵だ。

ラーメン店である。

二〇二三年一月の京都滞在時の、ある日は、僕は店頭《みせさき》で妻と落ち合った。当然いっしょに食事をとるためで、この日の午前は別行動だった。妻は「のんびりする」と言っていた。

しかし昼には、僕は、北区まで来ることを要請したわけである。というのも、麵面闍の評判は僕は少し前から聞いていて（値段設定は高め、しかし外れない、等）、妻は——妻も——ここを気に入るだろうと踏んだから。

四種類あるメニューから、いや麻婆豆腐丼を勘定にいれれば五種類あったのだが、そこから、丹波《たんば》黒地鶏土鍋麵を妻は選んだ。牛肉担々麵を僕は選んだ。席に着いて、僕は妻に「今日はこの後は金閣？」と質問された。拝観するのか、の意だ。

「金閣は、いいかな。パス」

と僕は答えた。

「境内、そこじゃん？」

「ほんと、そこだね」こういうのを目と鼻の先という。「あの舎利殿（とは金閣のことだ）、そう何度も見るべき建築じゃあ、ない、が個人的な意見」

すると妻は「もうちょっとで金閣寺」と言った。べつに失望はこもらない、皮肉もない。ただ客観的事実がぽろっと述べられた感じだった。

「そのフレーズ」と僕。

「なに？」と妻。

「いいね」

「……どのフレーズ？」訝《いぶか》しげだ。

「もうちょっとで金閣寺。それ、そのままタイトルになる。小説の」

「どうだろう」妻は懐疑的だ。

「ほら、『もうちょっとで金閣寺』、古川日出男作。いや、駄目か？　だったら」こういう時の僕は思考を、連想を走らせるのを停めることができない。「だったらさ、これは？　フランツ・カフカ作、『金閣寺』。カフカに『城』って小説、あるじゃん。いつまでも主人公が城にたどりつけない、ってやつ。あの長篇の、城、って普通名詞を、まるまる固有名詞の、金閣寺、に入れ換える」

「カフカの『金閣寺』？」

「というアイディアでは、何かが……決定的に足りない？」と僕は妻の表情から読んだ。「だから、いっそ、あれだ。ペアになる作品に三島由紀夫作の『城』が要る。これは下地が『金閣寺』だね、三島の小説の、そして作中の金閣（とは舎利殿だ）って固有名詞を、全部、普通名詞にする。城に入れ換える。そうなると……そうだな……決めはこうなる。俺は、じゃないな、私は、だった。

――『私は、残虐な想念に包まれた』

――『城を焼かなけれ\\ばならぬ』

どう？」

と訊いたら、来るよ、と言われて、来る？　と妻に尋ねたら、土鍋麵がさきに、と回答された。

丹波黒地鶏土鍋麺は実際に土鍋で供された。手袋をした店員が蓋を開けて、すると湯気がふうっと立った。たっぷり九条葱《くじょうねぎ》がのる。青々としている。具は、その葱と鶏肉だけで、潔《いさぎよ》い。これは外れそうにないなと勝手に確信した。そして僕の牛肉担々麺もテーブルに来た、ゴロッとした牛肉がのる、かつトロッとしている。こちらの具は白葱、青菜だ。麺は、細い、ちぢれていない。味は痺《しび》れ志向ではない、甘味がある、酸味がある、バランスが考えられている。八角《はっかく》などの香辛料が効いている。

美味《うま》い、と言おうとしたら、その一語めのうの前に、妻が、

「これ美味《おい》しい」

そう言った。

スープはもうほとんど水炊き、と評した。

要するに気に入ったのだ。

「今日はのんびりできたの？」僕は訊いた。

「あたし午前《あさ》はね」

「うん、どうしてたの？」

「だいたい駅にいた」

「京都駅？」

「駅ビルにいた。ちょっと変わったなあ。ちょっと、けっこう」と矛盾した言い方をする。「入っているお店なんかが、だけどね。そういうのって、なんだか地元が変わったみたい。歳月が経過して」と言っているのは、もちろんJR駅《ホーム》ビルには随所に設計者（建築家・原広司）の刻印があって、それゆえ妻と僕は、どこかで以前の住居の感触を、あたたかさを、中心性を、感じてしまっているとの状

況、二人の間の認識が前提にある。だから地元——とは故郷《ふるさと》の意味だろう——との語が出た。「中央改札ってどの改札のことか、わかる?」

「正面口? だから、烏丸《からすま》口?」

「そうそう。在来線のホームに入る、一階の改札《やつ》。でも、構造は吹き抜けで。あそこに大型のマルチビジョンが設置されてるでしょう?」

「ああ、あるね」三面×七面という巨大さ(合計二十一面のディスプレイ)で二つ。小さいのがあと二つ。

「ああいうの、昔、なかったね」

「なかったね。いつできたんだろ。パンデミックに入る前に、でも、あった」

たしか二〇一八年には見た気がする。——その時には人生二度めの金閣寺拝観というのもしたのだ。

妻が、

「あそこで、あたし、動画撮ったよ」

と言った。

「ムービー?」と僕。「え、じゃあ、中央改札を、往《ゆ》き交《か》う人たち、とかの?」

「違う。マルチビジョン」

「マルチビジョンを撮ったの?」

「そこで流されていた映像を。本篇は三十秒かな。観る?」

観た。妻がスマートフォンを示して、その画面で、視聴した(ただし音は出ていない)。パンデミックに関係する映像だった。企業広告だった。最初に「感染症に、立ち向かう」という文字がある。

多面のディスプレイの中央部分に。左側の九面には画《え》、一人の女性が医療用マスクを着けている（顔のアップだ）。そして右側、これは三面×二面の合計六面のディスプレイに映るのだけれども、ここには企業のロゴが出つづける。ＳＨＩＭＡＤＺＵというロゴと、英文の企業スローガンと、社名が映し出されつづける。株式会社、島津製作所。やがて左側に、「よりスムーズなＰＣＲ検査を」との文字。「全自動ＰＣＲ装置の実現」ともある。中央部分にはその装置の映像。操作する男性は医療用マスクにさらに顔面防護《フェースガード》をし、毛髪を覆い、医療用手袋を嵌め、ガウンも着ている。その次のメインのコピーは「感染リスクの低減を」で、続いて「迅速な肺炎診断を」、ここでは移動可能なＸ線撮影装置が紹介される、画《え》でも、それから「安心をもたらす治療薬を」。そういう薬品の開発支援をしているのだ、この精密機器メーカーは。お終《しま》いに、冒頭に登場した女性が建物の屋上でマスクを外す、そして横に五面ぶんの大きな文字——「科学技術で社会に貢献する」。

「これを撮った？」と僕は妻に訊いた。

「これを撮った」鸚鵡返《おうむがえ》し。わざわざ撮影した、とは添えない。

僕の、物事を連想的に、ゆえに深層的に考えるという営為を刺激するかもしれないと踏んだから、ｉＰｈｏｎｅでその映像《ムービー》を動画に収録したのだ、とは言い添えない。

妻にもまた知識がある、それというのも前年十月三十一日のあの六道珍皇寺《ろくどうちんのうじ》の取材には妻も立ち会っていたから、住職の、「小《お》野《のの》 篁《たかむら》の墓は、島津製作所の敷地内にある。わきには紫式部の墓もある」との説明を、同時に受けている。

島津製作所、紫野《むらさきの》工場の敷地にある、二つの墓。

二人の墓。

奥ではつながった墳墓。そろそろオペラの時間だ。

まずはポール・シュレイダーの『ミシマ』をもう少し掘り下げることから。続いて、三島由紀夫の小説『金閣寺』では、京都の中心は金閣寺なのである、ということへ。さらに、紫式部と小野篁という二人がここではどういう交叉視を要請するのか、の考察へ。

シュレイダーの監督した『ミシマ』にはなぜオペラの印象があるのか、は、すでに説いた。石岡瑛子が美術監督を務めたゆえである。石岡はグラフィック・デザイナーである。映画『地獄の黙示録』の日本版ポスターを手がけて、その存在をフランシス・フォード・コッポラに認知された。ただならぬ圧を持ったイラストレーションを使ったポスター（！）だったからだ。ここにすでに捻《ひね》りがある。映画の宣伝を映像《それ》の素材を用いてはやらない、ということをやっている。そして映画『ミシマ』だけれども、この作品は相当に凝っている。構造がだ。というのも、三島由紀夫の小説『金閣寺』『鏡子の家』『奔馬』が三つの章《チャプター》でそれぞれ映像化されているのだが、他に一つの生涯も映像化される。——三島由紀夫の、である。だからこそ『ミシマ』は「アメリカ人による日本人作家の伝記映画」であるのだ。しかも、三島由紀夫が自決（割腹自殺）した一九七〇年十一月二十五日を描いている部分はカラーで、それ以外の時期——幼少期や青年期、作家デビュー後——はモノクロで、と峻別されて描かれる。最終章にはほぼ三島由紀夫の生涯（ドキュメンタリーを模す）しかない。ちなみに自決直前の陸上自衛隊市ヶ谷駐屯地での演説の場面は僕の郷里・福島県郡山市の旧市役所にて撮られている。で、石岡瑛子が何をやったか、だが。

この映画の内部《なか》に嵌め込まれるフィクション、すなわち『金閣寺』『鏡子の家』『奔馬』のセットを産み落とし、観る者を圧倒した。たぶん監督のシュレイダーをも製作総指揮のコッポラをも圧倒した。そこではリアルであることが追求されないのである。ビジュアルがビジュアルそれ自体として語らねばならないとされているのである。それこそ台詞を語るようにだ。たとえば金閣寺、これは舎利殿の金閣の謂《い》いだが、その寸法はぜんぜん金閣寺の現実性《リアリティ》を踏まえない。そして、前述したが、場合によっては左右にまっぷたつに割れる（その断面が黄金《きん》である）。

そういう金閣寺は、現実の金閣寺に比較してどうか？

現実の金閣寺に比較して、もっと悪夢的に強烈なのである。

つまり舞台のセットなのである。

つまり『ミシマ』には劇が、舞台芸術が嵌入《かんにゅう》されてしまっているのである。

そこにフィリップ・グラスの強烈に蠱惑《こわく》的な音楽が重なるから、むしろ鑑賞者の感情は音楽に御《ぎょ》されるから、これは、そう、オペラなのである。

音楽を中心とした総合舞台芸術、が、一本の映画のなかに存在する。

こういう、とんでもない映画を観ると――この映画は日本未公開だとはもう言った、僕は二〇一八年にアメリカで発売されたＢｌｕ－ｒａｙを入手して、やっと鑑賞した――自分の文章での作業がどうにも及ばないなと落胆する。敵《かな》わないのだ。たとえば、そう、ここは以前にも言及した拙作「金閣」をもって検討しよう。この中篇小説は二〇二〇年十一月七日に発売された文芸誌「群像」に載った。編集部は三島由紀夫トリビュートと謳った。また「超絶技巧で描く」という煽《あお》りもついた。どう超絶技巧か？　この中篇小説は、序破急の構造を持ち、最後にいっさいの舞台裏を明かす舞台裏章を用意する。「序」の章は、金閣を燃やす前には金閣を建てなければならぬ。

の一文で始まる。そして建てた人物（足利義満）が紹介され、その寵童《ちょうどう》だった世阿弥が主人公として呼び込まれる。世阿弥が何をしたのかと言えば、能という歌舞の劇、歌舞劇《ミュージカル》でありながら仮面劇でもある能楽《それ》を、大成した。続いた章（「破」）では、

金閣はまだ燃えていない。

が鍵《キー》のフレーズとなり、一九五〇年七月二日の実際の金閣寺放火事件（齢《よわい》二十一の僧侶がこれをする）が、しかし僕ふうに小説化されて挿入される。のち、この放火事件を小説化した三島由紀夫が導入される。その三島が、小説『金閣寺』を上梓する半年前に刊行した戯曲集『近代能楽集』の解説が挿《はさ》まり、そこで続々、世阿弥だ能楽だ、と説き及ばれる。さらに一九五七年の七月から十二に三島由紀夫はニューヨークにいて、この『近代能楽集』を歌舞劇《ミュージカル》にしてブロードウェイにかけるという挑戦をした秘話が語られる（ここは一〇〇パーセント事実である）。第三の章、「急」では、

金閣はもう燃えた。七十年も前のことだ。

が開始《はじまり》の文章となって、すなわち二〇二〇年というパンデミックの開始《はじまり》の年に物語が展開する。が、

どんな物語が？　そこには三島由紀夫の小説『金閣寺』の愛読者となった二十一歳の青年がいる、これが、３Ｄプリンターで製作した三島由紀夫の仮面を着けて、再建された金閣——一九五五年にその三層の楼閣は復元された——をふたたび炎上させようとする。

　という中篇小説が僕の「金閣」で、小説と言いながら、じつは（部分的には）評論も戯曲も内包される。だから編集部は超絶技巧云々《うんぬん》と惹句を添えたが、しかしポール・シュレイダーの『ミシマ』と比較すると、自分は何もなし遂げられなかったと自覚でき、落胆する。つまり、あれなのだ、僕には石岡瑛子がいなかったのだ。そして文字だけの表現メディアでは、「凝った構造」は難解になるだけなのだ。だとしたら。

　だとしたら、オペラにしてしまうという手が……ある。

　日本人はマスクを着けつづけている。二〇二三年二月下旬の現在、そうだ。ここで問わなければならないのだけれども、マスクとは何か？　顔面を半分隠すものである。すなわち半仮面である。準仮面である。

　パンデミックとは、地上がこの、半仮面——準仮面——の人間たちであふれ返る事態をも指した。

　僕は二〇二〇年十一月七日に「群像」誌に作品を、すなわち三島由紀夫トリビュートの「金閣」を、発表することが決まっていたから、だいたい半年はさかのぼって金閣寺の現況《いま》を追っていた。追いつづけていた、と表現するのが正確である。五月の金閣寺、六月七月八月の金閣寺、そういうのはＹｏｕＴｕｂｅに「境内《そこ》には誰もいません」の衝撃映像としてアップされたりしていたから、追えた。結果的には僕は、観光都市・京都がいかに観光で潤えずにいるか、前代未聞の苦境にあるか、その表象として「観光客の影がほとんど見当たらない京都の市中《まちなか》」という姿——異様にして異相——をさらしているか、にほぼリアルタイムで触れた。この時期のことをふり返ると、僕は京都の中心をいまだJR京都駅には設定していない、設定しえていない、この年の十月の初めには中篇小説「金閣」を脱稿しなければならぬ、とつねに念頭にあったから、そうなのだ、金閣寺を中心視している。

「京都の中心だ」と視《み》ている。「パンデミックに突入した年（世界保健機関《WHO》によるパンデミック宣言は二〇二〇年三月十一日）の京都の中心は、そう、金閣だ」と。

そして三島由紀夫の小説『金閣寺』でも京都の中心は金閣である。

以下の箇所を引用するとわかりやすい。


昭和十九年の十一月に、B29の東京初爆撃があった当座は、京都も明日にも空襲を受けるかと思われた。京都全市が火に包まれることが、私のひそかな夢になった。この都はあまりにも古いものをそのままの形で守り、多くの神社仏閣がその中から生れた灼熱の灰の記憶を忘れていた。応《おう》仁《にん》の大乱がどんなにこの都を荒廃させたかと想像すると、私には京都があまり永く、戦火の不安を忘れていたことから、その美の幾分かを失っていることを思うのであった。／明日こそは金閣が焼けるだろう。空間を充たしていたあの形態が失われるだろう。……そのとき頂きの鳳凰は不死鳥のようによみがえり飛び翔《た》つだろう。そして形態に縛《いま》しめられていた金閣は、身もかるがると碇《いかり》を離れていたるところに現われ、湖の上にも、暗い海の潮《うしお》の上にも、微光を滴《したた》らして漂い出すだろう。……／待てども待てども、京都は空襲に見舞われなかった。

と主人公は半ば絶望するのだけれども、ここで彼は京都全市《まるまる》の壊滅を望んでいる、だが実際には、中心地の金閣の焼失を望んでいるのである。

三島の『金閣寺』という物語はその後、当たり前だが、昭和二十年（一九四五年）に進む。ここで主人公は敗戦を経験するが、それは日本が敗戦を経験したということで、だから外国占領軍が出現する。おおよそ四十万人のアメリカの軍隊が一九四五年十一月上旬までに日本の各地に展開した。この事態が、三島由紀夫に『金閣寺』内で、あの、「米兵が叫んだ。私はふりむいた。足をひろく踏んばった彼の立姿が目の前に在った。指で私に合図して」云々の虚構のエピソードを書かせた。そして僕がふと考えるのは、こういう主人公の体験――屈折のための出来事――は金閣寺の境内で起きたことになっている、京都の中心（小説『金閣寺』における京都の中心）で、だとしたら、被占領下の京都とパンデミック下の京都、これら二つに通ずるなにごとかを拾い出せはしないか？　である。後者はもちろん、二〇二〇年のその時期の京都と限定される。京都の桁外れの物語力が、そこではパンデミックの物語力に完敗している。

僕は僕自身に、中篇小説「金閣」をオペラにしたらどうか？　と問うた。そして脳内で作業している。いったい、どういうオペラになるのか、そもそも、なるのか？　を知りたい（問いたい）からだ。ちなみに僕には劇作家としての著作もある。しかし、ここは課題でもあるのだけれども、劇作家の僕の発想はたまに小説家の僕の発想を複雑にする。要するに「凝った構造」方向に走らせる。まず、それをシンプルにしなければならない。いったんシンプルにしたものをオペラ的にする、が順序として真っ当である。するとシンプルにするには小説家に学んだほうがよい、先輩のような小説家に倣《なら》うのが最善である、との答えが出て、この国において小説家の祖《おや》は誰かといったら、紫式部だった。

では先輩に訊こう。先輩の『源氏物語』は、千年前に発表されましたね？

千年前にここ京都、つまり、平安京で発表されましたね？

どういう構造ですか？

――強引に言ったら〝三部構成〟です。

えっ、あの大長篇小説が？

――ええ、『源氏物語』は、現代ふうの表現だと原稿用紙二千四百枚？　そうなりますからね。でも、強引に言ったら〝三部構成〟です。

じゃあ、尋ねますけれども、第三部の主人公は？

――光源氏の息子と、孫と、その二人に愛される女《ひと》です。

第二部の主人公は？

――光源氏ですね。

第一部の主人公は？

――光源氏なんだけれども、前半はとりわけ、第二部以降のような軸がない。

ないんですか……。

――だから短篇小説の寄せ集め、ね？

えっ、じゃ、尋ねますけれども、それでも長篇小説として成立している秘訣《わけ》は？

――主人公がいるからよ。

一貫して光源氏が？　……なるほど、と僕は思い、ここで紫式部との問答は了《お》えてもよかったのだけれども（もちろんこの式部先輩は虚構である）、いい感じに個性が感じられたので続ける。『源氏物語』内には、多数の和歌があって、たしか七百九十五首あるのだった、それで、先輩に問いたいのですけれども、これが只者ではないんですよね？

――どういうことかしら？

主人公・光源氏と、その相手つまりヒロインとが、作中、和歌を交わし合うと……。

――ああ、まるっきり台詞の応酬になるってこと？　二人の、心のうちの思いが詠《よ》まれるから、それはもう一〇〇パーセントの〝会話〟なんだってことかしら？

そうです、そうです！

――詠んで……。

……歌って。ね、ほら。

――二重唱に？

なるんです！

と僕は叫んだが、ここまでの擬似問答は擬似である。この紫式部は虚構だから、『源氏物語』にはデュエットが内包されていると思いつき、それを肯定したのも僕である。そして着想《おもいつき》は『源氏物語』のオペラの側面を指し示した。そこから拙作「金閣」のシンプル化を推し進める。主人公が一貫して在《あ》ることが肝要である。それは、「序」の章の世阿弥か？　否。では「破」の章に出てきた三島由紀夫か？　まさか。となると、「急」の章の全面的な主人公、コロナ禍の日本に生きる、三島由紀夫『金閣寺』の愛読者の、これから金閣寺に放火しようとしている二十一歳の青年しかない。３Ｄプリンターで三島の仮面を製作する彼だ。

そのプロットには惹《ひ》きがある。

ここだけのシンプルな物語にする。

そしてオペラにするとしたら、アリア(独唱歌)ばかりでは駄目だ。重唱が要る。デュエット(二重唱)は不可欠である。さて、では主人公の青年は誰と歌うのか？　そこで原作の「金閣」(とは僕の中篇小説である)に立ち返る。すると一九五〇年七月二日の現実の放火事件の犯人の前にも、その七十年後の、三島由紀夫の仮面を着用した青年の前にも、ある空想上の生物が現われている。鳳凰《ほうおう》である。

三層の楼閣・金閣の頂上には、この鳳凰の像がのる。鳥なのだけれども、鶏や蛇、その他の生物の要素のキメラである。ひとまず「金閣」では頭部は鶏だと断じられている。そして、僕たちが現在、観光などに行って目にする金閣(金閣寺の舎利殿・金閣)は再建された二代めで、その頂きを飾っている鳳凰像は、当たり前だが二代めに違いないと考える。誤りだ。あれはたぶん四代めである。昭和六十二年(一九八七年)に装いが改まった。こう説明されると、ああ、なにしろ初代は焼失したんだから、その後は幾度か新しいのが造られて……と考えるかもしれない。早合点《はやがてん》だ。じつは初代鳳凰は焼けていない。どうしてか？　明治三十年代に金閣の改修があり、その際に交換されたからだ。二代めと。

で、保存された。

この事実を三島由紀夫は『金閣寺』に書いていない。

だから「金閣」に初代鳳凰を、僕は出した。

それは言葉を発する幻妖《げんよう》である。その頭部は鶏である。

ここからは僕の、二〇二三年一月の京都での、鶏体験を語るしかない。が、火についても語っておこう。交叉する視線、日本史と世界史、そこからの人類史。

人類と火、だ。

イスラエルにミスリヤ洞窟というのがあって、ここで人類（ホモ・サピエンス）の化石が発見された。二〇〇二年のことである。化石そのものは、およそ十八万年前のものである、という調査結果が二〇一八年に発表された。そして洞窟には、石器があった、暖炉があった、焼けた動物の骨もあった。つまり十八万年前の人類は、そこで火を利用して獲物を焼いていた、となる。ところでホモ・サピエンス以前に、人類は火をすでに使っていて、どうやら四十万年前にはさかのぼるらしい。言えることは、人類は、その頃から放火ができたのだ。

その頃から、——あれを焼かなければならぬ、と言えた。

そういう想念を持てた。

それが精神に対しての作用であって、肉体に対しては、腸の長さをちぢめるということをした。腸が長さを必要とするのは、消化しづらい食物をそれでも消化《こな》そうとして、である。だが、事前に焼いておけば、ずっと簡単に消化《こな》せる。つまり火を獲得したことで、人類は、内臓をアウトソーシングしたのだ。そのことと二本足で立てたことには、相当に深い連関がある、と僕は直観する。

そして二足歩行は、どこにつながるか？

現生人類のこの、脳容積の増大だ。

自由になる手だ。そして文字──筆記具だ。

だから三島由紀夫が放火犯の小説を著わす。「濡れた手は微かに慄《ふる》えていた。あまつさえ燐寸《マッチ》は湿っていた。一本目はつかない。二本目はつきかけて折れた。三本目は（……）燃え上った」。『金閣寺』。

とまとめれば、人類史も極限にまでシンプルになる。だがオペラの昂揚《こうよう》をうしなう。さればこそ僕は、三島由紀夫の『金閣寺』を地図に、その中心の金閣から外れて、ある発見をしたことをここに綴る。一月、僕は南禅寺へは行った。この寺院は臨済宗南禅寺派の総本山で、金閣寺とは同宗異派であり、けれども『金閣寺』内にも登場する。むしろ前半部のもっとも鮮烈な、印象的なシーンはここ南禅寺で展開する、と僕には断じられる。こうだ。まだ戦争末期、主人公が金閣寺のもう一人の徒弟とともに南禅寺に足を延ばす、そしてこの禅刹《ぜんさつ》の「名高い山門」にのぼる。山門すなわち三門《さんもん》、これは高さ二十二メートルもある、その楼上《ろうじょう》の南を向いた勾欄《こうらん》に彼らはもたれた。と、異様な情景を目撃する、眼下にだ、そこには天授庵《てんじゅあん》という南禅寺の塔頭《たっちゅう》があって、庭があり……「障子をあけ放ったひろい座敷」があり……「派手な長振袖《ながふりそで》の女」が座っている。と、奥から、軍服の陸軍士官が現われて、対座する、女は「作法どおりに薄茶をすすめ」る。

しかし何かが命じられる。あるいは乞われる。男の側から。

女は振袖の襟もとをゆるめ、白い胸を出して、その豊かな乳房の片方を揉む。

男の捧げ持った茶碗に、白い、温かい乳がほとばしる。

その不思議な茶を、男は飲み干す。

という光景に主人公は魅入《みい》られ、これはいま一人の金閣寺の徒弟も同様で、けれども、それだけではない。僕も同様だ。すなわち読者たちも魅了される、ということが起きるわけで、僕は現実の金閣寺には二度しか参拝していないが、南禅寺にはもっと行っている。今回も足を向けた。べつに一々《いちいち》『金閣寺』を想起はしない、だがマップの中心に金閣《それ》があって、そこから東南東に――仮に徒歩なら二時間ほどか――南禅寺があるのだとは把握している。南禅寺は、三門もいいのだけれど、やはり国宝の方丈《ほうじょう》がすばらしい。室内を飾っている狩野《かのう》派の障壁画が、そう、すばらしい。そう、狩野探幽《たんゆう》が描いたと伝えられる「竹林群虎図」は何時間でも眺めていたい、すばらしい。

南禅寺ではその日、抹茶も茶菓もいただいた。

まだ午後の二時か三時だった。たしか二時だ。方丈を出、境内を横切る水路閣《すいろかく》へ。ここには琵琶湖疏水（分線）が通る。煉瓦造りの水道橋であり、橋脚はアーチ状、肖像写真《ポートレート》の撮影スポットにもなっている。映《ば》えるのだろう。そして観光客は、そこまでしか来ない、そこでひき返す。僕はもっと行った。境内を出てしまって、疏水わきを歩いたのだ。南進した。それから水力発電所の導水管を見下ろす場所に出た。蹴上《けあげ》疏水公園に入った。水音がゴオォォォォッといっている。インクライン（傾斜鉄道）の船溜《ふなだまり》に行った。その先、府道143号線に出ようとしたのだけれども、神社の鳥居がある。自分が参道にいることがわかる。なに神社だ？

日向《ひむかい》大神宮とある。

知らないな。

そこをめざす。

行って、驚いたのだけれども、ここは「筑紫《つくし》の日向《ひむか》の高千穂《たかちほ》の峯の神蹟を移して」五世紀に創建された、と伝えられているらしい。境内に天《あま》の岩戸《いわと》があって、このことにも仰天した。僕は、これは二

○一二年十二月のことだからちょうど十年前と言っていいが、宮崎県の高千穂峰《たかちほのみね》は訪れている。天孫降臨の伝説の地、いわば日本史の人間レベルの起点。その起点を、移した、ということは「写した（複写した）」わけだけれども、そうした社《やしろ》が京都に？　境内は全域、力強い。霊威がある、と語っても許されるだろう。それと神馬《しんめ》の像があって、解説には「ある時、前足を一歩踏み出した跡が見つかり、そのすぐ後戦争が起こった」と記される。こういう挿話にはなかなか感心させられる。人間が予言したのではない、生きている馬がそうしたのでもない、生きていない馬——の像——がそうしたのだ。

霊威のあり過ぎるところに長いあいだ逗《とど》まると、中《あ》てられるな、とも懸念した。

境内を出た。

ふたたび府道143号線に向かい、歩き出した。坂を下らねばならない。

そして生きている鶏に遇《あ》う。

舗装道路があり（しかし狭い）、右手に濃い緑、左手は斜面になっていて、いわば谷底に落ちる恰《かっ》好《こう》で、しかもガードレール代わりの石柱と鉄の支柱が、崩れている、グワンと歪んでいる。

僕は一分と少しの映像を撮った。スマートフォンで。あまりの衝撃に、とっさに撮影したのだ。その動画《ムービー》をじかに観てもらいたい気持ちはあるのだけれども、しかし文章は文章だ、ここにあるのは僕の、文字だけの表現だ、だからその動画《ムービー》を解説する。まだまだ僕から離れたところに鶏がいる、路上にいる、この細い道路もまた日向大神宮の参道である、鶏は、横向きにいた、だから嘴《くちばし》が目立ち、いかにも鶏然としている、しかし、なぜ、どうして、と思いながら撮影者（僕だ）はどんどん歩み寄る、鶏は逃げるか？　いいや。身動《みじろ》ぎもしない。というよりもでんと構えている。なんなんだ？　そばにはマンホールの蓋。僕は、直進はできない、やや避けながら鶏に寄った、さすがに鶏の頭部が動いた、全体は赤茶色い、顔には紅《あか》、足は黄、小ぶりで、たぶん狩野派の絵師が描いたら映《ば》える、おっと、さすがに羽をひろげた、威嚇する？　そっぽを向いた、しかし逃げない、頭は振った、コッコッと言いたいのか？　しかし言わない、鳴かない。

　そこから三十秒ほど撮影は続いている。

　この遭遇はかなりの衝撃で、僕はその後、ただ啞然としてホテルへ戻る。地下鉄の東西線にまず乗り、それから烏丸線に乗り換えて、JR京都駅の方面に帰った。すなわち僕の京都の中心に帰った、『金閣寺』の地図――そこでの中心は金閣である――を手放して。が、帰還できているのか？　無事に？　そして、そうではないのだとしたら、これをどのように僥倖《さいわい》と考えるか。

　僕は、オペラの登場人物、鳳凰（金閣の初代鳳凰）に遭遇した、と言ってしまえる。

　鳳凰の化身に、である。

　声域はどこを担当するのか。テノールまたはバス。いいや、あれは雌鶏《めんどり》だった可能性もあるから、むしろ見た目からはそっちの可能性のほうが高い、するとソプラノまたはメゾソプラノ。これが主人公といっしょに歌える、デュエットだ、そして、最初の台詞《歌詞》は？

――私は近所の鶏です、だ。

――野鶏《やけい》の類いじゃありません、人に飼われて生きています、だ。

――たまたま今日は、路上にいて、ああ、あなた、吃驚《びっくり》しました？　だ。

これで、と僕は思う、いま思うのだ、このデュエット曲の主題が出た、と。それは「人類と家畜」

だ。たとえばオオサンショウウオは家畜ではない。捕らえられることがある。食用にされることがある。食用にされるために中国（中国大陸）から移入されて鴨川の在来種を絶滅に至らせることもある。そういう可能性を孕《はら》むことがある。しかし家畜は、最初から捕らえられている。捕らえられていて、たとえば鶏だ、これは食用にされる。卵用、肉用の謂《い》いである。観賞用、闘鶏用の品種もある。なぜ捕らえられているか？　人間から食料を与えられるからだろう。つまり最終的には人間の食用になることが多いのだけれども、それ以前に食料（餌）をもらう、だから人間のそばにいる。「そばにいる」ということは、中心が人間である、ということだ。

そして人間たちは、どのように（おのおの）中心を形成してきたか、だが。

第一に、家。そして、家の含まれる共同体《コミュニティ》、つまり村落や都市だ。巨《おお》きな規模になれば、国家。ナショナリズムとは「国が中心である」と言い換えられるだろう。

だが、まず、ある場所に家が設けられる。

家屋が建つ。

つまり何をしたのかというと、人類は――その歴史のある段階で――定住をしはじめたのだ。

その段階に至るまでは、永続的な集落という発想はなかった。

人類の定住する生活がスタートして、その後に、鶏の先祖は家禽《かきん》化される。

だいたい一万年前に人類は定住する存在《もの》に変わった、と言われる。もちろん今後の考古学的発見はさまざまに年代を変更するだろう。もっともっと前だ、等。しかし現生人類が初めからは定住していなかったことは揺るがない事実だ。それでは生のスタイルを一変させて、その、人類のそこ、わが家のある永続的な集落になにごとが生じたか？

不潔になった。

というのも、人類が試みたのは「集住」なのだから。それは村、町、都市と発展する。すると廃棄物、排泄物は、ただただ増える。

すると、どうなるか？　感染症の温床となるのである、人口の密集地がだ。さらに、たいていの感染症は、家畜からもたらされもするのである。この事実も人類史的に揺るがない。

つまり、僕は、ここでパンデミックの話をしている。

このオペラはパンデミックのそれである。


あと一つ、考察を足す。廃棄物が増えつづける、だから不潔になる、の変奏だ。

死体をどうするか？

集住地には死体（死人）がどんどん出る。どうするか？

これを「他のゴミと別《わ》ける」ことを人類は考えて、弔《とむら》うということをした。

埋葬である。

それで終わったか？

終わらなかった。それはただのゴミではないのだから、特別なものなのだから、埋められても消えない。土に帰っても何かが残る。その、何か、を霊魂と言う。ここでやっと小野篁の出番である。小野篁には言い伝えがある。あの六道珍皇寺の裏庭の「冥土通いの井戸」から、毎夜毎夜、地獄に通ったという言い伝えがある。これは閻魔の庁への通勤だった。すなわち地獄の小野篁。

死後の苦痛の場（地獄）という観念を、人類は、その歴史の定住のエポック後に持った。

永続する集落は、永続する地獄、永続する霊魂を、生んだ。

さて、と僕は思う。これもまた、いま、ここで僕は思うのだ。ここで、こんなふうに……。小野篁のアリア付きのパンデミックというオペラは制作可能か、この二〇二三年に？

第三部　オペラ『パンデミック』
——第一幕「観光客タカムラ・オノ」

一

第一場　井戸より生まれて、乾き、歩き、歌い、寝む

信じようと信じまいと、こういう光景がそこでは展開している。言い落とさないようにしたいが、二〇二三年四月のことだ。

水中にその男がいる。

となると、いとも簡単に予想できるのだが、抛《ほう》っておけば男は死ぬ。溺れ死にというやつだ。その道を男は選ぶのだろうか？　答えは否《いな》である。手が四方八方にのびた。足が下方にのびた。たいていの人間は自分が水の内側《なか》にいると気づいたら脱出を試みる。その男も例に漏れなかった。そして足の裏が、コン、とどこかを蹴った。実際には男の履いている靴《か》の沓《くつ》の底が、であって、このかのくつというのは牛革製の黒塗りの履き物で、その上部の縁は赤地の錦《にしき》で飾られていて、足首を締める帯には金銅《こんどう》の金具がついている。

そのかのくつ——面倒なので単に靴《くつ》と呼ぼう——の裏が、いま水底《みなそこ》をとらえたのだった。繰り返す。水中にその男はいる。そして描写し落としてはならないのだが、そこは暗い。いっさい光が射していない。ゆえに男は〝状況〟は把握できないのだった。そもそも上下左右がわからない。暫定的に足がのびる方向を、下方、と認識したまでだ。が、この仮の定めは当たった。靴が水底を蹴り当てたのだから、そちらを上下の下、天地の地とみなして問題ない。だとしたら、水中を脱《ぬ》けるには、当然ながら上下の上、天地の天へ——。

男の両膝は瞬時にピッと伸《の》されたし、腕は左右とも水を掻いていた。男の上着は、その両腋が縫いあわせてある。これを縫腋《ほうえき》と言うのだが、そこに圧がかかる。浮上するのにはぴったりである。急ぎ水面《みなも》に出ようとするのには相応である。ちなみに男の上着だが、暗闇の水中にあってはわからないけれども薄い紫色をしている。これを浅紫《あさむらさき》の袍《ほう》と呼ぶ。が、やはり面倒なので薄い紫色の上着でよい。極めてフォーマルな礼服ではある。

男は、浮かぼう、浮かび出ようとする。脱出を果たしてから〝状況〟を改めて探ろう、としている。つまり「生きたい」との念が動機になって水面をめざしているのだけれども、人間というのは不思議なもので、この、暗中の、何も見えない環境のただなかにあっても眼《まなこ》は見開かれた。しかも左右ともにカッと開かれていた。そして両眼は何も見なかった……と語れればよいのだけれども、それは嘘だ。男はじつは、見た、見るのだった。さきほどまでの「光なき水中空間」に風景が映り、しかも「(光なき)水中空間」は前《さき》もいまも彼を包んでいる、三次元的に彼を包囲しているので、その風景というものは前にも横にも後ろにもある、三六〇度に展《ひろ》がっている、それどころか姿勢を変えたどの三六〇度にも存在している。

スクリーンなのだ、と考えることもできる。

そこに投影される映像を男は視認しているのだ、と譬喩《ひゆ》的に語ることもできる。

ただし男自身には映像という概念がない、スクリーンという装置の知識が具《そな》えられていない。

しかし見るものは見た。映る——映されている——対象を認識した。全方位的に見ることはもちろん叶わなかったが、可能なかぎり多焦点にして、視界《めかい》にとらえようとしたのだった。

信じようと信じまいと、そういうことがその水中では展開したのだ。再度、言い漏らさないようにしたいが、現在は二〇二三年の四月である。かつ、四月も後半に入っている。そして水中を浮上しつつある男は、たとえば馴染んだものを最初に見た。見馴《みな》れているからこそ目に留めたとも言える。男は一輛の車を認めたのだ、そのスクリーン上の一点に。二輪である。そして動力は大型の哺乳動物である。牛だ。すなわち屋形《やかた》（乗用部分）は牛に牽《ひ》かれている。さほど華美ではない、尋常な牛車《ぎっしゃ》を男は視野のうちに収めて、だけれども男は浮上しているのである、上昇しているのである、それに合わせて牛車は消失してよい——下方に消えてよい——はずなのだけれども、しかし車じたいは目の前を去らない。牛車は消えたが別種の一輛の車がそこにある、男の目に認められる。その屋形は、木製だ、そして屋形の上部には一本の太い棒が通されていて、この棒を前後二人の人間が担いでいる。要するにその車の動力は人間（半裸の労務者たち）であり、それは駕籠《かご》だ。が、目撃する男には——映像の概念やスクリーンについてと同様に——駕籠の知識がなかった。たしかに輦車《てぐるま》というものはあって、これは人間たちが車輪のついた屋形を動かす。しかしそれは、牛に代わって人びとが牽いている、それも荘重《そうちょう》に移動させているとの印象であって、駕籠とは相当異なる。そもそも駕籠には車輪がないないと男が気づいた途端、ちゃんと二つの車輪のついた一輛の車が現われている。

駕籠が消えて、そちらが現われている。

ちゃんと乗用部分がある。屋根をかけ、幕を垂らしているから屋形だ。

それを人間が牽いている。

ただし一人で牽いている。

人力車だ。もちろん目撃する男には、それ――人力車、舶来の馬車から刺激を得て日本で発明された――の知識もない。しかし人力の車だとは認識される。だが、駕籠の担い手は半裸だった、それはそれで尋常だったのだがこちらの車夫は服装《いでたち》がどうにも馴染めない。要するに近代的なのだ。近代の労務者ふうであり過ぎるのだ。牛車につき従った牛飼《うしかい》の童《わらわ》たちとは何から何まで異なるのだ。風情《ふぜい》が違った、存在そのものが違った、男はこうした点に面喰らう、と同時に、牛車、駕籠、人力車とそれぞれに往来している路面の、土があるだの石があるだの、その様相の変化にも面喰らった。煉瓦が敷きつめられて、アスファルト、コンクリートに変じた。と、その頃には、牛車ならぬ馬車が出現して、これは地面に敷設された鉄路《レール》を走っている鉄道馬車なのであって、男はアッと思った、だがそれも路面電車に取って代わられた、その車は人にもいいいいいい動物にも牽かれていないのだった。というよりも、男は〝機械〟を目撃しているのであった。以降、猛烈な速度で、機械の車から機械の車、機械の車から機械の車へと代わって、その超高速度の渦中に、アスファルト、コンクリートといった固さ（見るからの硬質さ）が登場したのだった。

どの車の下方にも、路面があった。

どの車の背景にも、人家があって、やはり固さを具え持った。かつ高層化した。

すなわち数十年の――いいや数百年の――いいや一千年前後の歳月を、その、水中を浮かび上がる男は見ていた。たとえば〝機械〟とはなんであるかを男は把握できない、しかし〝機械〟は現われたのだと男は把握した、理解していた。のみならず、多焦点の認識でもって、その他もろもろ視認した。言い換えるならば、変化を体感した。

それだけではない。聞きもした。

その全方位のスクリーンに展《ひろ》がる風景には音が、音響が付随したのだ。だから一輛めの車には「これぞ牛車」という音があり、その車輪がギリリリと回る、牛はムオオと鳴いた。牛飼の童はなにやら唄った。その背景には、いつもの平安京の市中《まちなか》の喧騒があるのだった。京《みやこ》の大路ならではの人声《じんせい》が、生活音があるのだった。これらの音響は駕籠――江戸時代の移動手段――が現われても質をそれほど変えない。半裸の労務者たちの掛け声は、野鄙《やひ》ではあるが自然でもある。そして「自然ではない」ものが馬車以降に登場する。鉄道馬車、それから路面電車。ここからは〝機械〟の軋《きし》みが刺さるのだ、風景に。スクリーン上の風景の、その音響面に。電車を動かしている力は何か？　もちろん電気なのであって、要するに電気は自然音の駆逐に入った。急速に。

急激に。

という経過《なりゆき》を、水中を浮上して浮上して、浮上しつづける男は把握する。

こちらの変遷も体感した。

が、それだけではない。目は、前を向いたら前しか見られない。それでも男は多焦点をその意に留めたわけだが、耳はしかし、前を向いていても左右の、後ろの物音が聞ける。だから全方位のスクリーンという様態に視覚以上に柔軟に対応可能であるのが聴覚だ、と言えた。そういうわけで男は、横の斜め上の斜め下の、後方の、と拾えるだけの音響を拾っていた。のみならず、そのように耳にも大いに働いてもらっていたら、前方にもないし背後にもない、また上方にも下方にもない、要するにどこにもない音が拾えた。人声だった。その声は、どこにあったのか？

中心に、である。

頭蓋の内側《なか》に、と男は感じた。

——懐《ふと》ろに頼れ、とそれは言った。

——船岡《ふなおか》に登れ、ともそれは言った。

かつ、

——二度登ろうとして、二度めは登るな、ともそれは言った。

他にも、何かは拾えたのかもしれない。拾ったのだが憶え切れなかった、とは考えられる。が、そんなことを考える前に、男は水面に出ていた。

ブワッと出ていた。水中から脱した。

そのまま腕に力をこめて全身を引きあげた。冠が落ちた。礼冠《らいかん》と呼ばれるもので金鈴《きんれい》や珠玉で飾られている。かぶり直す。途端、男が平安時代の、それも初期の、束帯《そくたい》姿であることがあきらかになった。しかもずぶ濡れである。男はそれからどうしたのか？　男は、〝状況〟の確認に入った。いったい、いまのいままで浸《つ》かっていた水とは、……なんだ？

わかった。

井戸だった。

男は一本の井戸から出てきたのだ。

この井戸は……と男は考える。……俺を、溺れさせようとしたのか？　それとも……。

男は、それとも……と考える。……俺を、保護していたのか？

男は周囲を観察する。野《の》に掘られた井戸ではなかった。屋内にある。男は、観察するというよりも辺りを睥睨《へいげい》した。というのも、男は偉丈夫《いじょうぶ》なのである。その身の丈は六尺二寸ある。メートル法に換算すると約一メートル八十八センチ。そして異様に鋭い眸《め》をしている。ほぼ呪術的な威《い》のあるまなざしをしている。そしてずぶ濡れであるのだ。

男は、まず、自分の声が出るのかを確かめた。声が出るのか、声を出せるのか？

「わたの原」と言った。出た。

にやりとした。

それから「八十島《やそしま》かけて漕ぎ出でぬと」と言った。

さらに「人には告げよ」と続けてから、ひと呼吸置《いき》き、「あまのつり舟」と言った。

海人《あま》の釣り舟という語で締めた。それは一首の和歌だった。そして、声が出る、出せると見極めてから、男は以下の四音を唱えるのだった。「エ」と「ア」、それから「コ」と言い、発音しづらそうに「ン」。

幾秒かの沈黙を挿《はさ》んでから、室内の空調装置が働き出す。フーッと温風を叩き出す。そして水中から出現した男に、その巨軀《きょく》の男の全身に浴びせる。信じようと信じまいと、これが二〇二三年四月十八日の京都市の、中京区の、某所（東洞院《ひがしのとういん》通はほんの傍らだ）にて展開する出来事である。

男は三つばかり意識する。一つめ。颯《さつ》とは装束が乾燥しないという事実。二つめ。あの声は反芻しておきたいとの衝動。すなわち「懐ろに頼れ」と「船岡に登れ」と、それから「二度登ろうとして、二度めは登るな」であって、こうやって思い返すことで実際に嚙み反《かえ》している。そして三点めだが、これは想起するという行為にじかに結びついていて、要するに男はこのように意識したのだった。俺は、何を憶えていて何を憶えていないのか？

しかし、順にはっきりさせればいいだけか、と即、自答もする。

ここで三点めに関しての優先順位が下がる。

それでは乾燥だ。

男は陽光を求めて、屋外《そと》に出る。ただし、その井戸と、その井戸を家中に持ったこの場所のことは忘れないでおこうと念じている。なぜならば出発点であるのだし、それを男は「ここが中心である」のだと言い換えられることを直観している。

扉《と》を開けて、おもてへ。

ただちに男は慎重になる。

というのも、だしぬけに〝機械〟の車が視界の右から現われて、正面に位置したと思うや、左に抜けていったのだ。男は凝《じ》っと見た。それは牛車の轅《ながえ》についた牛のようには暴れない。頭を左右に振らず、しかも速い。あらゆる人力の車よりも数段速い、と確認した。男は観察を続ける。そこが一方通行の一車線の道路である、と理解することはできず、しかし自分が歩道側にいて危険がない（のかもしれない）ということは数十秒で了《さと》る。つまり〝機械〟の車も牛車と同じだ。大路小路のその端に避ければよい。しかも端というのは白線でもって範囲が画されている、と己れの足もとを見て、そこに路面を見出す。アスファルトあるいはコンクリート。男は、どちらがどちらの物質であるかを知らない、しかし固さはわかる。その前に熱いとも感じる。これほど硬質な地面であるのならば、火を噴いていても不思議はない。

が、火はない。

日の光を感じた。これは暖かい、いいや熱い。両頬を焼いている。

男は背後に向き直る。そこには扉《と》がある。出てきた家屋の、すなわち「(井戸を擁した)中心」の、横開きの引き戸があって、その家屋が単なる民家であるのか、あるいは商店であるのかを男は問わない。ただし二階建てである、壁には複数の色がある、瓦がある、等は憶え込む。

男は、俺はこれを記憶した、俺は……これを憶えつづけるだろう、こう思う。

それから一メートルばかり進むのに二、三分かけた。つぎの三メートルには二分、さらに三メートルほど移動するのに一分前後。と、男は交叉点に立っている。一方通行の狭い道路が二本、そこで交わっている。ゆえに〝機械〟の車はあちらからもこちらからも来る。だが、男はさっさと把握するのだ。ここには規則があって、それが一通《いっつう》を成り立たせている。しかも男は、他の人間たち、これはすなわち通行人(歩行者)たちだったが、そこからも学んだ。歩き方、渡り方、そして……そうなのだ、倣《なら》えばよいのだ。男はいっさい慌てない。いっさい騒がない。

しかし穏やかではない心持ちも若干はあった。

その通行人たちの外見《そとみ》に、やや慌てた。

というのも、皮膚の色彩が違っていたりする。瞳の色彩も違っていたりする。要するにインバウンド――外国人観光客――の一部に男の視界《め》は驚かされていた。が、日本人にも同様に驚かされる場合があって、それは服装《いでたち》にではない。そちらには免疫があった。なにしろ車という存在《もの》の変遷を追ったことで、併せて衣服のそれもそこそこ追えたのだ。長い髪、たとえば一・五メートル超の毛髪の女が減ったことも識《し》っていた。しかし、それにしても、あきらかに同胞（同民族、すなわち日本人）の女であるのに、金色であったりする髪を有した者たちは、なんなのか……。ふと、男は、その金髪は倭《やまと》の民族の血と異民族の血が混じったことの証しなのか？　と考える。が、それ以上に困惑させられる事柄もある。同胞人、すなわち日本人は、たいがい顔の下半分を面《おもて》で覆っていたのだ。仮面で。たいがい、その仮面は白い。要するに感染症対策のマスクを着用しているのだけれども、なまじインバウンドの異人種たちがしていないがゆえに、男は複雑な意味を感じとる。いちばんは、顔を出さないということは「高貴である、自分は」と主張しているのだろう、等。とりもなおさず鼻から下半分に御《み》簾《す》を垂らすなり檜扇《ひおうぎ》をかざすなりしているのだ。

日本人は貴族になったのか、異人種に比して？　と男は推し量ったのだった。

次いで、……おお、あそこには人が座る、と見た。

食料品店（スーパーマーケットである）があり、敷地内の道路に面した部分、庇《ひさし》の下のようなところに円《まる》いテーブルが三つ並べてある。一つのテーブルには椅子が二脚ずつ添えられている。現在二つのテーブルが埋まっている。いっぽうには異人種が、これはコーカソイドなのだけれども二人。他方は日本人、だからモンゴロイドなのだけれども、やはり二人。前者はもちろんマスク未着用で、後者は不織布のものを着けている。マスク越しの会話をしている。そして双方がともども男の登場にギョッとして、これは男のまとった平安装束のためだったのだけれども（しかも公卿《くぎょう》の装いだ。かつ部分部分、水けを帯びすぎている）、直後に異人種たちはニコニコッと表情を崩した。「おもしろいものが見られている。偶然、〃和《ニッポン》〃に会えた」と思ったらしい。それとは好対照に、同胞たち、この日本人たちは二十代後半の女性が二人だったのだが、スーッと無視する態勢に入った。「なにか異形《いぎょう》の者が来た。関わらないでおこう」と判断したらしい。そして男当人は、先行者のふた組に倣い、「あのように座ればよいのだ」と考え、「そうすれば、もっと乾かせる。陽光《ひ》をいっぱいに浴びて、俺自身を」と考えて、空いているテーブルはコーカソイドとモンゴロイドのちょうど真んなかの一席だったから、その円卓に添えられる椅子二脚のうちの一脚をひいて、腰をおろした。

日光浴という概念を男は持たない。

が、実際のところ日光浴をしはじめて、心中に穏やかさを抱《いだ》き出す。

感官はゆるめられて、また別の焦点を結ぶ。

右隣りに座っている二人が日本人の女性たちで、これらは男のことは毫《ごう》も気にしないと話しつづけている。その会話が、言葉のありようが、耳に入る。もっぱら右耳に入る。

左隣りには異人種たちが座っている。男は、それを男性と女性であると識別する。夫婦《めおと》か？　しかし若いのか、それとも老いているのかを判じるのは難しい。というのも、男は毛色に惑わされてしまうのだった。たとえば……赤毛は白髪《しらが》の変種だろうか？　その二人は、現代の日本人が普通に眺めれば「たぶん四十代だろう」と察しがつく。が、男はそのようには感受できないし、推測するのも至難である。

が、それは愉快である、という様態とは矛盾しない。

コーカソイドのこの二人もまた話し込んでいて、その会話は男の左側にあって、つまりは左耳に入る。意味はいっさい不明である。というのもアメリカ英語である。ころっころっと音色《ねいろ》が転がり、のび、ぱしっぱしっと弾《はじ》ける、ということが続いている。正直、男の耳は（もっぱら左耳は）楽しんでいた。あまりにも捕捉の及ばない事象はただただ愉快である。だが、右耳は？

男は、ぼやっとならば話柄《わへい》が捉えられそうな気がした。

ということは、日本語だ、とは了解した。

了解はしたのだけれども、それは男が知る倭語《やまとことば》（日本語）ではない。速い、やたらと速すぎて、抑揚は妙で、語彙はその半分もわからない。いいや五分の四もか――十分の九もか？　しかし「十《とお》のうち九も」単語や副詞、接続詞がわからないというのは言い過ぎで、そのように感じるのは音韻の違和の問題かもしれぬ、と、男はアメリカ英語――左耳に展《ひろ》がる音響――もヒントに、じき思い至る。だとすると、俺は……どういう違和《それ》にひっぱられている？

日光浴の十数分間がある。

二十数分間がある。

するとつかめたのだった。

「この女たちは、ヱを言わない」と。

エeとは口にする。しばしば。だが、ヱjeを一度も言っていない。

だからヱの音韻を具える単語を、俺は聞き誤る。

あるいは聞き落とす。

いや……他にも。

男にはつかめたのだった。すなわち、

「この女たちは、ヲも言わない」と。

しきりにオoを出す、なのに一度もヲwoとは言わない。

これでは聞き違えも順当だ。なるほど、ヲもオでヱはエなのか？　男は古代の日本語が中世に進み入るにつれて喪《うしな》った二つの子音を指摘した。それらの区別は、「ない」のだと想定し、右耳に入る女性たちの対話を、一部一部、換えた。変換した。すると理解は、五分の三に及んだ。流れならばいっきに追える、……ような気がした。

そこで、思わず、にやりとした。

その笑みは、ある程度の結果を生じさせた。これは右隣りと左隣りで異なったのだけれども、右側の日本人の女性たちであればピタッと会話を止めた。それから一人が「……うん」と言い、いま一人が「……あっ、そろそろ？」と受けて、あとは声には出さず、無言でうなずき合い、腰をあげた。が、その席から二人が立った瞬間を男は目撃できない。というのも、男が無言の笑いをこぼしたのを受けて、左側のコーカソイドの男女——のうちの男性——が「シャシン、イイデスカ？」と声をかけてきたからだ。男は、声のほうに向き直る、……俺はいま何を乞われたのだ？　というか……いまのも倭語か？

コーカソイドたちはニコニコしている。

その態度で男は判断する。……そうだ、倭語だった。

大様《おおよう》にうなずいた。そこには威厳すら具わった。

スマートフォンで男は撮られた。音響がカシャッと鳴り——撮影音だ——だが、なにごとも起こらず、にもかかわらず、珍しい〝和《ニッポン》〟を記録できた異人種二人は喜色満面で、「アリガトウゴザイマス！」と言う。その表情、その語調が感謝だと伝える。ただし男は、存在することが難しいの意ではアリガタシ（有り難し）が使われていないのだと、もっと遅れて学習する。

が、学びつづけていることは事実だ。

そのコーカソイドのひと組の男女も二分と経たずに去る。男はその後も日光浴を続け、しかしながら、さらなる情報を、知識をとは欲求する。そうなのだ、〝状況〟はいつでも、どこでも、すなわち「ここ」でも探らなければならない。装束は生乾きよりは少々まともになった。いいや、相当ましだろうか？

それでも乾燥は肝《きも》だが、と確認しながら、男はその椅子から腰をあげる。


だから公園に入ったのだ。その食料品店（繰り返すがスーパーマーケットである）から百五十メートルほど下がると、この「下がる」とは南下するの謂《い》いなのだけれども、小規模の公園がある。ただし公園の規模感は利用者、観察者の主観に拠《よ》るのであって、ここは面積は五、六十メートル四方でしかない、その点で「狭い」のだが、しかし多数の遊具が設置されている。滑り台もぶらんこもシーソーも、柵──犬猫除《よ》けである──に囲われる砂場もある。特殊な運動器具も設《しつら》えられていて、たとえば懸垂ができる。それから、やはり数多いベンチ、水飲み場と公衆トイレ、いわゆる多目的トイレもある。木陰も多数。が、男は木陰は選ばない。つまり日光浴を続行できるベンチを選択したのだった。その公園は、男には、狭いスペースだと感じられたか？　答えは否である。開放感があるのに、やたら情報が得られる。寛《くつろ》いでいる人間たちが多いためだ。それは遊んでいる子供たちであるし、休息しているビジネスパーソンたちである。もしかしたら男に幸いした可能性があるが、この日この時、インバウンド──外国人観光客──は公園の敷地内にいなかった。それどころか日本人の旅行者も。この界隈を〝地元〟としている日本人ばかりがいて、これは一種、譬喩的結界が張られたようなものだった。そこにただ一人の異物（怪しい存在）として男がいる。これは男には完全に幸いしたのだが、一つのベンチを図々しいまでに占めることができ、全身を陽光《ひ》にたっぷり曝《さら》すことが叶い、小一時間で装束はついに乾燥した。続いて重要だったのは、重要というか僥倖《ぎょうこう》だったと語ってもよいのだけれども、男は、ある若い父子《おやこ》を見た。この「若い」のは父親のほうで息子は当然幼い。きっと四、五歳児なのだろうと男は考えるが、これは数え年での認識だ。満年齢だとずっと稚《いと》けない。父子は歩いてきて、男の視野のうちに入って、どこかをめざしていて、しかし幼児が、男のことを視認して、あっ、ああああ、と指さす。ポカンともする。父親は息子の手をひき、「こら」と叱責する。そして男に「すみません」と謝るが、目は合わせなかった。急いでいますので、と物腰で語った。いかなるところに急いでいるのか？　公園内の東屋《あずまや》である。しかも男のベンチからはほぼ正面に眺められる場所に建つ。この東屋は、コンクリート製の建物なのであって、だから東屋ではない。しかし「粗末なものは東屋だ」との男の考え方には沿っていて、これは公衆トイレだった。父子はその男子（紳士）用のエリアに入っていった。男の視線は？　追えた。この手の便所にありがちだが、入り口から小便器の並びまで、また反対側の入り口まで、外気――風――がまるまる吹き抜ける造りになっていて、併せて視《め》界も遮られなかった。ゆえに、男は、そこで展開する躾《しつ》けの一部始終を目撃する。

男児が小便器の前に立つ。――小児用だが。

ズボンを下ろす。――父親に下げてもらったが。

排尿する。――なかなか始まらなかったが。

水洗のボタンを押す。――二度失敗したが。

そして「できた！　やった！」と叫んで、ある種の自負とともに「おしっこは、ここ！」と小便器を指さしたのだった。これら全部が男の目に、かつ耳にも入った。男は、……小用はああ足すのだ、と理解した。この理解を消化していると数分後に実際に尿意を催したので、実践してみた。水洗の仕組みに驚いた。いいや、感心した。そこで、十回、二十回と排水用のボタンを押した。すると咳払いが聞こえて、これは背後からだったのだが、そこには扉を閉じた小部屋が連なっていた。否、閉じているのはひと部屋で、そこから咳《しわぶき》は聞こえた。のみならず、男は大便臭を嗅いだ。すると、ただちに男は直観したのだった。……なるほど、大の用足しはあちらで？

あれが屎《ばば》用の個室の並びか、と納得したのだった。大便器の形状も、扉が閉じていない部屋の内部に認めて、記憶した。

つまり、こうした体験はやはり僥倖だったのだ。

思いがけない幸運はそこまでだと言ったら嘘になる。小一時間の滞在で男はそこを、その公園を後にしたというのも嘘だ。排泄行為を終えると摂食の行動に意識が向いた。とはいえ情報をもろもろ公《こ》園《そ》に得るという段階で、すでに、人びとが「いかに飲食するか」には関心が行っていた。あちらこちらのベンチ、そこかしこの木《こ》の下陰《したかげ》で、飲食が行なわれる、軽食が摂《と》られるという図はあった。その際に人びと（とは男の同胞たちだ。ここが〝地元〟の日本人たちだ）の着用したマスクは顎まで下ろされるのだった。あるいはこの時とばかりに外されるのだった。その現実は男を甚《はなは》だ興がらせた。仮にあの面《おもて》、とはCOVID-19の世界的蔓延が強いた白いマスクだが、それが高貴さの顕示、いいや真に誇示だったのだとしよう。ところが食事時にはこの仮面は脱がれて、要するに貴《あて》やかさはこそこそと、または平然と手放される。これは愉快、痛快である。それからまた、だいいち何を口に入れているのか、ということ。パン類、カップ麺、コンビニ弁当。箸は箸のようだけれどもスプーン（匙《さじ》）は匙《かい》のようではないぞ、と男は思うのだった。「スプーン」という語《ことば》はまだ持たないけれども。匙《かい》を説明する前にまず、コンビニ弁当だが、これは男からすると破籠《わりご》——とは現代の弁当箱に相当し、檜《ひのき》などの薄板で作った——に似るので、ああなるほど、飯《いい》を入れるのだろうな、惣菜を詰めるのだろうと推測しえた。で、匙《かい》である。このかいとの名称はもともと貝殻に由来した。男は、母の母すなわち大母《おおば》から、「古《いにし》えには用いてたんよ、現に、貝殻を」と聞かされたことがあった。真偽のほどは不明だ。いずれにしても匙《かい》は木製か銀製なのであって、プラスチック製はない。なかった。そもそも「プラスチック」の知識——というか概念か？——が男にはない。ところで俺の……大母《おおば》？　この瞬間、男はあの「俺は、何を憶えていて何を憶えていないのか？」の懸案事項に立ち返りかけ、いやいや優先順位ではこれは三番手だった、と自問を賢明にもそこで止《よ》す。それにしてもカップ麺が妙だった。そしてパン類が不思議と男の気を惹《ひ》いたのだった。

細長いもの。丸いもの。

方形のもの。

厚みがあるもの。薄いもの。

同胞の女性たち、男性たちを問わず、これらが齧られた。公園内にて。ひるがえってカップ麺だが、男性たち以外には啜られなかった。そこには禁制（女人《にょにん》禁制）があるのだろうかと男は当然ながら推し量った。ココ公園デハ女人ハかっぷ麺ヲ啜ルベカラズ。他に男は、包装にも興味を湧かせた。食物は透明だったり半透明だったりする紙？　皮？　に包まれていて、これを人びとは捨てる……のかと思いきや、捨てない。というのも、その公園にはゴミ箱がないのだった。設置されていないのだから持ち帰らなければならないのだ、ゴミは。こうした理屈を男がつかめるはずもないのだけれども、だがしかし、この点にも興がある。廃棄のために「持って、去る」姿と、それに先立つ、飲食のために「持って、来る」様《さま》。因果は前後しているのだけれども、一人につき二本の動線があるのだ。いいや、その移動の軌跡は、半数以上においては重なっているから、一人につき一本か二本の動線があるのだ。そして数十人であれば、数十本の……それに二倍する数の……がある、とは言えない。ここでも移動の軌跡はしばしば重なり、太い数本（の線）が残る。たとえば「持って、来る」軌跡の線、これの太い一本を、男はもっとも興味を惹かれるものとして保持する。すなわち脳裡に刻んだのだった。――と、以上が小用を終えるその前であった。ここまでの観察後、考察後に男はその意識を「食物を摂る」に向けたのだ。まだ空腹を感じてはいなかったのだが。しかしじき空腹《それ》が現われるだろうと予感していたのだが。むしろ覚悟しはじめていたのだが。が、それよりも童《わらべ》たちのことだ。

小学校の児童たちだ。

これらとの交流という幸運に触れなければならない。

その幸運にも。

男はその時、腰をおろすベンチから起《た》っていたと描写しなければならない。なぜか？　装束の後背を積極的に乾かす必要を感じて、である。起立して、半乾きの石帯《せきたい》――とは牛革製の腰帯である――の周りも陽光《ひ》に当てたい。だからそうしていたのだが、そうしていたら当たり前だが目立った。しかも身の丈六尺二寸である。こうした存在を小学校の低学年の男児たちのグループは見逃さなかった。まず「あー、巨人や！」と声がして、この集団は三人で構成されていて、全員マスクを着け、しかし二人は白い仮面ではなかった。黄色と黒だった。そして「巨人や！」と言ったのは白マスクで、まっさきに走り寄ってきて、「巨人さん、コスプレや」と言った。

　この白マスクに黒マスクが追いついて、

「おっちゃん何人《ナニジン》？」

　と男に訊いた。見上げていた。

　すると、まだ追いついていない黄色マスクが、

「キントキニンジン！」

　と騒いだ。金時人参《きんときにんじん》と言いたいようなのだが、男には〝人参〟という語《ことば》は意味がない。どうしてかというとニンジンという根菜は十六世紀の終わりになるまで日本に入ってきていない。だから、男は、この黄色マスクの「キントキニンジン！」との発声は無視し、それに先立つ黒マスクの「何人《ナニジン》？」も同様に無視して、白マスクのいちばん初めの発語にのみ注意を向け、……俺は何を言われたのだ？と思案した。

　男児たちは三人、揃っていた。仰いでいた、巨体の男を。

　……そういえば、と男は思い出した。俺は声を出せたのだ。自作の和歌を一首、口にできたのだから。俺は声を出せるのだ。

　そこで「なにや？」と尋ねた。

「なにがなにやの？」

　瞬時もためらわずに白マスクが応じた。

「コス……」と男。

「コスプレ？」と男児。

「そうだ。こすぷれ、とは、なにや？」

「コスプレはコスプレやん」

「それ、が、答え、に、なっている、の、か？　なっていますか？」

と、真摯に男が尋ねると、今度は黒マスクが囃《はや》した。

「めちゃめちゃ片言やん！」

「かたこと？」

「いいよ、いいよ、巨人さん」と白マスク。「片言の日本語ぜんぜんオーケーね」

男はこの刹那《せつな》に質問にも優先順位が要るのだと悟る。〝オーケー〟がわからない、に拘泥していては問答が進まない。だから――

「俺は、こすぷれなのか？」

　と訊いた。

　三人の男児はうなずいた。男は思わずにやりとして、三人の男児は瞬時は呆気にとられて、のち、爆笑した。これを機に警戒は完全に解かれた。この「完全に」というのは児童たちの間で、である。いわば小学生たちの結界（これも譬喩的な結界だ）の内部に、容《い》れられた、のだ。橋渡しの呪《まじな》いの文句は、白マスクか黄色マスクか黒マスクの「あ。この人な、コスプレ」のひと言だ。たとえば男が、低学年の、しかし女児たちのグループに接近したとしよう。すると男児三人のうちの誰かが先回りして、

「あ。この巨人さんな――」

　と紹介した。すると、

「え。そうなん?」

で了承された。「ほんにコスプレ」とあっさり受容されて、あとは存在(とはそこにいること、だ)が許される。そして男のあの僥倖の体験の直後、また二、三十分後だが、児童は公園内にグンと増えた。全部で二十数人に増えていて、集団は七つ八つに分かれていた。男は、とうとう装束が乾いたのだから公園を遊歩し、たとえばカードゲームをやる男児たちを見る。……何をしているのだ? 物合《ものあ》わせ(の遊戯)か? スポーツをする男児たちを見る。……蹴鞠《けまり》か? しかし鹿(の革製)ではないな、あの球は。それから、ベンチには腰をおろさずに、逆にベンチの座板に向かって跪拝《きはい》している女児たちを見る。……なんだ、いったい?

帳面をひろげている。

一人は算数のドリル。

二人は国語のドリル。

あと一人が国語の教科書を開いている。

男は、算数には関心を示さない。だが算数のドリルをやる女児の、その手に、鉛筆が握られていることには即、注目する。そして国語のドリルと教科書の女児たちに視線を移し、連続して驚愕する。ドリルは、習字《てならい》(漢字の書き取り)である。しかし墨がない、硯《すずり》の用意がない、毛筆ではない。なのに漢字が書かれて、事実、習字《てならい》である。それから教科書のほう、この教科書の女児にしてもドリルの女児たち二人にしても、男から見ると「もう読書始《ふみ》めがすんでいるのか。女童《おんなわらわ》であるというのに」と感心させられるのだが、読まれているものは漢籍ではない。漢字は、混じりはするがわずかである。その他は曲線的な文字と直線的な文字、どちらも漢字ではない。するど仮名だろうか、と男はもちろ

ん考えたが、

「なに、なに。巨人さん？」

と教科書のその女童が、目をあげたので手間が省ける。

男はやはり、

「なにや？」

こう尋ねた。そして、

「いいなにがなにやの？」

と、憶えのある形で切り返された。

男は指さした。教科書の文章――の漢字ではない箇所――を。

「これ？『お』」

「『お』」

曲線のほうの仮名を、その仮名の一字を、女児は男に教えて、男は復唱した。それから「じ」「い」「さ」「ん」と順に下方に読んでいって、教えていって、「ひらがなの、『おじいさん』」と解説したので、男は、……そうか、女手《おんなで》（ひらがな）だったのか……一字一字が離れてしまって、連綿体《れんめんたい》（連続して書かれる文字）ではない、だが、たしかに草書のようで……、とその曲線性に注意を払って、だとしたら直線的な文字群はカタカナである、ともう推理し了《お》えた。

そのグループの四人のうちの一人の女児、算数ドリルの女児が、「巨人さん、片言なんだよねぇ？」と確認した。

やや同情していた。そのシンパシーは、グループ全員に滲透《しんとう》する。

ほんの数分の学習で、男は四十字超のひらがなを修める。カタカナはしかし十二、三文字を教わって終わる。それでもカタカナの傾向（とは現在の字体がどうであるのか、どう整理されたのか、等だ）はつかめた。ひらがなに比して、だいぶ容易だった。なんという有益な女童《おんなわらわ》たちの手ほどきなのだ、と男は感歎《かんたん》し、感謝した。

「ひらがなは、もう、だいじょうぶや」と言った。

「だいじょうぶ？」

「だいじょうぶ？」

「だいじょうぶ？」

「だいじょうぶ？」

と、四人に順番に訊かれた。一々《いちいち》うなずき、締めに「おおきに」と言った。

腹が減っていた。

とうとう空腹感が襲ったのだった。

そこからの行動を男は悩まない。心中には刻まれた線があった。太い線が、塗り重ねられた動線があった。人びとが、飲食物を「持って、来る」という場合に生み落としていった線を、男は逆にたどる。しかも男は、一等気になっていた飯《いい》であるパン類（男自身は「パン」との語《ことば》は持たない）の、その摂食に紐づけられた動線を歩んだ。

パンたちはどこから来ていたか？

公園を出て徒歩わずか一、二分の、ベーカリーから、である。

すなわち公園の斜向《はすむ》かいに、店はあったのだ。しかも東洞院通に沿っている。簡単に紹介するが、イートインはできるベーカリーである。屋外《そと》にテラス席も少々ある。が、もちろん、テイクアウトしたものが公園で食べられるという例も多いわけだ。ひじょうな悪天候でもなければ。男は、テラス席を視界《め》に入れた時点で「ああ、ここだな」と確信した。初老の女がクロワッサンを齧り、コーヒーを飲んでいた。男は店内に入った（扉《と》は自動で開いた）。初めに嗅覚が刺激されたのだが、それはパンを焼いている匂いであり、コーヒーを淹れている薫りである。次いで聴覚も刺激されたのだが、こちらは小鳥の囀《さえず》りであり、異様に響きがよい、というのも録音物である。男は、……森？　と一瞬惑う。しかし注目するのは（あるいは耳をやるのは）囀りの主《ぬし》にではない。店内《なか》の状況その全般だ。すなわちここでも男が行なうのは観察である。イートインのスペースは無視した、これは本能が判断した、パン類の並んでいる棚があり、その棚の前に何人もが……男性が一人、女性は三人……いる。棚の後ろにやはり女性が三人いる。こちらはこのベーカリーの店員であり、揃いの制服を着て、店名の入った帽子（前にだけ鍔《つば》がある。いわゆる野球帽だ）をかぶっているので、男にも「そういう範疇の人間たちだ」と判じられる。男は、そういう範疇ではない人間たちは、全員がトレーを持ち、トングも握っていることをその目に確認する。見たのだった、パンはあまりに種類が豊富である、しかし選ばれる、一人の男性に、三人の女性たちに、その「選ばれる」たびにトレーに載せられている。

いや。

選ばれたのに、戻された。

そういうことも、ある……のか？

男は、それから注視するのだった。一人の男性、三人の女性たちの、おのおの次段階の行為、これはレジ前でのやりとりである。言葉も交わされるが物品も交わされる、というのも、いったんカウンター奥に渡されて例の〝包装〟をされて戻るパン類がある、違う形で物品が——ドリンク等が——トレーに足されるのもある。が、なによりもまず、紙片または金属片の授受があるのだ。要するに会計なのだが、四人中三人は現金払いで、残る一人の珍妙な会計のありよう（QRコード決済だった）はさておき、支払いをする側が紙片または金属片または紙片と金属片または金属片のみを袋物《ふくろもの》から出す、それから渡す、これはレジ担当の店員に渡すのだけれども、三人とも釣り銭が発生していたから、今度は店員の側から金属片が授けられる。または紙片と金属片が与えられた。

もちろん男は、金属片に関しては、……銭貨《せんか》か？　とは考えた。頭にイメージしたのはいわゆる皇《こう》朝《ちょう》十二銭、そのうちの二、三種、そこに和同開珎《わどうかいちん》は含まれていた。が、男に言わせれば銭貨発行は「朝廷の誤謬《あやまり》」である。いずれ流通は熄《や》む、ああしたものに意味はないのだと思って、もしもこの判断が駄、

男は、駄目、とも続けようとしていたのだけれども、しかし「どうぞ」と声をかけられた。

レジ・カウンターからである。

レジ担当の店員からである。

そうなのだ、男性一人はすでにパンの購入を終えた、そして女性三人も。すると陳列の棚の前にいて、まだ買っていないのは男だけだ。

「あの、もし、お決まりでしたら」

こう問われた。その女店員は、他の店員たちと同様にマスクを着け、野球帽の下から零《こぼ》れる髪は金

色と白に染めていて、だいたい二十代の半ばである。にこやかに接客しようと努めつつ、やはり怖《お》じてもいる。言っても詮《せん》ないことだが、もしも男の服装《いでたち》が、冠ならぬ烏帽子《えぼし》姿だったら、これは「見馴れている」とも言えたから対応可だった。烏帽子姿の男性（平安貴族の扮装である）は、各種の神事に現われる。たとえば葵祭《あおいまつり》にいつも現われる。が、束帯のための冠……。しかも礼冠《らいかん》なのであって、ベーカリーの店員はみな「礼冠」との語《ことば》に馴染まない。その扮装には、圧力がある。

簡単に言おう。レジの女店員は――他の者たちもだが――気圧《けお》されているのだ。男に。

が、当の男はじつはこの瞬間《とき》、固まった。

……俺は、パン《あれ》を、決めたか？

……選んだか？　そして、あの授受……。ああした交換を、為《や》れるか？

すると思い出された。優先事項は三つある、と思い出された。一つめ、装束の乾燥。これは達成した、と裁けた。三つめ、俺が何を憶えていて、何を憶えていないのか。これを探るのは最優先とはならない、三番手だ、と再確認が行なえた。そして、二、だから残るのは声なのであって、あの声、あの井戸で、俺の頭蓋の内《なか》側に拾えた声の反芻だ、と思い出されて、これが二番手だ、と認識し直すや、「いいや、一番手にあがった」と認識をさらに訂《ただ》す。

では嚙み反《かえ》す、と決断する。

――懐《ふとこ》ろに頼れ。

この、最初の声を反芻した途端に、信じようと信じまいと「懐ろに頼れ」との声は男の心中にも、かつまたレジ担当の女店員の頭蓋にも、等しいボリュームで轟いている。頼れ！　と。

「お」

と呻いたのが男で、

「ああっ」

と息を呑んだのが店員で、しかし男は声に従順である。自身の懐中に手をやった。たとえば懐紙《たとうがみ》（これは畳んだ紙である。鼻紙に用いたし和歌も書いた）は束帯姿でもそこに収められている。男は懐紙を探るように、そこに何かを探って、その何かの当てはなかった。

が、出てきた。

袋物が出てきた。

これは、と言おうとした時、なぜだか「これ、はぁ」と抑揚がついた。

「あっ、あっ」とレジ担当が続けた。

「なん、だぁ……？」

「あっ、あー」

「開《ひら》、ける、ぞぉ」

財布なのだった。それは二つ折りの長財布で、黒い、感触《てざわり》は牛革である。しかし男には「財布（やや古風に財嚢《ざいのう》と呼んでもよい）」という概念がない。だから中身を確かめるのだが、構造は複雑で、二段となった紙幣の収納部いがいは瞬時には扱えない。小銭入れのファスナーには男はやや怯《ひる》んだということだ。カードポケットには単純に戸惑ったということだ。しかし前後に振るということはやったのであって、すると硬貨がじゃらじゃらと鳴った。

「銭貨、かぁ」

これに女店員が、「コイン、がー」と呼応した。

語尾をのばしていた。

「出せない、ぞぉ」

「ファスナー、なの、よー」

ジェスチャーで開け方を示した。

男が、百円玉を出す。五百円玉を出す。十円玉を出す。そこに「日本国」の刻印があることを、読む、認める。思考は疾《はし》り、今度は二段になった札入れ部分を触る。紙幣を抜いて、……人の顔、肖像だ、と視認する。「日本銀行券」と読む。こちらも千円札、五千円札、一万円札と続いて、最後のもの片面には鳳凰《ほうおう》の絵を認める。……おお、これは鳥、しかも瑞鳥《ずいちょう》の……。裏返し、今度は漢字を読む。「福」と読み「沢」と読み「諭」と読んで、「吉」と認める。

それから、授受、と男は思うのだった。

パン《あれ》との交換、と男は思うのだった。

声に出して「これでー」と尋ねるのだった。

「なんですー」

「あれがー」

「どれですー」と店員はパンの種類を訊いた。

すると男が指し示したのは、フルーツサンドである。

「あー。あのー」レジ担当の店員はうなずいて、語尾をのばす。二度のばす。「あのー」

「挟まるのは、柑子《こうじ》だねー」

「み、か、んー」ミカンと答えた。

「いただけます、かー」

「それは一万円札だから、買、え、ま、すー」

男は、税込み八百八十五円のフルーツサンドを購入した。昂揚《こうよう》していた。


昂揚していたから、男は歩いて歩いて歩いて、あの公園にはもはや戻らず、すなわち東洞院通から離れ、実際には西に入《い》っていた、これは西進していたのである。

靴をしゅたしゅた鳴らした。

フルーツサンドは、途中で（これは間違った行為なのだけれども）数人がコーヒーを飲んでいる飲食店のテラス席の、空席《あき》に腰をおろして、食った。

まだまだ歩けると思い、俺は駆られていい、いい、いるのだなとも感じ、そのテラス席から起《た》ち、去った直後に店のスタッフがテラスへ現われて、文句はつけず、

「おー」

と野太い低音域で唸った。

日没の時間帯になる。どんどんどんどん陽光《ひ》がうしなわれる。が、なんら問題はない、どんどんどんどん人工灯にあふれる。

視野に道標《みちしる》べが出現した、と男は感じる。

頭が四つ、あれが導《しる》べだ、と男が考える。

「あー。あー。あー」と声が出る。

その頭というのは異人種の男性たちの頭部で、みなコーカソイド、そして身長が一メートル九十、

また九十五センチとあった。つまり男の六尺二寸（およそ一メートル八十八センチ）という身の丈をわずかに超えた、全員が。ゆえに目立って、ゆえに浮標《ブイ》だった。

案内した。

誘導した。

そして宿泊所に入った。

ほんの一分後、男もまた同じ宿泊所に入って、そこはいわゆる民泊である、ゲストハウスとも称される簡易宿泊所である、しかし受付は、きちっと「受付」然としてあって、ただし土足でオーケー、そこに管理者の若い男性がいる。三十歳の少し手前だろうか？

男の姿を認めて、「お帰《かえ》、あー」と言った。

お帰りなさい、の挨拶を、中途で断ち切った。

その最後の「あー」に、男が、

「あー。あー。ああいあいあいあー！」

と声を重ねる。

受付の男性が、

「ああいあいあいあー！」

と呼応する。そして言うのだった。いいや、歌うのだった。「お、と、ま、り、ですかぁ。今晩は(こ・ん・ば・ん・わ)？」と。

男は、

「寝《やす》め、る、と、こ、ろ、は、あるの、か、な？」

と歌い返して、

「相部屋も、個室もー」

「それは、いいねー」

「個室は、バスタオルが、無料でー」

「それも、いいねー」

「しかし料金は、前金(ま・え・き・ん)ですー」

「払える、よー」

「では、お名前、はー?」

「タカムラ、だよー」

「それは下の、名前、ではー?」

「上の名前は、どういう、こ、とー?」

「氏《うじ》です、よー」

「オノ、だ、よー」

「タカムラ・オノ、さ、ん、で、す、ねー?」

こう二重唱が続いた。しかも民泊の男性は、「……ああ、日系人ね」と普通の言葉を添えた。

「今回は、観光ー?」

「かもねー」

「そのレンタル着物、レアですねー」

しかし男にはレアとの語《ことば》が不明である。

この民泊に、門限はない。

男は眠る。男は起きる。深夜である。男は外出する。男は無目的に歩きつづけ、男は警察官の職務質問に遭《あ》う。年齢を尋ねられて、男は「それに回答できるのは、そちらだろう」と答えて、ならばと生まれ年を訊かれて、男は「延暦《えんりゃく》二十一年だが」と答える。

堂々と回答する。

小野《おのの》篁《たかむら》はそう答える。

第一幕第一場についての僕の雑記

日本の水際対策（ＣＯＶＩＤ－19の上陸を阻止するための検査や検疫）は二〇二三年の五月八日に終了予定だったのだけれども、しかし前月、すなわち二〇二三年の四月二十六日に政府が「それを前倒しすることを検討している」との報道があって、実際にこの前倒しは行なわれ、海外からの渡航者に必要だった三回以上のワクチン接種の証明書、または出国前七十二時間以内の陰性証明書の提出というのが求められない状況に変わって、終了したのは四月二十九日の午前〇時であり、ということは前日の午後十一時の五十九分の五十九秒——以下、九百九十九ミリ秒など——まではそうではなかったと考えられて、この前日というのが四月二十八日で、この日に僕の体温はきちんと計測した範囲では三七・三度から三八・八度まで上昇した。その後、病褥《びょうじょく》に臥《ふ》してしまったので体温計を操れず、しかし体感ではもっと上がった。三九度はたぶん超えたと思う。

もっとちゃんと書こう。

四月二十七日に体調を崩した。曜日のデータが要るかどうかは不明だが、木曜日だった。完全に不調を自覚したのは夕刻、だから午後十時に就寝して、熱（猛烈な発熱が起きている、と感覚的に把握した）と頭痛に魘《うな》されて起きたのが午後十一時、ひじょうな悪夢があったが、しかし無理にも寝入り、ただし一時間後にはふたたび目覚める、これはだから二十八日の午前〇時だ。そして午前一時にも起きて、二時にも起きた、きつすぎて眠りが続かないのだ。三時から五時のあいだは一睡もなし。その後、六時半まで少し寝《やす》まる。ちょっとはコンディションが戻ったか、と起床したのは八時半、体温計を出すと三七・三度で、それほど恐れるような熱ではない。コロナ（とは新型コロナウイルス感染症だ。国際正式名称ＣＯＶＩＤ－19だ）の心配は三七・五度を超えてからすればよいと自らを安《やす》んじさせたのだけれども、気になって九時十五分にはふたたび体温を測っている、すると三七・九度ある。ひと言、「まずいな」と思う。床《とこ》に戻る。

正午に起きる。三八・三度。

抗原検査をやることにした。検体は唾液、十五分かけて結果を待ち、陰性《ネガティブ》。

「そうなのか？」とは思う。検査——一般用抗原検査キット——のその精度を疑う。が、いずれにしても寝るしかない。またもや床へ。午後三時に、すでに朦朧としはじめている心身に鞭打って、体温測定。三八・八度と出た。ここで「まずいな」は「来たな」に転じて、すなわち腹がくくられた。

あとは省略ぎみに書こう。午後の八時半まで、だいたい一歩も動けず、体温計を持てず、だからデータを残せない。夕食はミカンが一個。翌《あく》る二十九日は、この日から「水際対策のない」日本が実現しているのだけれども、そして土曜日なのだけれども、ということはゴールデンウィークが始まったのであって、要するに政府の〝前倒し〟というのは大型連休を意識していただけなのだけれども、僕の起床時の体温は三八・三度である。前日の正午に等しい。そうして、やはり正午に、二度めの抗原検査に臨んだ。知人——年長の畏友である——が「抗原検査は、発病から二日ほど経過した頃がいちばん精度が高まり、それ以前は反応しないことが多い、と書かれた論文を、自分の（コロナの）発病時に発見しましたよ」とLINEをくれたので、期待した。結果は？　陰性《ネガティブ》。この翌日にも抗原検査には挑んで、やはり陰性《ネガティブ》。その後にも一回やって、それもまた陰性《ネガティブ》だったので、四度「お前はCOVID-19ではない」と言われた。

だが問題は四月三十日、日曜だった。その夜から妻が調子を落とす。翌五月一日、朝から咳。かつ発熱。そこでお午《ひる》の前に抗原検査をし、結果は、

陽性《ポジティブ》、

だった。

僕から感染《うつ》った、と考えるのが順当だ。ちなみに僕の体温は、四月三十日の時点である程度下がった。しかし気管支は——そこがやられていたのだ、あとは喉の痛みが酷《ひど》い——いっこう復調の兆しがない。咳がしんどい。だから気力は萎《な》えたし、体力は事実ない。妻は？　「あたし、けっこうピンピンしてる」と言うのだった。彼女の体温は五月一日の夜に、いったん三八・四度を記録する、しかし以降はどんどん下がる。が、もはや発熱はほとんどないとのステージに入ってから、味覚に障害が現

われた。嗅覚の障害も。

「コーヒーがコーヒーじゃない」と言った。

僕はどうだったか？　その類いの症状（異常）は出ないのだった。コロナは人それぞれだ、とまとめるのは簡単だが、そもそも僕はコロナなのか？　状況証拠は「陽性《ポジティブ》だ」と告げて、これに四度の反論がある。ところで僕は、自分自身が色弱――色覚の障害――者である、との認識、自覚からこの原稿を進めている。ここに寄《よそ》えるならばいまの妻は味弱である。嗅弱である。あらゆる障害には分担がある、とおかしな金言が口をつきそうになる。しかし、本当に「おかしな」文句か、それが？

体温が三八度台の前半になっても、妻がぼんやりしないことに僕は驚いた。

驚かされた。

ここにも分担はあって、つまり僕の病状は、そういうところに特化した。自信を持って言えるが、三八度台の後半に入って、それから三九度前後、そこまでの高熱に至ると人間は「ものを考えるということはできるが、数秒前の考えとその一瞬（すなわち現時《いま》）の考え、数秒後の考えを『つなげる』ことができない」状態に至る。さっき、四月二十七日の夜には魘された、ひじょうな悪夢があったと書いた。僕にとって「悪夢とは？」を説明すると、ふだんは僕はストーリー性のある夢を見る、人物は、実在している人だったり虚構だったりする、いずれにしても登場人物（たち）はいて、ある明確な出来事が生じて、たとえば会話もある、そうして／ゆえに感情面の揺さぶりがともなう、それなのに、コロナに感染して――感染したのだろうか？――魘されている時の夢には〝展開〟がない、いっさいない、言葉を換えればストーリー性がないのであって、それが悪いのだ、そこが悪いのだ、悪夢の悪なのだ。

展開というものがないにもかかわらず、感情が揺さぶられる。

つまり、悲しい場面が、いきなり来る。

恐ろしい場面が、にわかに出現する。

前後の脈絡はない。「慄《ふる》えてしまう」「泣きたい」「痛い、苦しい」といったシーンが、いきなり僕を巻き込み、現われては消失する。僕は抛《ほう》り出されて、なのに再度だ、再々度だ、再々々度だ、ついには再々々々々々々々々々々……度と、シーンに投げ入れられる。

そこにいてしまう。

い、い、い、い、い、い、
身構えられないのだ、と言えた。

ちょっと幼児の言語の発達について考察しよう。その子が肉体面の苦痛（それは現にある）を親に訴える、と、こう設定してみよう。子供はいったい最初にどういう言葉を発するか？

「痛い」と言うだろう。

そうしたら、親はどうするか？

「どこが？」と問うだろう。「どう？」とも尋ねるだろう。後者は状態を、程度を、または頻度を尋ねている。

これらに一々《いちいち》回答することで、子供の言語の構文はのびる。痛い、とは、どこが・どう・痛い、まで延長される様相なのだ、このように把握しはじめるのだろうし――漠然とではあってもだ――、そこには、誰が、も足しうる。

誰が（誰の）、
どこが、

どう、
痛い。
これらは言葉のための前後の脈絡だ。それぞれの要素が前につなげられ、後ろにつなげられると、どうなるか？　思いがけない飛躍が生じる。子供のそばで、ほら、どういう年齢職業性別の人間でもいいのだけれども苦しそうな表情をした者がいる、とする。すると子供は「あなたが（君は）、痛い（痛い？）」と確認できる。それは質問であり、他者《ひと》の痛みについての想像であり、最終的には〝共感〟である。こうした理解が発生して、そこからなのだ——物語《ストーリー》が受容されはじめるのは。

高熱がこうした根柢《こんてい》を瓦解させた。

（たぶんコロナである）発熱は、僕に悪夢を見させて、そこでは場面に脈絡がない、だからきつかったのだと僕は言った。また、「ものを考える」という営為に関しては、数秒前の思考－現時《いま》の思考－数秒後の思考、が接続しない様態にあったと言った。意識が朦朧となるとはこの謂《い》いである。それは子供たちが発達させる言語の構文の、どこが、が、痛い、につながらず、どう、が、誰が（誰の）、につながらず、いつしか、痛い、というコア——苦痛のことだ——の他は消失していることにも通ずる。僕はこうして「同じことが起きたのだ」と繰り返している。言語構造の後退、思考の空中分解、夢の悪夢化。おんなじ現象なのだけれども、いちばん効いたのは何か、には答えたい。

どの攻撃《パンチ》がいちばん効いたか？

思考の空中分解である。

何かを考えている、というのに、それがバラバラに崩落しつづけることである。

そこに隙があったのだ。だからこんな始末になったのだ。僕はオペラ『パンデミック』を、以前に発表した中篇小説「金閣」の、その序破急三章のうちの「急」の章のみの脚色《アダプテーション》として構想した。三島由紀夫『金閣寺』の愛読者が出る、二十一歳の青年が登場する、しかも現代の金閣寺に火を放とうとしているのだし、3Dプリンターで製作した三島の仮面も持っている。これが主人公だ、オペラの。パンデミックを主題にするオペラであり題名も『パンデミック』である歌劇の、中心の存在（人間存在）なのであって、小野篁がそうであるということはない。もちろん僕は、小野篁にアリアを歌わせたい、そうは思った。そういう場面を構想して、制作するオペラに今後足したい、とは思った。これはコロナに感染する前に——けれども僕は感染したのか？——着想したのだった。小野篁、まあタカムラでもいい、これは何者か？　朝廷の参議《さんぎ》である。いまならば閣僚である。そしてこのタカムラが『パンデミック』というオペラの主役として出現している……。

いろいろとアイディアは、病床でも浮かんだのだ。

この原稿の展開に関しては、熱に難儀しても頭痛に呻《うめ》いても、気管支をぜいぜい言わせても、どんどん考えた、むしろ考えずとも「出た」のだ。

だが、つながらなかったのだ。

病褥で発想されて、ああ、それだと思う、ああ、そうだと合点《がてん》する、これはもうバカッと物語が流れるぞと考えて、だが、あれっと思う。いま、何を思いついたのだろうと思う。あれっと思う。いま、何を疑問に思ったのだろうと思う。うしなわれている、消失している、接続しないでいる、つながらない、いや、あっ！　つながった。が、誤接続である。そうなのだ、たぶん……このようにして、隙というものは衝《つ》かれたのだった。僕が京都に観ようとしていたのではないオペラが、しかし僕が台本作者《リブレッティスト》であるオペラが、もう始動してしまった。
あとは競《せ》り合うしかない。

四月は、十六日（日曜日である）から京都に数日滞在した。僕はＪＲ京都駅から嵯峨野線で円町《えんまち》駅まで行こうとして、それだけで愕然とした。ホームには長蛇の列があり、しかも蛇には頭部が複数ある。僕は何を伝えようとしているのか？　行列の「並び方」の規則に通じていない者たちが数多《あまた》いた、こう伝えようとしている。だから列車が到着して、扉が開いたら、一つの扉にそれこそ四つ五つの方向からわっと入る。そして乗車口はぎゅうっと詰まる。あとで知ったが、ツイッターで「＃嵯峨野線」がこの頃からトレンド入りしている。読売新聞がそう報道した。車内の混雑は――僕の心理的には――異様で、ボックス席には英語ネイティブの家族がいて、というか乗客の半数は訪日客、この一瞬、この乗車のシーン一発で理解できたのだが京都のインバウンドは急回復している。花見のシーズンは一つの転機だった、はずだ。そこは僕はあえて外していてゴールデンウィークも外した、にもかかわらず予想を超えた。いちばんの適例は、清水寺《きよみずでら》だと思う。僕は念のために清水寺も参拝（とは取材のことだ）しておこうと思って、清水坂と五条坂が合流する地点を過ぎたところで、愕然とした。いい、いい、いい人間しか見えない。そしてレンタル着物のあまりの流行にも驚いて、どうしてこんなに着物、浴衣姿が多いのか、小道具――扇子や日傘――まで持たれているのか、外国人観光客も着付けがそこそこ万全なのか、いいや、もちろん「着物レンタル」店で着せてもらったからだとはわかる、だが、やはり眩暈《めまい》がして、俺もこういう恰好《かっこう》がいいのか……と清水寺のこの参道では瞬時懊悩《おうのう》した。清水坂にクロワッサンや飲料等のテイクアウト専門店を発見できたことが救いで、この「リベルテ」という店は前々日（四月十四日）にオープンしたばかりで、ピスタチオとフランボワーズを二色ミックスにしたソフトクリームが美味《うま》かった。さいわい開店直後すぎて、わっとした混雑もなかった。

　こういうことを記すと、この文章も観光案内のようだなと思う。

　そして、言えるのは、観光都市の京都が帰ってきている、である。

　まず三月のデータを出そう。日本政府観光局（ＪＮＴＯ）の公表した推計では、二〇二三年三月のインバウンドが百八十一万人余。これは前年同月の二十七倍を超える、のだそうだ。その翌月に僕は京都を訪れ、到着は十六日の正午頃、その前々日には清水坂に「リベルテ」がオープンしていて、しかし大切なのは四月の十日、それも時差を無視したアメリカ時間の十日である。大統領のジョー・バイデンがＣＯＶＩＤ－19の感染拡大を受けて発令された国家非常事態宣言を解除する法案に、署名した。この時点で合衆国の国内《なか》ではすでに百万人超がコロナで死んでいる。署名は即解除を意味しないので、そうなるのは――アメリカ時間の――五月十一日。が、五月にはもっと大きな〝解除〟がある。世界保健機関（ＷＨＯ）がＣＯＶＩＤ－19に対する緊急事態宣言を、終了する、と発表するのだ。これが中央ヨーロッパ夏時間の五月五日、そしてＷＨＯの集計ではその前々日までに地球上でおよそ七億六千五百万人がＣＯＶＩＤ－19に感染した、六百九十二万人以上が死んだ。公式発表はかくのごとし――実際の死者数はその三倍近い、すなわち二千万人だとも言われる。僕にだってわかる、カウントすることは難しい、だいいち四度の抗原検査で陰性《ネガティブ》の僕は、どこに、どう、「僕は半分コロナです」と届ければいいのか？

　インターネット上のマニュアルを探したが、日本および日本のメディア、日本のインターネットでは、ＣＯＶＩＤ－19が感染症法の分類で「五類」に移行する、それが五月八日からである、もはや季節性インフルエンザと変わらず、感染者数の報告も……云々《うんぬん》とあるばかりだ。

こういうことを、僕は弱りながら、五月の五日、六日、七日と考えた。

いまの「弱る」とは困惑するとの謂いである。と同時に、いまだ衰弱しているの謂いでもある。意味が二重だ。そうなのだった。なかなか体力は完全回復に至らず、どうしてこんなに長引いちゃっているんだろうと思った。いっぽう妻は、味覚・嗅覚障害の最終段階と闘っている。その他の側面は健《すこ》やかであるように見え、当人も「すこぶる普通」と言い、むろん検《しら》べると反応はもはやないのであって、じつは五月の三日には「お前さんはCOVID－19ではないね」と検査キットに言われていた。

僕は本を読んでいた。

まだ執筆には——小説その他の執筆には——復帰できない。

しかし新聞（全国紙である）の文芸時評を担当しはじめたので、なんとしてでも読書の量をこなさなければならない。だから体温が三七度台に下がってからは、読み、読み、読むということをしていた。もちろん「字を読む」のである。そうすると疲れて、眼球《め》と頭脳とが字ではないものを欲して、たぶん五月の十日よりは前だったと思うのだけれども、ある展覧会の図録を手にしていた。


クリスチャン・ボルタンスキーが東京都庭園美術館で二〇一六年に開催した個展のカタログ。その展覧会名は『アニミタス　さざめく亡霊たち』。そのカタログのたとえば七十ページ、七十一ページ、七十二ページ、七十三ページ。草原の写真がそこにある、載る、しかし室内である。室内の床に草原が生まれているのである、かつ壁には投影されている映像がある、その映像にも草原がある。大地から風鈴が、何本も何本も何本も何本も、生えている。壁のその映像は南米チリのアタカマ砂漠で撮られていて、ここは標高がおよそ二千メートルあって、「世界でもっとも乾燥している」砂漠だと言われる。そこに数百の日本製の風鈴を、ボルタンスキーという美術家は、ある意図をもって置いた。数百の日本製の風鈴に星の配置を描かせたのであり、その「星の配置」とはボルタンスキーの生誕時のものである。ボルタンスキーは一九四四年九月六日、パリ生まれ。つまりアタカマ砂漠の「星の配置」がインスタレーションで、それが撮影された映像が庭園美術館内のある一室に映されて、この一室の床には敷きつめられた干し草がある、だから一見、草原と感じられる、壁の映像の風鈴もやっぱり草原と感じられる、そんなふうに写真と化している。

そういうものをカタログの七十ページと七十一ページの見開きに、七十二ページと七十三ページの見開きに、僕は見る。これは何を「目にしている」と言えるのか?

ボルタンスキーは二〇二一年七月十四日に没していて、僕は、間《ま》が悪いにもほどがあるが、その少し前からボルタンスキーと対談ができないものだろうかと模索していて、テレビ局の制作部に所属している知人に相談もしていて、というのも、ボルタンスキーが宮城県の南三陸町に開館予定の震災伝承館――東日本大震災を伝承するのだ――の展示制作を委嘱された、と同年の三月に知ったからで、僕はその頃、千葉県の旭《あさひ》市から青森県の八戸市まで、あの津波の痕跡をずっと追えないものだろうかと考えていて、たとえば旭市では東日本大震災で十三名の死者が出ている（関連死は除いた）。そして、その種の被災地には「巨《おお》きな防潮堤」が作られているのであって、こういうのは千葉県から北、ずっと太平洋岸に続いている。防潮堤とは何か？　津波に、来るな！　と告げる設備である。要するに海と陸地は接しているのだけれども、その空間的な接続を「断つ」役割を担う。いっぽう、東日本の広域の、太平洋に面したその種の被災地には、どんどんと震災伝承館が建設されていて、これらは二〇一一年三月十一日に発生した悲劇を、すなわち過去を、現在につなげる、未来にもつなげる、との意図を有する。時間的な接続を「育む」役目である。どうして、こうした二つ――相反する二種――が隣り合うのか？　それを僕は知りたかったし、だからクリスチャン・ボルタンスキーと会いたい、話せたらと思った。そうして動き出してはいたが、そこに訃報は届いた。

自分の誕生日の三日後だったので、その逝去の日、その忌日《きにち》を憶えている。

人はある年に生まれて、ある年に死ぬ。

小野篁であれば延暦二十一年に生まれて、仁寿《にんじゅ》二年に死ぬ。

ただし、篁に――というよりもタカムラに、タカムラ・オノに――職務質問した警察官も同じだったろうが、現代人にはこうした和暦はピンとこない。だから西暦に換える。タカムラこと小野篁は八〇二年に生を享《う》け、八五二年に没した。その期間はほぼ「九世紀の前半」に当たる。

ここを時間的な中心とみなして、世界史を眺めわたすと、何が炙りだされるか？

確かめる前に〝世界史〟（あえて引用符で挟んだ）の定義が要るだろう。これは簡単だ。国別ではない、あるいは一国史や一民族史ではないとすればいい。それがここでの〝世界史〟だ。ただし僕が推し量るに、じつは一国史はそうそう容易には成り立たない。九世紀の前半でそうした歴史の成る可能性があるのは……アメリカ大陸のマヤか。これは正確には一文明史なのだけれども、この頃のマヤは「古典期」の後期、そして終末期で、人口は一千万人だったとも言われるし一千五百万人だったとの研究もある。マヤ文明は象形文字を持ち、その数学はゼロの概念も持ち、天体観測に基づいた極度に発達した暦法を持っていた。その「古典期」文化の絶頂は八世紀だったと考えられて、それでは翌《あく》る九世紀、その前半には？　謎めいた衰退に入る。なぜ、謎めいているのか。他の文明が、他の国々が、これ——マヤの衰亡——を何ひとつ記録していないからだ。そもそもヨーロッパもアジアもアフリカも、アメリカ（北米大陸と南米大陸）を知らないのだ。そこに、とは非在の陸地になのだけれども、そこに地域史は書き込まれようがない。よってマヤ文明の〝一国史〟は成立し……。

ここで「え？」と思わないだろうか。

何かの逆説に触れてしまっている。非在化しなければ、その一文明、その一国、その一民族の歴史というものは在《あ》ることが許されない……え？

さあ、だとしたら日本史は、である。これは引用符で挟まれる〝一国史〟か、そうではないのか？もちろん日本史は、中国大陸に認識されて朝鮮半島に認識されて、接触している、交わっている、ゆえに存在する。むしろ日本史とは東アジア史で、さらに広域のアジア史でもあって、さればこそ象形文字でもある漢字を獲得した、インド発祥の仏教という思想を容れた。日本の古代史ここにあり。が、ポイントは九世紀の前半だ。ここでは要《かな》めはそうなのであって、さて、どちらへ考察を推し進めるか？　九世紀のまさに起点から始める。つまり八〇一年だ。そして向きを考えるならば、これはもう東西南北のうちの東と北の間しかない。すなわち東北地方、ここで大戦争が展開する。征夷大将軍の坂上田村麻呂《さかのうえのたむらまろ》が、四万人の軍勢を率い、陸奥《みちのく》に入ったのだ。戦闘は半年ばかり続いて、だがしかし、とうとう蝦夷《えみし》の征伐は成ったのだ。この蝦夷の夷、そして征夷の夷、この一字は「東方の異民族」を指す。そういう勢力に勝利し、坂上田村麻呂は翌《あく》る八〇二年、母国の首都へ戻ったのだ。

京の都（平安京）に意気揚々、還《かえ》ったのだった。

さあ、センテンスを二つ戻ろう。たぶん「え？」となったに違いない箇所があった。母国。だけれども、だ。坂上田村麻呂が遠征し、その大規模な戦闘を展開させたのは当時の蝦夷の支配地、具体的には現在の岩手県奥州市から盛岡市にかけて、なのであって、これは異民族の領土なのだから「国外」である。八〇一年の東北大戦争はどうしたって日本史の画期《エポック》で、この出来事にはしかしながら〝二国史〟——引用符つきにした——の相貌がある。まあそれは言い過ぎだとして、確実に二民族史ではある。となると、日本史のこの挿話は、なかなかどうして〝世界史〟じゃないか。余談。坂上田村麻呂はあの清水寺を創建したと伝えられる。真偽は僕にはわからない、だが僕が東北地方の出だというのは真実で、というわけで僕はそう爽々《さばさば》とは清水寺に「いいね！」と言えない。そういうポジティブさを前に出すには勇気が要って、そういう気持ちを清水の舞台から飛び降りるようと形容したら、あからさまな皮肉だ。

八〇二年、坂上田村麻呂が首都に帰還して、日本（大和朝廷）の領土の拡張したことが公《おお》けに認められる。

そして通常の意味での世界史だ。アメリカにはマヤ文明が、とはもう説いた。それではヨーロッパでは？　領土の拡張で印象すこぶる燦《あざ》やかなのはフランク王国である。九世紀のフランク王国はカロリング朝で、これは前の世紀の半ば（七五一年）に建った。が、同様に前世紀の半ば（七五〇年）にはアッバース朝というのがイスラーム世界に成立していて、こちらには先に触れたい。なにしろ領土が中央アジア、西アジア、北アフリカに及んだのだった。中央集権的な国家である。首都はバグダードに築かれる（七六二年に建設開始）。バグダードの正式名だが、マディーナ・アッサラームといった。直訳すると「平安の都」になる。意訳すると平安京になる。もしかしたら意訳ではないのかもしれないが。九世紀の前半に、アッバース朝は勢い旺《さか》んである。ただし北アフリカ——現在のチュニジアなど――はアッバース朝からの半独立政権、アグラブ朝に渡した。貢納金は収めさせていたので、そこを「アッバース朝の地方政権」と見るのは、九世紀の前半であれば可能だ。

それではフランク王国に戻る。カロリング朝の第二代の王は誰か。カール大帝である。そして九世紀になるわずか七日前からカール大帝で、それ以前はカール一世、別名シャルルマーニュ。何を説明しようとしているのかというと、前世紀の終点、すなわち八〇〇年の降誕祭《クリスマス》にカール一世は西ローマ皇帝――神聖ローマ皇帝――として戴冠したのだ。これがヨーロッパ史の画期《エポック》、そしてカール大帝は大帝のまま九世紀に登場して、去る。没したのは八一四年。その生涯は、征服、征服、また征服だった。北イタリアを支配したのが七七四年、それ以前からザクセン(ドイツ東部)を攻めて、ここを服従させ了《お》えたのは八〇四年、そして西ローマ帝国に併合した。同年までに、東方はドナウ川の中流域にさえその勢力範囲をひろげた。つまり、九世紀の前半のほぼ半分まで、「領土の拡張といったらカール大帝とカロリング朝」の惹句で行けた。

九世紀の前半の、ほぼ終わり頃にはどうか。

なんとフランク王国の分裂が決まる(八四三年、ベルダン条約)。しかも三分割である。カール大帝の孫たちが、遺産を争って、そうなった。ヨーロッパの巨大国家はここに散《ばら》ける。

さらに八四六年が興味深い。ローマ――都市のだ――がイスラーム軍に攻め入られた。前述したアグラブ朝の軍勢であり、いったん占領されて、相当な掠奪《りゃくだつ》があった。

という概観で、そろそろ足りる。炙りだしに入ろう。

もしかしたら「え?」となっているかもしれないけれども、もともと炙りだそうとしていたのだ。

「九世紀の前半」を時間的な中心とみなして世界史を眺めわたす、すると何が浮上するのか？　隠されていたもの（文字なのか模様なのか。見取り図？）は出現するか？　そして、そろそろ下準備は事足りる、と、このように感じていることはどうやら要素が出揃った。アッバース朝と平安京を僕は拾おうと思う。

では試行する。

アッバース朝も崩壊したのではなかったか？

した。一二五八年に。

具体的には、どこで、どんなふうに滅んだのか？

モンゴル軍がバグダードの市内に攻め入ったので、そこで、言い換えるならば（意訳の、あるいは直訳の）平安京で。カリフが、この「カリフ」とはアッバース朝の最高権威者だけれども、無条件降伏は申し出ていた、にもかかわらず袋詰めにされて馬に踏まれて殺される、という形で。

ということは、どういうことだ？

モンゴル帝国が炙りだされた。

その、モンゴル帝国の創始者は？

チンギス・ハーン。

何をした？

まずモンゴル高原を統一した。

それから？

帝国を建てた。

そして？

西方に遠征した。ユーラシア大陸最大の国家となった。チンギス・ハーンは、一二二七年に病《やま》いに倒れて、しかし子孫たちが遠征、遠征、さらなる遠征と続けた。一二三〇年代の終わりにはもう、北ロシア、南ロシアに跋扈《ばっこ》して、一二四〇年代の初頭にはもう、東ヨーロッパにも攻め入っていた。そして陥《お》とした、ロシアの全域を、東ヨーロッパの一部を。

それは、いわば？

いわば、ユーラシア大陸の広域が、結びつけられた。ユーラシア Eurasia とはヨーロッパ Europe 足すアジア Asia であって、モンゴル帝国の出現以前はそうした大陸は非在だった……とも言える。

それが、ユーラシア大陸が認識されると、何が、どうなった？

交易というものが、西（ヨーロッパ）は東（アジア）を意識して、東も西を意識して、要するに市場の次元《スケール》が変わった。あらゆるものが往《ゆ》き交《か》いだした。

いいものばかりか？

逆もある。

たとえば？

黒死病がある。ペスト（腺《せん》ペスト）という感染症、これは「ヨーロッパに流行した」という点ばかりが強調されている、だがもともとは中国の雲南地方に起源があるとも唱えられている、諸説があるが一説はそう断じる、それが中東へ、ヨーロッパへひろがった。

ということは、パンデミックか？

パンデミックだ。そうだ。実際に、一三四六年、モンゴル軍がクリミア半島の交易都市を包囲して、そこは当時ジェノバ（イタリアの自由都市）が統治していた、そしてモンゴルの軍勢の一部はもうペストにかかっていたので、イタリア商人たちは、いいやイタリア商人たちもこの感染症にやられた。もちろんイタリア商人たちは、シチリア、ジェノバと順にこれをひろめた。

なるほど。ところで一三四六年と出て、アッバース朝の滅亡が一二五八年で、この間、だいぶデータが欠けている。

一二七一年、モンゴル帝国の第五代の皇帝で、チンギス・ハーンの孫のフビライ・ハーンが、征服地・中国の王朝のその国号を大元《だいげん》とした。

それはつまり、元朝？

そう。そしてモンゴル軍は一二七四年、日本を攻めた。

それは、元寇《げんこう》？

そうだ。一回めの。

つぎは？

一二八一年。日本軍は、台風に助けられる。モンゴル軍の――これは前回も今回も高麗《こうらい》との連合軍だった――遠征は失敗に終わった。この史実は……。

その史実はいったい何を表わしている？

日本が、パンデミックという物語の上陸を、ここで阻止したことを。

鎌倉時代に？

……そう。そういうことを表わして、炙りだす。アッバース朝は滅び、しかしながら日本国は征服されず、前者は一二五八年、後者は一二七四年と一二八一年。バグダードという平安京では八十万とも二百万とも言われる数の人間が戮《ころ》され、日本国の京の都、平安京には虐殺はなかった。一三四〇年代後半からのある時期、中東にパンデミックはあり、日本列島にはなかった。

平安京（現代の京都市）の平穏は守られたのだから、そろそろオペラに戻ろう。

二

第二場　彼の名はニシマ

信じようと信じまいと、その男は小野 篁《おののたかむら》であり、京都市中に現われたタカムラ・オノである。二〇二三年四月十八日に出現して、この日のうちに長期滞在する民泊にチェックした。前金で四日ぶんを払って、その後も二日単位で（料金を前納しつつ）延泊した。ちなみに七泊以上で割引が適用される。京都の観光業界は二〇二〇年の春以降、疫病すなわちＣＯＶＩＤ－19に甚大なダメージを蒙《こうむ》っていたから、復活のインバウンド勢は大歓迎、しかも篁もまた日系人のタカムラ・オノ視された、そのため愛想《サービス》もよかった。個室にはバス・トイレが完備。かつ朝食無料。レンタル自転車は一日五百円、なのだけれども、これは篁は借りなかった。篁が尋ねたのはバスについてだ。

乗り合いの、その大きな〝機械〟の車に、どうすれば乗車できるのか？

誰に尋ねたかというと、民泊の管理者の男性に、である。

もう少し順番に説明しよう。小野篁は「俺は船岡《ふなおか》に登りたいのだ」とこの民泊の若い男に告げる。

愛想満点《サービス》だから、受付に立った男は、船岡が京都市北区の丘陵の船岡山を指していることを念のために確認してから、「岡は船岡」と清少納言『枕草子』からの引用フレーズまで口にし、麓《ふもと》にバス停があること、市営のバスが運行しているということ、それに乗るのがザ・ベスト・ウェイ（最善）であろうことを案内した。かつ、篁の足もとを見て、その靴（とは靴《か》の沓《くつ》である。束帯用のだいぶ装飾的な履き物である）では登りづらいですよ、ナイキがいいでしょう、ナイキ・イズ・ザ・ベスト・ウェイ、ザ・ベスト・チョイスと言って、それから、ああそうだ、バスには時間があります、時刻表というのをチェックすることが要ります、だから時計が要り用だなあ、タカムラさん腕時計ありますと訊いた。ない？　そうですか、だったらGショックお勧めです。

と、そこまで話が進んでから、具体的なバスの乗車法の教授に入って、そこで運賃は後払い方式だ、現金はもちろん使える、けれども一日券も便利だ、ICカード乗車券がいちばん重宝するかも、等の話題が出、タカムラさんICOCAあります？　と問われた。……いこか？　そう問い返しながら、篁は、懐《ふとこ》ろを探った。俺は懐ろに頼らなければならないのだと。二つ折りの長財布を篁は出した。「財布」という概念、これを篁はすでに――この四月十九日以降の時点で――持っている。

長財布にはカードポケットがあった。

カードポケットにはICOCAがあった。

受付の若い男性が「それ、それ、イコカー」と歌った。

「これかー」と小野篁は歌い返した。

そして、あらゆる肝《きも》はその財布である。じつは篁は、収納されている紙幣の数をかぞえた。硬貨のほうも同様にかぞえ、ギョッとしたのだけれども、たとえば日本銀行券の三種（二千円札はない。もしも持ち合わせていたら、裏側の図案に女人《にょにん》の絵があり、そこに「紫」と「式」と「部」の漢字三つを見出して、アァッと記憶を疼《うず》かせたかもしれない）が、ある日使用する、しかし翌日、それらは減っていない、こういう現実を何度も何度も認めたのだった。枚数がもとに戻る、紙幣も硬貨も……。

増殖、と篁は思った。いいや、繁殖、と思ったのかもしれない。

だが歓迎したし、すなわち小野篁は京都市の貨幣経済に、馴染む。

四月二十日には、両足にランニング用のシューズを履いていて、これはナイキのレボリューション5、色彩はシンプルに黒、その通気性は篁を、または観光客タカムラ・オノを感心させた。腕には耐衝撃機能で知られるGショック、しかも太陽光が動力の時計シリーズ、タフソーラーを着用した。そうすると民泊の受付の若い男性、年齢《とし》はいまでは二十八歳だと判明しているのだが、この男から、

「いいです、ねー。いいです、よー」

と歌われて、

「いい、かー？　イコ、カー？」

と歌い返して、さらに山登り（船岡山登り）するならば――と助言があって、上半身には長袖のTシャツを着て、下半身はデニムにした。冠はしかし、どうするか？　脱いでみた。すると平安装束からストリートファッションへ、は徹底されて、さらに二十八歳の受付の男性はこうもアドバイスした。

「友達に、び、よ、お、し、がー」

「び、よ、お、しー？」

「美容師。が、いる、の、でー」

「いる、の、だ、ねー？」

紹介します、と。篁は髪を剪《き》った。その際にも貨幣を払い、これ（紙幣、硬貨）で整容も買えるのだ、と、こう驚いた。

そのたびに想い返しもするのだった。俺は、懐ろに頼れと言われたのだな、と。頼れ！


いまや装束は乾いたどころか変わった。そして声の反芻は続けていて、「懐ろに頼れ」はしばしば咀嚼し、「船岡に登れ」から「二度登ろうとして、二度めは登るな」との言いつけも、やはり嚙《か》んだ。が、まずは一回めの登攀《とうはん》である。

船岡山はその標高が百十二メートル、登るのに厄介はない。遊歩道も整備されていて雑木林の内部《なか》をのびる。頂上に出る前の広場に、腕それから足、をスー、スーと動かしている四十がらみの女性がいて、運動そのもので球《たま》を形成するようでもあって、小野篁は数分観察する。それが太極拳であるとは理解しない。そして山頂で、眺望がいっきに展《ひら》けるところに出る。しかも南側と西側とに景色が抜けた。

一望される市街地がある。

たぶんこの瞬間、小野篁はそこに劇場を見出している。文字どおりの劇《ドラマ》の器、スペクタクルの容れ物を。そしてビルディング、道路、そうした類いに目を奪われている。自然景観とは異なる輪郭、人工の稜線。京都タワーを見出していて、ああ高い、ああ尖《とが》っている、と思った。それから仏寺の建築、寺域だ、神社の建築、神域だ、あちらこちらの人工性に埋もれつつ在《あ》る、埋もれつつ存《あ》る。五重塔がある。

最上層に相輪《そうりん》が立つ。いちばん上には宝珠。

と、これを認めた途端、わかった。

ここは平安京だ。

もちろん平安京のランドスケープを、いいや面影と言ったほうが的確だが、これまでにも地上に幾つも見、要するに発見していた。小野篁は、この数日で。だが、ここまではっきりとここは平安京だと感じられるとは！　あちらは……東山《ひがしやま》だ。すると、と篁は思って、この「すると」に言葉は論理的には接《つ》がれず、俺は参議だったとの記憶が浮上する。参議左大弁従三位《さだいべんじゅさんみ》。そして「わたの原八十島《やそしま》かけて漕ぎ出でぬと人には告げよあまのつり舟」……遣唐使？

記憶だ、と篁は思ったのだった。

俺は、と篁は思ったのだった。何を想い返して、何を想い返さない？

しかし、待て、と篁は己れを制したのだった。いま最優先であるのは、それではない。いま一番手の優先事項であるのは、あの声の反芻、しかもひと指令残っている。「二度登ろうとして、二度めは登るな」が。これを践《ふ》むには？　一度めというのを終えなければならぬ。俺はこの船岡を、いったん、下山しなければならぬ。

二回めはその先にある。

篁の幾日かを以下に圧縮する。ストリートの服装《いでたち》に身を固めて、この身の丈六尺二寸、いいやストリートなのだからメートル法にしよう、身長一メートル九十センチ弱の大男は、観光の要所を三つ四つ押さえる。あるいはもっと押さえる。これは劇場性（古都京都のそれ、京都盆地の「劇《ドラマ》の器」性）を確認するためで、もっともシンボリックだったのはＪＲ京都駅前に展示されている羅城門《らじょうもん》の復元模型である。このミニチュアの発見である。だいたい十分の一のスケールであろうか？　羅城門というのはもちろん平安京の正門で、二層の重閣で、そうした点も完璧に再現されている。羅城門というのは朱雀《すざく》大路の南端に置かれた。模型は模型で、それでは実物はどうなっているのか？　これを篁は探って、九条通の界隈に、西寺跡《さいじ》、羅城門の遺址《いし》、東寺、と順々に見た。西寺のその遺構は唐橋西寺公園内にあって、羅城門のものも同様に公園内にあったが、その公園は極端に狭小で、しかも石碑《いしぶみ》が一本立つだけだった。ベンチには一人のホームレス——日本人——が熟睡《うまい》していて、しかしインバウンドも少々、これは白人青年と黒人の女性（ほぼ同年齢）のカップルで、男性のほうは滑り台のうえでポーズを決めて、それを女性がスマートフォンで「映《ば》え」させつつ撮っている。しかし、東寺は、これは史蹟ではなかった。現代《いま》もある。東寺すなわち教王護国寺。南大門から境内に入り、ちょうど時報が流されるのを小野篁は聞いた。

船岡のその山頂から目撃した五重塔はここ東寺のものだった。

その境内の、南からは洛外。

境内から北が洛中。と知識が疼いた。

それでは朱雀大路の現在は？

千本《せんぼん》通というのになっている、と情報収集した。篁の抱えている平安京の知見に照らせば、この大通りは、北で——とはいえ、どこまで延びているのかは不明だが——船岡山に近接する。船岡の西麓は蓮台野《れんだいの》（とは葬送地を一般的に指した）だったが、そういえば、そこのありさまは現在いかに？

篁は、そうした地理的・地形的情報を集める半面、嗜好を満足させること、かつ（現代《いま》ふうに）洗練、進化させることもやっていて、これは飲食の話だが、パンという飯《いい》はおおいに気に入った、しかし他も知りたかったので尋ねた、これはもっぱら民泊のあの管理者の二十八歳の男性にあの受付の前にて相談するという形を採ったが、たとえば小野篁が俺の美食は蛸《たこ》だな、それから鮑《あわび》だな、こう言うと、それならばとばかりに「貝だし麺」の店というのを教えられた。蛤《はまぐり》に浅蜊《あさり》、帆立を炊きあげて出汁《だし》をとる、そして提供するのはラーメンである。ここには京都タワーから徒歩《かち》で数分で行けて、店名は「きた田」だった。

食べて、篁は「ほんまや」と評せた。なるほど美食、の謂《い》いだった。

ラーメンなる食物（麵類）もさらに試したい気分になった。

そこで情報収集のその方法に変化をつけて、「俺は、船岡にまた登ろうとしている。『している』だけだけれども。その付近に、いいや『付近に』とは言っても広範囲であっていい、オーケーというやつね、勧められるラーメンはないだろうか？」と、こう訊いた。しかも篁は、船岡山の西麓、そこに関心があるのだから条件は最初から絞る。「いいや『広範囲に』とは言っても西側ね」と。

すると「穴場なんです」と教えられたのは、牛肉または鶏肉が具材のメインとなるラーメン店で、本格中華、ゆえに「香辛料の効かせ方が絶妙！」なのだとの説明を受ける。一瞬、牛を食うのか？と竦《すく》んだが、挑戦は大事だなとさっさと前を向いて、場所、店名を尋ねる。当然ながら北区にあり、まさに船岡山の真西、「徒歩十分。市バスも走っています」とのことで、場所に問題はない。そして名前は麵面閣《めんめんかく》。

金閣寺のそばにある。

麵面閣に行かなければならぬ。船岡へは登らずに、ラーメンだ。

その日、まさに船岡の真西に降りる。

京都市営バスから小野篁は下車する。選択可能な系統（バスのルート）は複数あった。が、船岡山の麓に設けられている停留所前を通過しないものを選択した。東回りでは、その停留所をみな通り過ぎる。要するに篁は、「登ろうとして」の体《てい》をなさなかったら駄目だ、と判断している。二度めの登山の前の腹ごしらえという、そんな体裁だな、こう判断している。それゆえ西回りの路線を選んで、降りたバス停の名称は金閣寺道《きんかくじみち》だった。

降車する直前、ICOCAをピピッとやった。

運賃箱のICカード乗車券用の読取機《リーダー》に、手慣れた様子で当てた。

ここで言い落とさないようにしたいが、木曜である。篁が、観光客タカムラ・オノが京都市中に出現したのは二〇二三年四月十八日、その翌々日も木曜だった。が、これではない。今日は四月最後の木曜である。ここでテーゼをいきなり掲げるならば、「曜日のデータは重要である」となる。本当か？　ただちにアンチテーゼが出るのではないか？　だが、信じようと信じまいと、はたまた揚棄《ようき》をめざそうと、じき信じることになる。

いっぽう篁は、テーゼがどうのとドイツ語では考えない。市バスを降り、その間際にスムーズにICOCAをピピッとやったので、麺面閣は食券制だろうか、と考えている。

ああいう、事前に〝機械〟で食券を購入するシステムは、なかなか複雑だと考えている。

過半数のインバウンドの言い分と同じことを考えた。

そして数十秒で、その思案を断つ。というのも、麺面閣はバス停——金閣寺道のC乗り場——のごく近傍に店舗を構えている。時刻についても言い漏らさないようにしたいが、お午《ひる》には達していない。

が、午前十一時台の半ばではある。これはラーメン店に入るには絶妙な時間帯で、こうしたアドバイスも篁はあの民泊の二十八歳の管理者から授かっていた。が、その篁が、どうしたことか、入店しない。その篁が、どういうわけか、食券を購《か》いに進まない。麵面閣は、そう、実際に食券制である。そのことに篁が臆している……のではなかった。なにしろそれの経験は一度ならず積んでいる。あの貝だし麵、「きた田」も同様のシステムだった（し、篁は事後おおいに満足していた）。となると……なにゆえ？

下りているシャッターゆえ、だった。

駭然《がいぜん》としてシャッターのまん前に篁は立つ。

立っているのだった。

何が起きているのか。この鎧戸《よろいど》はなんなのか。一瞥し、容易に理解される。そこには油性のフェルトペンでもって――ただし篁には「フェルトペン」や「マジック」等の概念、語《ことば》はない――書かれている文字がある。手書きの五文字である。横並びである。すなわち、

木曜日定休

篁には読めている。楷書の——と言っていいだろう——漢字だからだ。意味も推し量れる。が、やや時間を必要とする。というのも、右側の行から順々に解釈していって、要するに篁は「休定日曜木」と認識していた。木曜日定休とのアナウンスなのに！　篁は、休……休《ヤス》メン、ト、定……定《サダ》ム、等と進んでいって、最終的に誤謬《あやまり》のない理解に到達する、が、すでに言ったが無駄な時間は使った。この間、この身の丈一メートル九十センチ弱の、この巨軀《きょく》の男の、そのたたずまいはいかがだったか？　まず姿勢だが、ギュッと佇《た》っている。文字——「休定日曜木」——を凝視するので、その後ろ姿は凝《じ》っとしていて、圧迫感、というよりも端的に威圧感がある。呪術的な威《い》が具《そな》わるのだ。しかし感じ方はやはり人それぞれである。その実例だが、

「寂《さみ》しそうな背中……」

と声がかけられた。

否、それは通りがかりの誰かの独語だった。

若い男の声だった。

「ラーメンが食いたかったのか。ここの……」

と、そこまで分析した。いや、描写したのか？　篁の、タカムラ・オノのこの瞬間《とき》の背中を。さらに、

「ここは、麵《メン》……面《メン》？　閣《カク》……？　ああ、このラーメン店、から、もうちょっとで金閣寺」

と言い、そのもうちょっ、い、い、とで金閣寺には不思議な抑揚がついていて、あきらかにメロディである。明白に歌である。

「もうちょっとで金閣寺、

もうちょっと、もうちょっとで、
なのに、たたずんで、
進めないのか？　進まないのか？
腹減ったか？
だからなのかい、ボーイ、そして、やあガール、
もうちょっとで金閣寺、
金閣寺の境内で、まずは黒門、
それから総門、
そこまで行ったら、俺のミッション、
でもね、あー、でも、
やっちゃいけない、いまのところ、
俺のミッション、禁じられてる、
もうちょっと、もうちょっとで、
金閣寺、なのに、あの声が、
俺に『駄目、駄目』言うんだよ、
俺に『いや、ちょっと、待って』言うんだよ、
その声というのは――」

若い男は、このように歌いながらどんどん去る。どんどん遠ざかる。いっぽうで「寂しそうな背中」と自身のたたずまいを描写され、いわば揶揄された篁は、発言《これ》をいっさい意に介していない。な

にしろ漢字五文字――「休定日曜木」――の解読に没頭していたので、視線もまたシャッターから一《いち》毫《ごう》も外さなかった。後ろを顧みなかった。が、その遠ざかる男が、いちばんお終《しま》いの「その声というのは――」を歌った直後、劇的ななにごとかが生じた。

その声というのは、の旋律に続いて、歌われないフレーズがあった。

(俺の頭ンなかに)と言っている気がした。

歌わずに、ただ語っている気がした。それが、篁の心中に聞こえて、それから、

(轟いてるんだよ)と続いた気がして、それから、

小野篁のその頭蓋の内側《なか》に、こういう声が、人声がいきなり轟いた。

――毒にも薬にもなれ、とそれは言っていた。

――疫病退散の成就《じょうじゅ》まで、火を放つな、ともそれは言っていた。

かつ、

――むしろ火を学べ、ともそれは言っていた。

それは、聞き憶えがあるかといえば聞き憶えのある声質で、そのことが第一の衝撃だった。しかしそれだけではない。それは、だけれども篁に語りかけているのではないとわかり、そのことが第二の衝撃だった。それは篁ではない男に、若い男に、歌いながら歩み去らんとしている男に語りかけているのであって、あるいはかつて語りかけた、いまは反芻されていると了解されて、それを自分が――篁が――捕捉《キャッチ》したのだと洞察されて、驚愕するしかなかった。

小野篁は、俺は聞いてしまっている、と理解した。

追う。追尾の対象者のその後ろ影を篁は見失わない。特徴は二つ、三つ、さっさと把《つか》んだ。野球帽をかぶっていて、このキャップが赤い。つまり「赤い後頭部」は鍵だ。身長は？　篁よりも、（これは篁の語彙、篁の表現ではないが）おおよそ二十センチ低い。いいや、もっとか？　たぶん一メートル六十五センチ前後だろう。そしてリュックを背負い、ここにはだいぶ物が詰まっている、とわかる。当然ながら内容《なかみ》のほうは、わからない。

篁は、追跡というのは何かに似ているな、と感じる。後ろから憑《つ》こうとしているみたいだと篁は想うのだ。

そのような解釈、そのような（追尾への）集中が、じつは十メートルも歩いたらフッと断ち切られた、一度。というのも交叉点がそこにあって、「赤い後頭部」は前方に横断歩道を渡って、それから右に折れて、これは西進したということだったのだが、この刹那《せつな》、篁の心中には記憶――と言っていいはずだ――が浮上した。まず、辻だ、と認めたのだった。いかにも、交叉点というのは辻（四つ辻）である。具《つぶ》さに語ればそこは西大路通の「金閣寺前」交叉点で、事実、二本の道路が十字形に交わる。東西南北その四面に信号機が設置されていて、いかにも、これぞ辻（四つ辻）である。と認識するや、小野篁は次いで思念を疾《はし》らせた。「辻だが、六道の辻ではない」と考えたのだ。それから、

地獄道、
餓鬼道、
畜生道、
修羅道、
人道《にんどう》、

天道《てんどう》、
と六種の世界が頭に浮かんだ。それらの諸相が、である。前者三つが三悪道、後者三つが三善道。

そのどこに赴かせるかを、俺は、裁《さば》……。

……俺が？

……どこで裁いた？

何かが視《み》えかけて、消える。

そして信号は、正面の一基が青から黄色に。篁は渡る。篁は追う。篁は「赤い後頭部」を見失わない。前よりも集中して追って、それゆえ追尾の対象者いがいの人間は泡沫《ほうまつ》に思える。が、視認というのはする。情報というのは視覚的音響的にスーッと吸収する。たとえば「赤い後頭部」は金閣寺の境内のほうに歩いている、すると土産物屋の傍らを通る、いかにも〝和《ニッポン》〟土産、いかにもな観光都市・京都の記念品《スーベニア》。Tシャツが大量に吊り下げられていて、そのデザインを篁は――無意味な図《え》として――拾う。プリントされた漢字を――有意味な語句として――拾う。読める語句は「日本」「侍」「きょうと」「愛」「誠」「なんでやねん」。そして印象的な図《え》の赤い正円、すなわち日の丸。

これ（日の丸）が日本の国旗であるという理解は、篁にはない。

それまで泡沫と感じられた人間たちがいっきに増えて壁あるいは背景化するのは、金閣寺の黒門の前からである。要するにここからが境内となる。多いのは外国人観光客、その団体および個人、けれども篁の同胞たる日本人たちも一定数いて、こちらは個人の観光客が目立つ。例外はあり、それは修学旅行である。男子生徒たち女子生徒たち。篁はそれを「修学旅行生だ」とは識別しえない、が、みな若人《わこうど》だ、かつ団体の服装《いでたち》だとは特色を見分けている。しかし問題は「赤い後頭部」であって――。

追う。

初め、開いている距離は四メートル弱。

それが詰まる。

三メートル強。

二メートル。

参道は黒門から総門に続いている。この門のさきに拝観受付がある。「赤い後頭部」は総門を抜けて、そちらへ行ったたか？　否、行かなかった。そのために距離は詰まった。じつは総門の、これは何メートル手前だろうか、石碑があるのだった。新しい碑《いしぶみ》、「世界遺産　金閣　鹿苑寺」の石碑があるのだった。このまん前に篁の追跡対象の若い男が立っている。篁は、さらに大胆に距離をちぢめた。まず後ろ、一メートル弱のところに立った。すると「赤い後頭部」と形容するのはもはや大雑把だと了解され、というのも、両耳にはマスクの紐がある、それらは白かった。膨らんだリュックは遠目の印象よりも禍々《まがまが》しい。謎めいた威圧感があって、それは赤や白よりも黒の、暗黒の心象といったものをもたらす。凶であり威《い》である。この時点で、小野篁は「むっ……」と唸りかけたが、唸らない。気配を悟られないようにして、二十センチ以上もその身長差がありながら、ぴたり背後について、前方《まえ》に立った男が、ちら、ちら、と視線を総門方向（に流れている濠《ほり》の、参拝者の渡る石橋の辺り）に向ければ、同じように、ちら、と向け、すると寺の雇った警備員がそこにいる。

立っている。不審者を警戒している。

篁は、――なるほど、と思うのだった。

――なるほど、こいつは不審だ、と思うのだった。

篁は、衝動に駆られる、こいつの背中を描写したい、と。するとたちまち直覚される、この背中、この後ろ姿は、「いまにも放火をしてしまいそうな背中」なのだと。根拠はある。あの声、あの、篁の頭蓋の内側《なか》にも轟いた人声、それが指示している事柄の一つが「疫病退散の成就まで、火を放つな」だったということがある。火を放つなとは、そのように命じなければ、放つ……のではないか、こいつは？

いかにも。

いかにも、そうだ。

直覚が確信される。

そして、篁はま後ろで、さらに観察する。……おお、この若い男は、堪《こら》えきれないと手を動かした！　隠し《ポケット》に入れて、出し……なんだ？　握っているのは、卵か？　鶏卵？　……なるほど。掌中で鶏卵《これ》をギュッと握る。だけれども潰さない。これは我慢だ、すなわち自制だ。それも極度の自制だ。なるほど……。

感心のあまり「むっ」と唸りそうになったので、篁もまた自制する。

半歩、位置をずらす。横合いに。

すると追尾してきた男のその、野球帽を含めた顔貌《かおかたち》がもっと、もっと観察でき、目についたのは三点、まず第一に眉が太かった。両方ともぶっとい。海苔《のり》でも貼ったようだ。そしてその眉を翳《かげ》らせるキャップの鍔《つば》、この鍔の上方の、野球チームであれば球団マークが刺繡されているところに日の丸が刺繡されている。白地に赤の日の丸、それが赤地のキャップのその正面にある。第三、着けているマスクが普通の形状ではない。医療用のN95で、要するに横のほうから眺めるとこのN95マスクというのは突き出ている。尖《とが》っている。

そのことを認めて、篁はどう思ったか？

鶏《とり》っぽいな、と思ったのだ。

と、この「鶏っぽい」男は、ムン、と咳払いした。

決然と踵《きびす》を返す。篁は、おっ、と一歩退いて、それどころか二歩、三歩と退いて、そのままスルッと身を旋《まわ》しもして——やや太極拳ふうだった——、やはり日の丸の野球帽の「鶏っぽい」男のあとを追った。ぴたり。参道をそのまま黒門までひき返す……のではなかった。たちまち左に折れて、境内の、人の流れとは逆を行って、ゆるい坂をのぼり、今度はふた岐《また》を右に、するとトイレである、売店（金閣寺の売店）に隣接しているトイレである、そのさきに展《ひろ》がるのは駐車場である。バス専用の駐車スペースがあり、ゆえに宏《ひろ》い。あたかも円形競技場といった雰囲気で、端々に休憩用ベンチもある。

男は、トイレに行き、篁は、売店前で待つ。

三分待つ。

四分。

そして若い男は、その日の丸の野球帽の、N95マスクの、太い眉の、篁が追尾してきた男は、とうとう洗面所の建物から屋外《そと》に出てきた。装いは何か変わったか？　否、リュックも背負っている。しかし態度に決然たるところがある。そこが激変している。かつ、ジャケットの隠し《ポケット》のさらなる盛りあがり……。篁は、それはなんだ、と思う。目を凝らす。が、その前に男のほうも篁をちらっと視界《めに》入れて、それから声に出して「むっ……？」と言う。その太い右眉と太い左眉とが中央《センター》に寄る。つまり眉間に皺《しわ》なのだけれども、この一瞬、二人の視線は交叉する。男は、小野篁（という身長一メートル九十センチ弱の大男）に見憶えがある、とは思ったはずだ、あるいは思いかける寸前だったはずだ、しかし立ち止まらない。

やりかけの行動を滞らせない。

宏大《こうだい》な駐車場のもっとも中心の箇所に――これもまたセンターだ――歩いてゆき、この時点で歩調があまりに「すたすた」としているものだから、威風堂々としているものだから、舞台に登場するスターめいているとも感ぜられて、しかし最初の段階では注目したのはわずか数人、ここに篁が含まれていて、修学旅行の男子一人（中学生か）、コーカソイドの男女二人（夫婦か）が含まれている。駐車場のセンターに立った若い男は、リュックを下ろす。そして隠《ポケット》しから……卵を一つ、二つ、三つ……出して、この段階でもうジャグリングを始めている。それは鶏卵のお手玉である。眺める篁は、「むっ……！」と、とうとう声に出した。

ぽんぽんと投げられる。

ぽんと取られる。

二つ三つ空中に浮いている。つねに。

数十秒で、注目はたちどころに集まる。「オーエムジー！」と声があがったが、もちろん篁には意味不明だ。観衆化したインバウンドの誰かが、ＯＭＧすなわち‘Oh My God!’と言ったのだ。そして「オーエムジー！」は輪をかけた注目を喚《よ》ぶきっかけとなって、内外の観光客、およそ五十人あまりが駐車場のセンターを見た。売店内からもガラス越しに見た。その日は、二〇二三年四月二十七日、大型連休の直前。見られる側である若い男は、「（注目に関しては）これならば十分だ」と考えたのか、ジャグリングの妙技の瞬時の間《ま》をついて、パッとＮ95マスクを外す、そしてマスクの裏側、というよりも内側で、すぽんすぽんすぽん、さらに、すぽん、と卵を受けて、すなわち合計四個の鶏卵が収まった。これを、マスクのそのゴム紐をびゅんとのばしながら、ふり回す。びゅんびゅん回す。それから、

ぱしゃん、

地面に叩きつけた。

観衆は、おお！　と呻《うめ》いた。

それは波濤《はとう》じみた低音だった。

これを受けて、男は、

「パンデミック！」

と叫んだ。

それから、

「おお、パンデミック！」

と繰り返して、この段階で、フレーズには抑揚がついていた。

歌唱なのだった。ここから独唱の舞台《ステージ》が金閣寺の駐車場に生まれる。すなわち——アリア、アリア、アリアである。

その歌は省略しよう。馬鹿げた歌詞だからだ。こうした断言は無礼千万なのだが、そうなってしまっている（とは「馬鹿げた」文句に満ちているの謂《い》いだ）原因は説ける。そこには言いたいことがあるのだけれども言ってはいけないのだとの抑制が働いていて、しかし言ってしまいたいのだとの情動が前面に出てもいる。つまり矛盾だ。結果、無関係の煽《あお》りばかりが反復されて、明かしても問題が生

じない些事《さじ》ばかりが語られる、歌われる、という無惨さである。曲名は「パンデミックで待ちぼうけ」、そして歌詞――繰り返すが「馬鹿げた」歌詞だ――から物語を抽出すれば、その歌の主人公は、二〇二〇年の秋から待っている、その秋から延々と待機している、ここ京都は金閣寺の門前で、はや二年半、そして――ここは歌詞を引用するが――「俺、二十四歳になっちゃったよ」が強調部だ。そして明かされる誕生日、三月十九日なのだという情報、二〇二〇年においてはそれ（とは三月十九日である）の八日前は三月十一日で、これ（とは二〇二〇年の三月十一日である）は世界保健機関によるパンデミック宣言のあった日で、歌の主人公は二十一歳の誕生日をいわばＣＯＶＩＤ-19の世界的大流行を実感して体感して細嚼《さいしゃく》しながら迎えて、以下の理解に至る。「――『他人がみんな滅びなければならぬ』『世界が滅びなければならぬ』と一度は考えたのが、あの二十一歳である」との理解に至る。この辺、歌詞は相当に不透明なのだが、「あの二十一歳」とは三島由紀夫の小説『金閣寺』の語り手を指していて、あの二十一歳は金閣（舎利殿）にあれをした、だの、あの二十一歳はなんと誕生日が三月十九日だった、そしてあれをした、だの、多様なデータが織り込まれつつ、要するに「同じ誕生日のミシマの小説内の人物が、金閣寺に放火《あれ》をした」ことが示唆される。あれを、あれを……と迂回する歌詞の、これが全容である。

　歌をいま大幅に省いたのだから、情景もやはり同様に俯瞰しよう。驚いたことに若い男の独唱には〝アリア〟の様式を脱する瞬間が訪れる。しかも二度訪れる。要《かな》めは一度めのほうにあって、しかし二度めも重要だろう。かつ一度めと二度めの間には二、三分しか時間が流れない。若い男（二十四歳である）は駐車場のセンターにいて、そこには「すたすた」と歩いて出たわけだけれども、アリア――の歌詞――が三島の『金閣寺』に迂回しつつ触れるや、つまり放火《あれ》に触れて白熱するや、いま一人「すたすた」と出てきた、または「つかつか」[illegible]わずに出た。センターに。そして尋ねたのだった、いいや歌ったのだった。小野篁が歌ったのだっ[illegible]「お前のー、名前はー？」と。その旋律、見事であって、観衆がおおおと響《どよ》めいたが、それ以上にア[illegible]アの若い男、二十四歳の青年のほうが桁違いに動揺した。自分ではないのに歌う人間がいることに、[illegible]かもこの世界にいる・目の前にいることに、ほぼ驚倒していた。しかし呆《ほう》けている余裕はない、歌[illegible]のだから、歌い返さなければならない、これがアリアの男の反応だった。即時の反応、判断にし[illegible]断だった。「なんだー、あんたー、無作法（ぶ・さ・ほー）、だー」と歌い、しかも高らかに歌い、[illegible]か他者《ヒト》ノ名前ヲ問ウノデアレバ先ニ自ラノ名前ヲ告ゲヨの意味だと篁は即刻解して、「そうだー、[illegible]ー／俺がー、名乗るー」と返して、タカムラだと言った。タカムラだし氏《うじ》はオノだと言った。す[illegible]二十四歳は、鷹揚《おうよう》に[illegible]なずいてから「俺は……」とまず尋常に語り、次いで「……俺の、氏は」で[illegible]ンのつぎの助詞のは[illegible]ッとあげて、

　三島、由紀夫（ゆ・き・お）にー、
　似ているー、
　似せんと、しているー、
　だから、ニシマー

こう歌い返した。そうして二重唱が突発した。篁の声域はバリトンといえばバリトン、二十四歳の男（とはニシマだ）の側はテノール、この男声二重唱。ここに〝デュエット〟の様式が出現した。そ

して、ニシマのニは似るの似か？　の問いがあり、数字の二だしシマは島だとの回答があり、「だから俺は、二島ー／下の名前は、きっと、由紀夫ー」との高まりもあって、この昂揚部《こうようぶ》から、ニシマあるいは二島由紀夫が再度「おお、パンデミック！」のフレーズに、いわば歌唱の起点に復《かえ》る。「パンデミック！　おお、パンデミック！」——そして、第二の転機がここである。この瞬間に、それが訪れる。観衆（いまや七十人超いる）が声を発したのだった、篁とニシマの二重唱に刺激された、歌いはじめたのだった。そのフレーズを、「おお、パンデミック！」を。日本人であれ誰であれ、感歎《かんたん》の言葉はたいていOh（「おお」）だ。日本人であれ何人《なにじん》であれ、パンデミックという語《ことば》を未知だと感ずる人間は二〇二三年の世界にいない。つまり「おお」とも「おおおっ！」とも口にできる、「パンデミック！」とも「パンッ、デェッ、ミィイイック！」とも歌える。上手に旋律に乗せられる。つまりコーラスである。ニシマあるいは二島由紀夫のその歌声の背景に、観衆たちのコーラスがついた。これは〝アリア〟の様式からの二度めの跳躍だった。しかもそのコーラス、篁とニシマを四方《よも》から包み込んでいる合唱隊は、篁のその氏、「オノ（小野）」をOh, No!とも歌えたのだった。

　さらに描写を巨視的にしよう。信じようと信じまいと、こういうことが起きている。駐車場はステージであり——歌劇の一シーン用のステージなのだとそろそろ断じようか——かつ舞台装置である。たとえば列を成して駐車する観光バス、そこには修学旅行の集団を運んできたものもある、そうしたバスの一台が、いいや二、三台が、あるいはタクシー等もか、だんだんと跳ね出している。油圧式車高調整システムを弄《いじ》った改造車がホッピングするように、車輪が浮いている、車体がぽんぽん跳ねている。ありえない、と否《いな》むのはたやすい。しかし、（これらのバス、タクシーが）その歌劇に、そのニシマと篁と合唱隊のオペラに[illegible]かったと説得的に語ることはたやすいとは言えない。歌はつねに滲透《しんとう》する、それも空間に滲透するのだ。空間は、歌いかけられることで、変容するのだ。ただし影響が「半径何メートルまで(は)及ぶ」的には説けない。なぜか?　そのような物言いはオペラ的ではないのひと言に尽きるからだ。

そしてオペラ的ではない現実に、ここからの展開をゆだねよう。いや、しばし任せて、あとは再度オペラの魔法に帰ろう。現実主義《リアリズム》とは以下のようなものである。これほどの駐車場の大騒ぎに、当然警備員は現われる。金閣寺の雇傭《こよう》する者たちである。するとギャラリー――合唱隊――がまず散って、また、二島由紀夫の反応する速度も驚異的である。「あんたー」と歌いながら篁に呼びかけている。「なんだー」と篁も答えている。すると二島由紀夫は「逃げるぜー」と誘い、小野篁が「いっしょに、かー?」と尋ねて、これに二島由紀夫は「なりゆき、だー」と答えている。だが、偶然《なりゆき》などというものが世界を駆動させるか?　もしかしたら、これにイエスと答えるかノーと答えるかが現実主義《リアリズム》のアルファでありオメガである。いずれにしても二人はともに逃走する。先導はニシマ、そして駐車場を出、金閣寺の参道を脱《ぬ》け、いったん西大路通、しかも「金閣寺前」の交叉点を過《よ》ぎって、すると二人の視界には麵面閣、ここを素通りする際、小野篁があのシャッターをちらっと見る、あの休定日曜木のメッセージをちらっと見る、そんなふうに篁が一瞥したことを二島由紀夫は「むっ?」と確認、彼にとっての木曜日定休のメッセージをやはり同様にちらっと見る。ラーメンについては言及せず、しかし「俺は、あんた、北大路の男なんだぜ」と言う。その意味するところを篁は推し量れない。だが――、

西大路通を北進し切れば、それは東に曲がる。

それは北大路通である。

四車線である。歩道も具わる。もちろん篁もニシマも歩道側だ、そこを進む、だとしたら車道側を走るのは？　それも歩道寄りの車線をちょうど対向するように、この瞬間、走ってきたのは？　市バスである。系統は２０４である。何かが篁の目を射る。その「何か」はバスの前面にある、位置的には運転席の下側にある。ワイパーよりは下、ナンバープレートよりは上、その「何か」はヘッドマークだ。しかも特別に貼られた丸形ヘッドマークだ。日の丸との連想は、もしかしたら篁（の目）には働いた。なにしろ、今日まで、この一瞬までは見落としていた。それとも、このヘッドマークを設置するバスは車輛数が限られているのかもしれない。たぶんそうだ。ヘッドマークのその丸は紫色を基調にしていた。そこに文字があった、三文字があった、漢字三つだから篁には瞬時に読めた。「文化庁」。より小さい四文字もあり、これは円の下方、バックの色彩は赤、漢字で「京都移転」。

篁の脳裡に雷が鳴り響いた。

文化庁……。

京都移転……。

小野篁には「文化庁とは何か」の概念がない。文部科学省の外局である、とは答えられないし、この政府機関がどうやら京都に移ってきたらしい、との推測を行なうのも無理である。しかしながら――文化庁の庁、役所の意でのその庁。この一文字。雷撃だった。文化庁……閻魔の庁。こう思いは疾《はし》った。俺の勤務している閻魔の庁、と。それはどこにあるのか？

地獄に存する。

そして亡者たちの生前の行為を沙汰している。裁《さば》……。

篁は思い出す。俺は、冥官《みょうかん》である。すなわち地獄の閻魔の庁の役人。

――このような記憶を、現実主義《リアリズム》の逃走のさなか、小野篁は得る。

かつ導き手のニシマが、これは金閣寺の駐車場から脱けて七、八分後だった、「ここだよ。横へ、裏へ」と言った。ある建物に入る。いいや、入る前に、鎖《とざ》されている裏口へと案内した。閉店して二年ほどは経過したレジャー施設で、あるいは三年前後が経っているか、それゆえ空きビルで、あるいは廃ビルとの形容も少々は合うか、その裏手に回ったのだった。それから鉄扉の前に立って、ニシマは数音を唱えるのだった。一音めは「パ」であり二音めは「チ」である。発音しづらい三音めが「ン」で、締めは「コ」である。合計四音。続いたのは幾秒かの沈黙、それから鉄扉の軋《きし》み、ギ、ギ、ギ……。

「暮らしている？」と篁が尋ねる。

「んー、そうね」と二島由紀夫は答える。

「いつから？」

「んー、二〇二〇年の、十月？」

「つまり歌の頃からか」

「あ、それって『パンデミックで待ちぼうけ』の、歌詞、指してる？」

ああ、とうなずき、「ここは空いていたのか？」と質問する。

「その十月の時点で、このパチンコ・パーラー、閉まってたね。閉店」

「それで、ニシマ」

「なんだい、タカムラ？」

「この辺りは、どの辺りだ」

「この辺りは、もちろん北大路で、千本通はもう越えた」

「旧《もと》の朱雀大路……」と篁は千本通がなんなのかを咀嚼した。

「しかし大徳寺はまだだ。ここは、船岡山の真北だね。言ったら、船岡の麓？」

なるほど、ここにいれば俺は登らない、二度めの登山はない。

篁は合点《がてん》に襲われる。

「え……なに？」と二島由紀夫が問う。「タカムラ、なに、その、にやりって顔？」

四月最後の木曜である。二〇二三年の四月二十七日、その午後である。この日のこの時間帯に費やされた二時間あまりを二島由紀夫の疑問（とは問いだ）を軸に編むと以下のようになる。それは二島由紀夫に、ニシマに偶然《なりゆき》などというものはないのかもしれないと説得を仕掛ける二時間と少しとなる。

……………どういうことなんだ、あんたが俺の聞いた声を聞いてるって？　この問いは、ニシマが背に負っていたリュックを下ろして、一々《いちいち》中身を出して、それは三束の藁《わら》である、書類であり衣類である、座布団《ざぶとん》であり掛け布団である、さらに風呂敷、蚊帳《かや》と出てきたところで、篁に「火を点じる材料か？　そして燃すための」と問われてしまい、動揺しつつ「いや待て、いや待て……って！　どうして俺が放《ほう》――」と放火と言いかけ、そこで「――俺の、あれだ、俺のミッションを、あんたは知る？」と表現を換えて訊き、すると「なにしろお前は言われたのだろう？　一つめに『毒にも薬にもなれ』と。二つめに『疫病退散の成就まで、火を放つな』と。三つめに『むしろ火を学べ』と。その二つめの、禁制、『火を放つな』の部分だな、そこから推せば、さっさとわかる」と言われてしまって、しかし推理のこの的中にニシマが動じたのではない、だから質問したのだ、という経緯《いきさつ》をもって、だから発せられたのである。この問いは。すると篁の返答があまりに意想外で、「うん？　それは、あれだろう、俺もまた、三つの声を聞いてしまっている者だからだろう。俺の頭蓋に響いたのは、『懐《ふとこ》ろに頼れ』だった、それから『船岡に登れ』だったし『二度登ろうとして、二度めは登るな』だった」というもので、これはただちに新しい問い（とはニシマの抱《いだ》いた疑問だ）を発生させる。

……………どういうことなんだ、あんたも三つのメッセージを頭《アタマ》に受け取ったって？　すると篁はこれまた意想外に、「解ける人間だから、そういう声を、そういう謎の指示を、授けられたのだろう？」と答えて、この台詞はニシマを驚愕させ、「え。じゃあタカムラは、解いたの？」と尋ね、「いかにも。そうなるな」と篁が返答して、その自信にあふれる表情というか、例のにやりの出現に再度ニシマは愕《おど》き、「いや。じゃあ。俺だって、うん」と急にその胸を反らして言い、

「そうなのか？」

「そうだよ」

「第二の指図だが」

「『疫病退散の成就まで、火を放つな』？」

「そうだ」

「それが？」

「疫病とはどの疫病だ」

「このパンデミックだよ。だいぶ終熄したけど」

「ぱんでみっくとは？」

「え。パンデミック知らんの？　え。コロナも知らない？　ウイルスも知らんの？」

　とのやりとりを経、篁が「ああ、悪疫があったのだな。三年《みとせ》もの昔から？」と了解しつつ質問し、ニシマが「うん。俺ね、三年前の二〇二〇年の秋に、ここ、来て」と言い、「まあ正確には二年半前だね」と訂正し、すると篁は「そして二つめの声の、その指示を、ニシマ、お前は守っている」と確認し、そこから「だが一つめは解いたのか？　三つめは解いたのか？」と畳みかけ、自信満々にニシマが言うに「三つめは解いたね！　一つめは……解いた」、ここまでは強気で、しかし「解いたに……近いね」と弱めに添えて、それからリュックの底をガサゴソと探って、一冊、二冊と本を取り出す。その一冊めは文庫版の『金閣寺』で、著者はもちろん三島由紀夫、いま一冊はサイズがずっと大きい、硬表紙《ハードカバー》の単行本で、「タイトル、読める？　『世界を変えた火薬の歴史』っていうの。著者、クライヴ・ポンティング。わかるかな。タカムラ、わかるかなあ。こういう単行本で俺は勉強してね、つまり俺は、俺はね、むしろ火を学んでいるわけ。三つめの課題はクリアだ。でさあ、この表紙の、このタイトルの二文字、見てよ。タカムラ、漢字の二文字を見てって。火薬。ね？　わかるよなあ。火が薬になってるじゃん。ほら、第一の指示、毒にも薬にもなれ……の、適用？　放火の火を、薬にしたら、火薬だぜ！」と得意に満ちて言って、すると篁は即座に、「では、毒は？」と斬り込み、

「え」

「毒は、どう適用した？」

「うーん」

「まだか？」

「いや」

「ニシマ、……お前、いま笑っているぞ」

「そりゃあ、そうだわ。わかったから」

とニシマは答えて、「あんたとのこれなんだ」と答える。「これを毒にもする、薬にもするってことなんだ」と答える。「あるいはあんたが、毒なんだ、薬なんだ」とも言い切る。それから「タカムラの氏《うじ》はオノだよな？」と訊き、篁が「そうだ。タカムラ・オノだ。しかし、この順序はどうも俺にはいつまでも妙だ。氏は、さきだろう。上だろう」と言って、その発言をニシマが嚙《か》み、「ってことは、え？　オノノタカムラ？」とつぶやいてから沈黙する。……………………どういうことだ、あんたが小野篁って？　この問いは当然発せられる。なぜならば小野篁は歴史的人物だからである。だが、ニシマは太い右眉と左眉をただちに寄せて、この問いに対する篁の返答を待たない、自ら新たな質問を繰り出している、「俺は二年半前にここへ来たよ」と言って、「あんたはいつ、ここへ？」と尋ねて、「そうだな。九日前ということになるか」と篁が答えて、「パンデミックも知らないあんたは、それで、どこからここへ？」とニシマは尋ねて、篁は「少し思い出したんだが」と言って、「俺はたぶん、平安京にいたと答えたいんだが、それは嘘で、俺はたぶん、閻魔の庁にいたな」と言って、「つまり地獄に」と言い切って、

「え。地獄？」

「そうだ」

「それって……」

「譬《たと》えではない」

「すると……」

「死後の苦痛の場だ。人間《ひと》の魂の」

と、篁はきちんと回答する。ニシマは、「あのさ。俺はここへ来て、その頃二十一歳で、目下は二十四歳です。で、タカムラは？」と質問して、ちなみにニシマの目には篁は三十歳とも五十歳とも映る、しかし篁の答えはそうではない、三十歳だとも言わないし五十歳だとも言わない、代わりに「このあいだ数えたんだが。千二百二十一歳だか千二百二十二歳だかだな」と答えて、ニシマは絶句して、篁が「年齢《とし》の数え方にどうも革《あらた》まるところがあったようだ」と数え年と満年齢の相違についても触れて、ニシマが「ちょっと待て。暗算する」と言って、「えっと。西暦八〇二年か八〇一年、生まれ。え？」と愕然として、篁は平然と「そういう暦なのか？」と尋ね、これはキリスト紀元についての質問だったが、ニシマは「いやあ。いやあ。火薬だよ」と唸った、「火薬は、まさにその頃、その頃って紀元八〇〇年頃ね、中国で発見されていて。黒色火薬ってやつが。ここは正確に説明するね」と言ってから、単行本の『世界を変えた火薬の歴史』を手にし、開き、この本（は出版社が原書房、訳者が伊藤綺だ）から引用して、「『したがって、火薬の最初期の形態が登場したのは紀元八〇〇年ころだったと推定できる』と、ほら、ある。おんなじページに『中国語の「yao」は「薬物」もしくは「薬」の意味だが、この語は火薬を意味する中国語「huo yao」に使われている。すなわち「火の薬物」あるいは「火の薬」という意味になり』……中略すンね……『これは、火薬が神秘的な錬丹術に由来し、爆発性をもつことが思いがけずわかったことを暗示している』って、ほら、書いてある。錬丹は、あれだね、不老不死の妙薬を作る、だね。あのさタカムラ、西洋っていうのはずっと火薬はヨーロッパ人の発明だって、誤解してたの。それはね、東洋を知らなかったから。あと、中国がこの火薬ってやつを、木炭・硫黄・硝石の三成分を混ぜたやつ、そして火薬《それ》を使った兵器を、ずうっと軍事機密にしていたから。ずううっと。四百年間も。そういうのが西洋に伝わって弘《ひろ》まるのに、関係するのはモンゴル帝国で。一二八〇年頃にはイスラーム世界の全域に知られていったのです、的に書いてある。それからヨーロッパに火薬の秘密は伝わったのでありました、的に説かれている。しかし重要なのはイスラームなんだな。オスマン帝国とムガル帝国なんだな。オスマン帝国がコンスタンティノープルを陥落させる、この時の火縄銃と大砲使用が凄いよ。一四五三年だよ。あ。えっと。いやいやいや。タカムラが八〇二年か八〇一年生まれかもしんない、という話だった」と話柄《わへい》を戻して、すると篁が「俺の生まれ年は延暦《えんりゃく》二十一年だが」と応じて、ニシマが「ええと平安京は……?」と訊き、篁が「延暦十三年に長岡京から遷《うつ》ったが」と答え、「じゃあ延暦十三年が七九四《ナクヨ》の西暦七九四年だ、だからタカムラはそれに八年足して、八〇二年の誕生だ」とニシマは正答して、「その当時、中国ってどう呼んだの?」と訊いたら篁から「唐土《もろこし》だ」との答えがあって、ニシマは次第に確信を深める、タカムラが真実小野篁であるような確信を深める、そこで、リュックをふたたびガサゴソやる、最初に3Dプリンターで製作した仮面を取り出して、「これは三島由紀夫の面《おもて》だね。文豪、文豪」と説明し、続いて出すのは財布である、二つ折りの長財布である、それは黒い、牛革製の財布である。

………………どういうことだろうな、あんたが俺のこの財布に目をやって「おんなじだ」って言うのは？　この問い（というか強烈な疑問）は、篁が彼自身の財布を出し、示したことで、なるほど同一《おんなじ》だと了解されてしまう、かつニシマは新しい質問も添える、「それって無限にお金が、あのさ、硬貨もお札も、戻ってこないか？」と。…………どう思う、誰がこれを俺らに授けたか？

…………どう考える、俺の頭蓋の内側《なか》に響いている三つのメッセージと、あんたの内側《なか》の三種類のそれと、声の主はおんなじか？　…………どうなんだいタカムラ、俺はここに二年半

もいる、なのに記憶は全部が「はっきりしてます」ってわけじゃない、で、あんたは？　これに答え、篁は、

「俺もだ」

「そうなの、かぁ」

「しかし」

「なんだ？」

「じきに全部が『はっきりしていない』とは訣別《けつべつ》する予感も、ある」

「あのさ、タカムラ」

「どうした？」

「底の知れない男だね、あんたは」

「なにしろ冥官だったからな」

「ミョウカン？」

「閻魔の片腕だ」

「ひゃあ」


とニシマを唸らせた、しかも地獄は観念だとは篁は説かない、そして最後の疑問（とは問いだ）がニシマすなわち二島由紀夫の口から出て小野篁に向けられる。…………………………どうなってたっけ、あんたって金閣寺に近いラーメン屋の、麺面閣？　あそこの、ラーメンを食えずにいたはずだから、食い逃しの待ちぼうけって様子だったはずだから、腹、減ってない？　かなり、その、相当に？

ここからは観光案内にも擬《なぞら》えられる。なぜならば三島由紀夫が事実、案内人を務めるからだ。「北大路の男」を自認する彼が小野篁を——北大路通に沿って——ガイドするからだ。事前に短い聴取がある、麵面閣《あそこ》のラーメンが好きなのか？　との質問がある。篁は、当然、まだ食べていない（食べられないでいる）から回答は不可であると回答する。質問は、それでは普段はあんたは何が好みか？に変わる。パンの類いだ、と篁は答える。すると提案されたベーカリーは、北大路通に沿って徒歩三分、「雨の日も風の日も」という魅力的な店名だが、なんと木曜は定休日である。ニシマは「木曜日と日曜日は、休みだった……」と呻き、「すまんタカムラ。ここのアメカゼフレンチ、最高なんだけど……」と謝り、「そうだ。いっそドーナツは？」と新たなアイディアを出す。二人は堀川北大路へと歩き、ニシマが「なんかさあ、もう二年半もパチンコ・パーラーに住んでるけどさあ、京町家コテージとかにも暮らしたかったたね」とぽつり漏らす。ガレージ状の空間に収まったフードトラックをそのまま店舗《みせ》にしたタコス屋があり、「ここもいいけど、平安朝のお方にタコスはね」と三島由紀夫はやや独語調に言い、そこから徒歩およそ六分、新町通を上がった（とは北上したの謂《い》いだ）ところにあるドーナツ店、「かもDONUT」を訪れて、これはちゃんと営業日である。そして、三種四種と購入し、篁が思うにどれも美味である。「あ。これイースト生地。で、こっちはケーキ生地。な？」と三島由紀夫の説明も懇切である。さすが案内人である。その後に二人はふたたび北大路通に出て東進、すると北大路駅前で、まずニシマが指さしたのは大谷大学のキャンパス、「いやあ三島由紀夫の『金閣寺』の語り手がさあ、ここに、大谷大学に通っててね。いやマジに」と解説した。反対側も指して、「ほらイオンモール。ここがイオンモールになったの、去年の六月ね。一年未満前ね。その前？　北大路ビブレ。いやあ大型商業施設は、いいよね」と言い、この商業施設の地下二階がバスターミナルなのだ、地下三階は地下鉄烏丸《からすま》線の駅で、それが北大路駅なのだとも補説した。モールにはフィットネス・クラブが入り、そこの会員証も持っている、とこれは自慢した。それから二人は、さらに東進、烏丸北大路を越えて、北大路橋の西詰から賀茂川を渡り、これはつまり鴨川（の上流域）だ。ニシマは、もう閉まってはいたが京都府立植物園の界隈へ篁をガイドする。「いいんだよぉ、この植物園」と言い、「ここまでが俺の北大路だね」と説き、「園内には森のカフェっていうのもあってさ」と解説し、さらに「俺、植物園の年間パスポートも買っちゃったよ」と語る。

二人は賀茂川の河川敷に下りる。

風が吹いていて鷺《さぎ》がいて（青鷺である）、鳶《とんび》もいる。

二人はのんびり歩いていて、いっぽうが一メートル九十センチ弱、他方は一メートル六十五センチ前後の身長だから、凸凹のコンビである。まだ日没前である。ジョギングをする人間たちがいる。通行する自転車がある。三分に一、二台はある。眺めていると、小野篁には楽しい。楽しいがゆえに時《と》間《き》はたちまち過ぎ、もう日没である。と、そこで予期せぬなりゆきがある。河川敷の草叢《くさむら》には――地面には――ザザッザザッという動きがある。川から、つまり賀茂川から、賀茂川のその水中から陸《おか》に上がってきた何かが、つまり生物《いきもの》がいる。しかも大きい。一メートル……いいや、もっと。

「え？」と二島由紀夫。

「山椒魚《はじかみいお》、か？」と小野篁。

え？　とふたたび二島由紀夫。それはオオサンショウウオである。この瞬間から「『北大路』の観光」のその案内人は交代する。なぜならば篁もニシマもそのオオサンショウウオの後を追い、ということはつまり、二島由紀夫はもうガイド役ではない。そしてオオサンショウウオは、どこへ？　這って……這って……川（すなわち水の世界）とは反対側へ。しかし第二の水のあるところへ。入り込むのは定休日の飲食店の敷地内である。その中庭である。またもや定休日のショップである。小野篁は――二島由紀夫も――何かに憑かれ、駆られるかのように巨大な一匹の両棲類に従《つ》いていった。その中庭には、何があったか？　その中庭には、井戸があった。

蓋が閉まっていない。

オオサンショウウオは、飛び込んだ。

……ぴしゃん。

「井戸だ」と二島由紀夫が言った。

「井戸は」と小野篁が言った。

「井戸は？」

「地獄に通じている」と篁が言い、その時である。ニシマもまた、にやりと笑った。

それから、そっと言ったのだった。……地獄の修学旅行、かぁ、と。

オオサンショウウオに続いて井《い》のなかに飛び込んでしまったのは二島由紀夫である。びしゃん！

さらに一秒と置かず、小野篁がわが身を、その巨軀《きょく》を躍らせている。

第一幕第二場についての僕の雑記

ここで僕は二〇二三年六月十三日の僕の記憶を語ることも、六月十五日の僕の記憶を語ることもできる。ただし後者には間接的に前者の記憶、というよりも体験か、それが含まれる。よって後者を挿入する。ちなみに両日とも僕は京都にいる。四日間連続して京都市内に滞在したのだ。宿泊したホテルだが、これは一月と同じで、「観光都市・京都の中心はどこか?」との問いに照らすと、JR京都駅(という中心点)のもっと東だと述べられる。そこで何をしているのかだけれども、六月十五日の夜の、午後十一時台、僕はやはり一月と同じことをしている。具体的には一月十九日と同一の行動、つまり生《ライブ》でラジオに出演している。ホテルの部屋から携帯電話で、だ。NHKアナウンサーの渡邊《わたなべ》あゆみさんと話す。渡邊さんは東京の渋谷のNHK放送センターにいて、「京都はどうですか?」「今回(の京都取材で)はどこへ行かれたんですか?」と僕に質問する。

　前者には、四月にも来たんですが観光力の回復が凄いですね、急速に脱マスクも進んでいて、ええ、ノーマスク、等と簡潔に答える。パンデミックはいまや完敗しそうな勢いですね、とは言わない。ラジオ向きでない話題は口にしない。話題というか、考察か? 京都の物語力のその本来のスケール、や、それを凌いだ二〇二〇年春――とそれ以降――のパンデミックの物語力、や、こうした僕すぎる文学的・思索的な比較、譬喩《ひゆ》は深夜放送番組にあまりに合わない。さっさと後者の質問に回答するフ

エーズに移る。つまり、

「植物園です」

だった。

「植物園？　京都の？」

「はい。京都府立植物園。あれですね、一月にこの番組に出た際に、僕、『今回は最初に水族館を訪ねましたた』と言いましたね？　ほら、京都駅から徒歩で十五分程度、そういう距離にある、二〇一二年の三月に開業した、京都水族館。そこにいっちばん初めにオオサンショウウオが展示されていて、ひじょうに驚いた、と。僕が。はい、はい。国の特別天然記念物。世界最大の両棲類。いっちばん大きな個体は、この水族館のですよ、百五十八センチで。はい、はい。はい。でも、在来種はね……」

「……そうでしたね」

「はい。極端に減りはじめて。一九七〇年に鴨川に現われた外来種、チュウゴクオオサンショウウオ、それとの交雑個体が激増して。こういう悲しい事実がある。こういう事実を僕、まあ、ずっと？　気に留めてたわけです。そしたら、凄いニュースに出遇《であ》いました。ほんの半月前です。先月の、だから今年の五月の三十日です。さっき言った京都府立植物園で、その敷地の内側《なか》でですね、オオサンショウウオが発見されて」

「え！」

「来園者の親子に発見されて。これ、植物園が開園して以来の発見例らしいです。その開園は一九二四年で、だから、……はい。はい、九十九年前です。ほぼ一世紀、見つかった例《ため》しのないオオサンショウウオが、先月末ですよ、たった半月ほど前ですよ、出現した。もう、僕、気になって。『現場はどうなっているんだろう？』と。植物園の所在地は、左京区の下鴨《しもがも》ですね、賀茂川と高野川の合流地点の、北、北だけれども西寄りですね。賀茂川に沿っています。遊歩道を挟んで、川に面しています。僕は、烏丸線の北大路駅で地下鉄を降りて、行きましたね。現地に。現場に。

その園内のどこで見つかったか、どこで凝《じ》っとしていたか、特定もできて。

発見時の写真がありましたから。はい、報道写真が。これに照らして。

あ。いまはいないんですよ。その日に保護されたんですよ。それで、まず場所です、発見箇所の、太い木の根もとでした、そこは賀茂川から七十メートル？　その程度しか隔たらない。続いて〝保護〟のことですね、このオオサンショウウオは体長は百センチ、あれですね、一メートル程度で、植物園のスタッフが捕獲しました。それから京都市の文化財保護課の人が、そこの職員がひきとった。

これにも僕、驚いて。

ええ、文化財です。

文化財保護課、です。

天然記念物の生物《いきもの》は記念物、文化財なんだって。

ただ、それが本当に特別天然記念物のオオサンショウウオなのかって問題はあります。日本の固有種、つまり在来種なのか？　だからＤＮＡ鑑定を、いま、やっているようです。京都大学で。オオサンショウウオかチュウゴクオオサンショウウオか、あるいは交雑個体か、そういうのは外見《みため》での区別がつかない」

こう語った記憶が僕にはある。出演中に外来種、外来種とは言ったけれども、きちんと種名を「チユウゴクオオサンショウウオ」と挙げたかどうか、やや怪しい。生《ライブ》の本番では舌足らずになりがちである。チュウゴクすなわち中国を僕が中心の文脈で考えたのはいつだったか？　フランシス・フォード・コッポラの監督したアメリカ映画『地獄の黙示録』の考察を経由して、ポール・シュレイダーの監督したアメリカ映画『ミシマ』の考察に跳び移る時点、というよりも起点だ。正確には。起点、出発点。そこに中国——漢字文化圏の中心——が刺さった。続いて三島由紀夫の『金閣寺』が刺さって、この小説の一挿話からの引用があり、「アメリカ人による日本人作家の伝記映画」として『ミシマ』が言及されて、この特異な映画のオペラ性——美術監督・石岡瑛子の存在ゆえ、石岡の力ゆえ——が釈《と》かれた。

オペラ性が。

ここからである。

僕は京都の中心をＪＲ京都駅から金閣寺へシフトさせる。そういう段階に思考をのせる。その根拠は？　三島由紀夫の『金閣寺』でそうであったから。京都の中心は金閣（舎利殿）だったから。また、僕の中篇小説「金閣」でもそうであったから。足利義満が存命した頃、南北朝時代のその直後から京都の中心は金閣（北山《きたやま》の舎利殿）だったから。そして、僕は、「金閣」の脚色《アダプテーション》としてのオペラを考える。この中篇小説の序破急の三章中の「急」の章の主人公をオペラの主人公にと構想する。二十一歳の青年を主人公にと発想する。青年は、三島由紀夫の『金閣寺』の愛読者である。青年は、三島由紀夫の仮面を３Ｄプリンターで製作する。青年は、現代の（二〇二〇年の）金閣寺の境内に、そして六十五年前——の一九五五年に——再建された舎利殿の前に立つ。なぜか？　ふたたび金閣《それ》を焼かなければならぬ、からだ。そう、こうした情動こそオペラである。そしてこのオペラの題名は『パンデミック』である。そして……。

小野篁が現われた。いきなり、しょっぱなに。

いわば小野篁に奪《と》られた。オペラ『パンデミック』が。この歌劇の主人公の座が奪られた。

だから、僕は、軌道修正に入った。だから、僕は、重層化を狙う。罹患以前の自分の発想に拠《よ》っているものと罹患の高熱に因《よ》っている、すなわち高熱にもたらされている発想群との重層、重層とは重奏でもあり二重唱さらに多重唱である、これを企図する。罹患。……罹患。説明不要だけれども悪疫への罹患だ、これは。流行病《はやりやまい》すなわち新型コロナウイルス感染症、すなわちCOVID－19だ、っ、た、の、で、あ、ろ、う、疾病に僕自身が罹《かか》った事実。

あえて口にしておきたいのだけれども、毒にも薬にもならないオペラは要らない。毒にも薬にもなる人類史、それならば苦心惨憺《さんたん》する価値が見出せる。というわけで、以前にも内情吐露した競《せ》り合いは、僕は、終《しま》いまで続ける。こいつ（とはこの原稿内のオペラだ。僕が台本作者《リブレッティスト》であるオペラ『パンデミック』だ）はここからも相当に手前勝手にロデオ的に暴走するんだろう。しかし制馭《せいぎょ》するのは僕である。

ところで体力だが。

僕の体力だが。

五月の後半には戻った。気管支炎を鎮《しず》める漢方薬も手放した。それゆえ僕は、この六月、その十三日から京都に入れたということだ。その十五日、ラジオに出演できたということだ。

ではオペラとの相剋《そうこく》を続けるという営為の、実践である。

文化庁が移転した。そのことを解説する。二〇二三年三月二十七日の出来事で、中央省庁初の地方移転と話題になる。ここで言う〝中央〟は東京で〝地方〟は京都だ。しかし三月二十七日というその日に何名が京都で業務に就いたか？　およそ七十名でしかない。本格移転は大型連休中だとアナウンスされて、実際に五月十五日から京都庁舎はおよそ三百九十名の体制で始動したとアナウンスされて、しかし「京都庁舎は」と言う以上、対置される別の庁舎があるのであって、これは——わかりきったことだが——東京庁舎である。さて、そちらの体制は？

およそ二百名なんだそうだ。

これを完全移転とは言わない。

しかし京都「不完全」移転はじつにわいわいと喧伝される。市中《まちなか》には特別なバスも走りはじめ、というのも丸形のヘッドマークを設置している。京都市交通局のアナウンスでは、これを車輛前方に設《しつら》えたバスは総数およそ百五十台。そこそこ限定《レア》だ、が僕の認識で、だから前回、四月十六日からの京都訪問ではそこそこ写真も撮った。いたぞ、あのバスだ、ぱしゃ！　というわけだ。今回、六月十三日からの滞在中は、撮らなかった、刺激されなかった、「もうレアではない」と感じていたのだろう。しかしヘッドマークの解説はしよう。大きな文字で「文化庁」とある。小さな文字で、下部に、「京都移転」とある。たしか二種類、若干その印象が異なるヘッドマークがあって、そして、文字《メッセージ》はそれだけではない。つまり「文化庁」と「京都移転」の漢字以外に、'Welcome to Kyoto!' のメッセージ（message）もある。'2023.3.27' という数字、記号もある。僕の場合、それも読む。僕の場合、漢字以外も目に留めるから——バスや電車（地下鉄）のイラスト等も——そのヘッドマークが「図《え》として丸い」は意識の最前面には来ない。

だが漢字だけを読む人間であれば？

他の文字《メッセージ》は捨象する者であれば？

そこに「日の丸」は看《み》て取られ（う）るだろう。その概念が捕獲され（う）るだろう。

いま僕はオペラ『パンデミック』の登場人物、小野篁のその目――視認する器官――について説明を足している。「ヘッドマークだ。日の丸との連想は、もしかしたら篁（の目）には働いた」とのセンテンスを註《ちゅう》し、さらに遡行した場面に収められる「これ（日の丸）が日本の国旗であるという理解は、篁にはない」との一文、この記述への注意喚起、それも行なわんとしている。さて。篁はどうしてこれ（日の丸）を国旗だと思わないのか？　国旗は一八七〇年、元号換算だと明治三年になるまで制定されていないからだ。ここから二つ補説しなければならない。第一に、国旗が必要となったのは黒船（たとえばペリーの艦隊）が国旗を掲げていたからだ。船舶には国籍の標《しる》しが要ると外部から突きつけられた。だから郵船と商船とが掲揚する国旗が、続いて陸軍国旗・海軍国旗が定められた。どれも日の丸である。日の丸、すなわち日章旗。これは「海の上で、対外的に」国旗だった。ということは、どういうことか？　ということは、日章旗《き》を「日本《われわれ》の国旗とする」という明文の法規定は、ない。陸（日本列島）の上で、対内的に、そう定められてはいなかったということで、じつのところ一九三一年に大日本帝国国旗法案が国会で審議された、しかし廃案になった（衆議院は通過。だが貴族院で審議未了）。しかし「国旗が既成事実としてしか存在しない国家は、いかがなものか」との問い――むしろ不安か？――は残り、一九九九年に国旗国歌法は制定される。日章旗は、国旗だ、と規定される。ここに第二の補説が挿《はさ》まれる必要があって、この法制化、これは国内が「要るのではないか」と求めて、生じた。

経過した歳月は百二十九年である。対外的に要求されたこと（第一）と、対内的な要求、説得（第二）との間に流れたのは。言えるのは、「国旗とは徹頭徹尾、対外的である」だろう。同様な事例を僕はもうこの原稿で説いていて、それは『日本書紀』と『古事記』である。ほぼ同時代に歴史書が二つ編まれていて、前者の成立が七二〇年、後者が七一二年。そして前者はちゃんと間違いない漢文で綴られていて、後者には日本語化した漢文が用いられる。国内的、対内的に要ったのは『古事記』なのであって、だから『日本書紀』よりも成り立つのが早かった。しかし対外的、対中国的には「漢文で書かれた歴史書を持たない国家は、国家ではない」と言われてしまうので、かなり作為した『日本書紀』（体裁もだいぶ整えた。拵《こしら》えた）を生むに至った。

　こちらでは国旗に相当するのが正史である。

　要するに、二つ言えるわけだ。国旗は、対内的には不要だった。歴史書は、対内的には『古事記』で足りた。この要点を押さえると日本国憲法が俄然ラディカルだとわかる。その正文の第二章「戦争の放棄」、第九条、

> 日本国民は、正義と秩序を基調とする国際平和を誠実に希求し、国権の発動たる戦争と、武力による威嚇又は武力の行使は、国際紛争を解決する手段としては、永久にこれを放棄する。

　こう書かれている。また、この憲法公布日（一九四六年十一月三日）には「英文官報号外」に英文版が載り、この英文からの現代日本語訳というのを柴田元幸がしていて、

正義と秩序にもとづく国際平和を心から希《ねが》って、日本の人びとは永久に戦争を放棄する。国として戦争を行なう権利を放棄し、国同士の争いに決着をつける手段として武力で威嚇すること、また武力を行使することを放棄するのである。

これが『現代語訳でよむ日本の憲法』に載る。ここには二重三重の宣言、言い換え、二度の翻訳を通じての重奏化がある。太い和声《ハーモニー》がある。ちなみに「英文官報号外」掲載の日本国憲法英文版は日本側が作成した。聞き取れるのはラディカルなオペラ、それがなぜかをいまから説かない。いまから問う。

同じことをしなければ干渉される、との現実がある。

国旗を掲げていない船舶は「どの国のものでもない」と言われる、だ。するとだ捕《ほ》される。攻撃される。

ヨーロッパ諸国がある長い時期、「国家」とはこういうものだ、と定め、これは国民国家を意味しているのだけれども、そうではない国家は「国家」ではないのだから併合した。侵略、領有した。アフリカ大陸、アジア一帯、アメリカ大陸にはそういう非「国家」が無数にあって、植民地化された。同じことをしなければ干渉される、との現実（あるいはヨーロッパ的原則）に目覚めて、日本は周辺地域を、周辺国（周辺「国家」ではない）を、植民地化した。

ここでの肝《きも》が武力である。軍事組織である。

近代的軍隊を持たなければ近代的国家になれないと認識したから、日本は「国家」であろうと／になろうとして、富国強兵のスローガンを掲げた。

そして日本は、その――国旗の登場から――七十六年後に、軍隊（陸海空軍その他の戦力）を保持しない「『国家』」を掲げた。

しかし、誰かが、他の「国家」群が、これと同じことをしなければ干渉される、との現実がある。ヨーロッパ地域に「『国家』」が生まれなければならないしアフリカ、アジア、アメリカでも同様、「国家」が続々「『国家』」へと脱皮する必要がある。そうならない場合は？

攻撃される。蹂躙《じゅうりん》される。

その可能性が残りつづける。「『国家』」とは、「国家」側の目には、ほぼ非「国家」でしかないから。と、僕は思うのだけれども、どうか？

これは言い落としてはならないけれど、ラディカルな姿勢、そういうものは讃《たた》えるに足る。少し世界史に目を向けよう。この原稿内のオペラ『パンデミック』に資料としてクライヴ・ポンティング著『世界を変えた火薬の歴史』が登場した。火薬という主題が出た。モンゴル帝国経由で、オスマン帝国、ムガル帝国と名前が出た。「オスマン帝国がコンスタンティノープルを陥落させた」と登場人物・二島由紀夫の口から語られ（この時は歌われていない）、直後、オペラと火薬史との接続が切れたから、そこを活用しよう。その史実を。一四五三年だ。この年の五月二十九日までコンスタンティノープルを首都としているのは？　ビザンティン帝国（東ローマ帝国）である。ただし当時、この帝国の領土はほとんどコンスタンティノープルを残すだけの状態だった。そんなビザンティン帝国を、コンスタンティノープルを、この年の四月六日から攻めるのは？

オスマン帝国だ。

オスマン帝国にもビザンティン帝国にも、火薬兵器はある。

しかし前者には大量にそれがあり、後者にはそれは少々しかない。また、前者には最新型の銃器、火縄の火でもって起爆薬に点火し、発射させる銃器――火縄銃だ――があって、後者にはない。そして、それだけではない。後者には一四五二年の時点で、ハンガリー人の技術者ウルバンがいたのに、手放した。そしてウルバンは前者に雇われた。どのような専門技術をウルバンは有したか？　大砲鋳造の技術《それ》であって、結局、およそ八メートルの長さの巨砲をウルバンは製作する。当時の世界で最大の火砲、五百キログラムを超える重量の球形砲弾がそこからは発射される。前者には、このウルバンの大砲を放つ、ということがあり、後者は、この大砲に弾《たま》を放たれるということがあった。そしてコンスタンティノープルは陥《お》ちた。すなわちビザンティン帝国が滅びた。

これは十五世紀の世界史の画期《エポック》である。

オスマン帝国にはスルタンのメフメト二世がいた。「征服王」と呼ばれた。コンスタンティノープル陥落のその二十八年後まで生きる。ビザンティン帝国には皇帝のコンスタンティノス十一世がいた。この年のこの日、一四五三年の五月二十九日に死ぬ。しかし技術者ウルバンがいたのだ。ウルバンが、い、い、か、い、どちらの帝国側にいるかで歴史は変わったか？　そして火薬史に学ぶべきは、ウルバンを雇え、か？

すなわち世界最大級の火器は、得ろ――。

武装は他国以上に、しろ――。

せめて隣国（ビザンティン帝国とオスマン帝国は隣接した二国である）と同等に、しろ――。

これが真の教訓なのか、を、僕は地獄に問う。しかも問いに重なる問いも準備した。「類としての人間（とは人類だ）は、はたして高等なのか？」だ。「高等生物か、本当に？」だ。これらを僕は地獄に問う。

第四部　オペラ『パンデミック』
——第二幕「地獄の小野篁」

一

第一場　質問です。人類とは誰を指すのでしょう？

水中に二人がいる。小野篁《おののたかむら》と二《に》島《しま》由《ゆ》紀《き》夫《お》の二人がいる。そろそろ言い落としてもよいが、二〇二三年の四月二十七日のことである。この年月日のデータを漏らすことがなぜ許されるのか？　地獄には日付がないから、だ。しかし二人はいまだ地獄には着いておらぬ。そこで「そろそろ」との曖昧さが付される。水中にいる、とは井戸の内部《なか》にいる状態を指す。水中に二人がいる、とは状況のその全体像は指していない。なぜ？　この二人をオオサンショウウオが先導しているというポイントを描写し落とすに等しいから、だ。よって語り直す。水中に二人と一匹がいる。小野篁と二島由紀夫とオオサンショウウオがいる。しかも先頭から順番に挙げれば、一メートル超の両棲類がまず来、それから人間二人が来て、二島由紀夫は小野篁に先んずる。彼の決意表明、あの「……地獄の修学旅行、かぁ」を忘れてはならぬ。

が、二島由紀夫を単純に人間の範疇に入れてよいのか、の問題がここに生ずる。というのも、最後尾の小野篁の目には二島由紀夫がいまや半獣に見えるからだ。いいや獣《けもの》よりも禽《とり》。半禽《はんきん》と映っているからだ。下半身はたしかに人間。しかし上半身は……その頭部は……。

ふたたび状況の全体を解説し直せば、そこに光は射していない。井《い》の内側であるから暗い。上下左右がわからない。というのは嘘で、二人と一匹は井戸の底をめざして飛び込んだのだから、前方《まえ》が下である。そちらこそが上下の下、天地の地である。そして、いまの「二人と一匹は井戸の底をめざし」たとの描出も嘘で、オオサンショウウオがそうしたかったのかは不明だ。底に到達したい、と念《おも》ったのか？　そうした意思はどうにも解明しがたいが、地獄そのものに到達したいとは意図した、あるいは到達させたいとは意図していた。これは、二島由紀夫と小野篁を、である。ここで三《み》たび状況の全体に触れれば、そこに光は射していない。「光なき水中空間」があって、にもかかわらず小野篁は二島由紀夫の変容を視認する。そうした芸当がなぜ可能なのか？

望んだからだ、と説ける。

篁に（それが）望まれたからだ、と説明することが妥《おだや》かであると言える。

「ニシマはどうなっている？」と小野篁が案じたのだ。溺れないだろうな、と心配した。すると見えた。ここには挿《はさ》まれる疑義も容《い》れられる嘴《くちばし》もない。かつ、嘴がある。二島由紀夫のその頭に、現に、だ。嘴もどきならば前に見ていて、それはN95マスクだった。鶏《とり》っぽかったのだった。それこそ金閣寺のあの駐車場でのジャグリングは、おお鶏っぽい男が鶏卵を弄《いじ》って、ああした業《わざ》を、と妙に感心させた。そして、この瞬間に、さまざまに納得が訪れる。俺もニシマも長財布を持っている、そこには

「日本銀行券」が入っている、最高額は一万円、その裏面には鳳凰《ほうおう》が描かれている。あの霊鳥の、頭部は？　鶏《にわとり》である。つまりニシマが「鶏っぽかった」というのは誤認だ。ニシマは、鳳凰っぽい、と俺に思われるべきだった。そして、この現在《いま》、思われている。ニシマは半禽だというふうに俺の目に映り……その下半身は以前のまま、しかし上半身は、胸部まではよいとして、その頭部は……雄鶏《おんどり》。

つまりニシマは鳳凰化した。

「ニシマ」と呼びかける。

「お？」と返事がある。

二人は水中でもしゃべれる。もう説明は不要だろう、そう望んだからだ。小野篁と二島由紀夫にそう望まれたからだ。しかし返事をすることを望んだのは依然二島由紀夫か？

篁が「お前は、ここから鳳凰だ。頭が」と言った。

「ここ……からって？」と答えるのはニシマ鶏《どり》だ。

「地獄。それが『ここ』になる」

「入った？」

「まだだ」と篁は答えて「じきだ」と続ける。

「じきに地獄。で、俺は頭《アタマ》が、え？」

やっと啞然とするのがニシマ鶏で、その鶏冠《とさか》が揺れて嘴がカチカチ言った。

しかし井戸の底をめざすのはやめぬ。

「わかるか。ニシマ、生者のその形態《なり》のままでは地獄には入れない。なんと言うのだ、――擬装《ぎそう》？

お前にはそれが要る」

「そういう理由で、俺、鳳凰にカモフラージュ？　なかなか強烈だぜ。あ。俺ちょっと鏡が見たいわ」

「それを勧めたい、とは俺は思わない」篁は言った。

「鏡、ないの？　地獄には」ニシマ鶏は訊いた。

「ある」篁は簡潔に答えた。

その回答に妙な重さを感じたのは余人《よじん》ならぬニシマ鶏である。他にはいない。というのは嘘だ。水中には二人と一匹がいたのだから「オオサンショウウオが」や「オオサンショウウオも」の可能性もあった。オオサンショウウオもその回答に妙な重さを感じた、はありえる。だがオオサンショウウオの意思が測りがたいのは相変わらず、そして導いている両棲類のその側扁《そくへん》する尾を追いながら、ニシマ鶏は考えた、こういうやつら（両棲類）は肺呼吸と鰓呼吸、どっちもするのかと考えていた。皮膚呼吸は想定に入れないで、それでも十分に感心していた。すると敬意の振動《バイブス》はオオサンショウウオに伝わった、と想われる、なぜならばオオサンショウウオの二つの目から光柱が出た。まさにビームだった。二本の光線は初めは細い、そして前方――井戸の底のほう――を照射せんとしている、それが急速に太さを獲得して、かつ反りあがる。もはや水底《みなそこ》はぜんぜん指向していない、どこか「捲《めく》れた」や「捲れあがった」との印象があって、なぜか？　オオサンショウウオがその口をカパッと開けたためである。実際にオオサンショウウオはほとんど一八〇度開いているのではないかという口の開け方を、獲物を捕らえる際に、する。そうすると眼球は斜め上に反り、ほぼ真上に反り、となるわけで、現状《いま》もそうだった、しかも口はさらに――さらに開いて――一八〇度から二七〇度へ、それ以上へ――裏返った。

そうしてオオサンショウウオの内側へ、まずニシマ鶏が入って小野篁も入った。

駅がある。信じようと信じまいと二人の前には駅舎があって、この二人とは篁と半禽のニシマ鶏である、そこに駅が「ある」と認識した途端、構内にいる。

プラットホームへ出ようとしている。

すると吠え声が聞こえる。あきらかに大型種か中型種の犬の声、そして事実、シェパードの体をした犬が四頭いる。コリーの体をした犬が三頭いる。が、頭は？　シェパードたちに付いているのは牛の頭部である。コリーたちに付いているのは馬の頭部である。

「おっ、と……」とニシマ鶏。

「牛頭《ごず》シェパードだ」と小野篁。「それと馬頭《めず》コリー。獄卒たちだ。獄卒の半獣たち。いいや、……半人半獣ならぬ半獣半獣なのだから、これはただの獣《けもの》、か？」

「愛らしい、の……か？」

「まさか」篁は笑う。

それを合図に、牛頭シェパードと馬頭コリーの合計七頭は、その哮《たけ》りを徐々にコーラスに変える。

ウォンウォォォ……も、ギャンギャンギャァァ……も、

　ウー……

オー……

と混声で響いて、すると雨が降る。

二人はホームに立っている。

雨が降る。二人はふり返る。ツキノワグマの毛皮を着た男がいて、その頭部は横についている。つまり左の側面から毛髪は生えて、顔面の右端に顎があって、唇《くち》は縦に裂けて、左目と右目は上下に配され、鼻梁《はなすじ》は真横に走る。三日月形の白斑《はくはん》を誇らしげにその毛皮の胸に示した男は、つまりツキノワグマの男は、影の拳闘《シャドーボクシング》をしている。影を、撲《なぐ》る、たちまちいない人間の悲鳴があがる。そのフックは、そこにいない人間のこめかみを打擲《ちょうちゃく》し、絶叫させる。影を、影を、ツキノワグマの男は殴打しつづける。一人、一人といない人間たちが絶命する。

雨が降る。

今度は三人の女性《にょしょう》が反対側のホーム上に立っている。一人は老女の裸体をしている。一人は幼女の裸体をしている。一人は妙齢であることがわかる裸体で、しかし陰毛がやけに伸びている。膝上まである。そして三人とも頭部は髑髏《どくろ》であって、さらに白いアイマスクを着けている。そこには枯骨《ここつ》の白さがある。三人は、上顎と下顎の骨を打楽器に、リズムを揃えて演奏する。カタ……。カタカタ、カタ……。

雨が降る。

大気が汚染される。

「PM2・5?」とニシマ鶏が言った。

「にーてんご?」と小野篁が訊いた。

「微小粒子状物質のこと」ニシマ鶏は説明した。「毒だ」

一帯が臭う。ホームのいたるところからスマートフォンが湧いてきて、それは巨大な鋏虫《はさみむし》に似る、そして側面のナノSIMカード用のスロットから血を流す。赤い血があり、青緑色の流血もある。

雨が降る。

電車が来ている。車掌が現われる。二人は先頭車輛の、その、車掌が降りたところ、に向き直る。目と目が合うが小野篁の目は二つしかないしニシマ鶏の目も二つだ。しかし車掌の眼球は七つある。一つは額の中央、一つは右の耳の穴の内側、ノーマルな位置に二つあり、あと三つは頸部にある。車掌は、これは小野篁に対してだろう、頭を下げる。しかも深々と下げる。篁は、むしろ顎を少し上げて応じる。ニシマ鶏が「へえ……?」と言った。あんたは権威者かあ、と言いたいようだが言わない。いっぽう車掌はアリアを歌う。哀切である。

じー、

ごー、

くー、

と歌った。ニシマ鶏が「地獄の修学旅行列車」とつぶやく。言った途端、人間が七十人か八十人、大空《そら》から落ちてくる。ぴしゃん、どしゃん、と潰れる。それらの死骸は薄い層を成す。雨が降らない。

すると二人は乗っている。

横並びに座席に着いていて、窓ぎわに座るのがニシマ鶏である、ゆえに車窓の風景が確認できる、もう走っているのかとニシマ鶏に理解される。この列車は先《せん》から走行しているのかと。井戸は垂直だった、けれども目下は、俺たちは軌道《レール》の上を水平に移動しているのか？　篁が何かをつぶやいた、とニシマ鶏は思った、だから「なに？」と訊き返す。

「さしあたり、世界は一室だ」

「一室……。この車輛か？」

篁がうなずき、ニシマ鶏の視界の隅で窓外《そと》の風景が後方に流れる。

後ろだ、とニシマ鶏が思う。

車窓を雨が打つ。

座席が下方《した》から膨らみ、それは二人が着席するのではない箇所でも同様で、ニシマ鶏は、なんだ？と訝《いぶか》しみ、するとシートはぽいんと弾《はじ》けて、屈曲した死体が座席一つにつき二つ、三つ。合計すると百体をゆうに超え、堪《こら》えがたい死臭が車内に満ち、という車輛に二人はいる。雨が打つ。

座席の上に咎人《とがにん》たちがいて、全員揃って子殺しなのだと見抜ける、うーうー歯を剝《む》いている、すると下側の歯がいっせいに尖《とが》って、左右にいる者たち（ということは同類だ）の目玉を刺し、さらに頭蓋の後ろまで串《つらぬ》き、その一本がニシマ鶏の眼前まで来て、という車輛に二人はいる。雨が打つ。

介護用品が二人の頭上の網棚を、通路を、さらには空いた座席も埋めていて、しかしハァハァゼェゼェとは随所《あちこち》から声がして、這い出るのは親殺しの罪人たち、しかも老親殺しばかりだと承知されて、途端に側壁と床面から「臍《へそ》の緒、臍の緒……」との集合的な呻《うめ》きが沸騰し、荒縄と化した数百本の臍の緒がシュッと、という車輛に二人はいる。雨が打つ。

座席が炎上する、その炎をやり過ごしながら二、三十人が殺《あや》め合い、勝者は火傷《やけど》を負った女性料理人となって、両手に大小の包丁、しかしコック服に火が着き、ギャッと言い、という車輛に二人はいる。ニシマ鶏が「あ。火——」と言った。雨が打つ。

断片化された観光資源のように、地獄は〝車輛〟という単位で現われる。消える。

貪欲車輛。肥大の窮《きわ》みの女がその車内にいて、そして、さらに膨張して。

八つ裂き車輛。その窓外《そと》には「電車はどれほどの処刑装置になりうるか？」の実例ばかりが出現して、縛った人間をああも裂ける、こうも細裂《さいれつ》させられる、電気動力で引けばいとも容易に、それこそ三枚にも卸《おろ》せると告げて。

子供車輛。稚《いと》けない年齢で死んだ者たちの、懲罰空間。ニシマ鶏はオオオオオッ、ウウウウウッと歯軋《はぎし》りをして目を閉じ。

凍結車輛。あらゆる窓が氷で、そのつららは内側を向き、つまり剣《つるぎ》以外には成長せず。

そこにも、その車窓にも雨が打つ。

「なに？」とふたたびニシマ鶏が訊き返す。

「世界は三室だ」と小野篁が答えている。いちばん外側に心臓が二千ほどある。その内側の車輛に男性器が百入《い》れ籠《こ》の車輛が現われている。いちばん内側の車輛に乗客が限定十八名で、横にされている。そして、列車が鉄橋を渡るほどある。

……渡りつづけているらしい音が、走行音が、籠もりながら籠もりながら届いて。

「——タカムラ、まだなのか？」

「——なにが？」

「駅は」とニシマ鶏が唸る。

「降りる駅か？」と小野篁は尋ねる。

たしますと言う。

「いまアナウンスが。流れる」

「そうだ」

車内放送は、つぎは閻魔の庁、つぎは閻魔の庁、お降りの方はなにとぞ早めにご準備を、お願いい

下車時にも車掌が挨拶する。あの眼球が七つある車掌が、篁に。そのことが小野篁の政治的な立場を、すなわち地獄での地位――極めて高い――を如実に示す、あらためて。

ニシマ鶏は、小野篁は地獄《ここ》の法廷の裁判官なのだ、と飲み込む。

もしかしたら主席の裁判官、これは閻魔だが、閻魔大王だが、それを輔佐《ほさ》する人間というポジションにとどまるのかもしれない。が、そうであっても実質的な高位高官なのだ、とニシマ鶏は了解し直す。なにしろミョウカン（冥官）だ、閻魔の片腕だと言った。するとだ、とここでニシマ鶏はわが身を顧みる。俺は？　人間《ひと》でありながら鳳凰……に？　カモフラージュ？　ちゃんと地獄の職員《スタッフ》なんですって装い？　ニシマ鶏は、自分が獄卒のその形態《なり》を採っていると明確に理解して、つまり牛頭馬頭ならぬ鶏頭《けず》の自らをイメージしえている。いわば地獄《ここ》での当座の境涯を整理し了《お》えている。ということはニシマ鶏は馬鹿ではない、と示唆するが、実際にはそれ（とは標準的な知力だ）以上、さらに探求を進めるほどに賢い。


「タカムラ」と尋ねた。「あんたさ、俺に……」

「俺が、お前に、どうした？　ニシマ」

「生きている人間は地獄《ここ》には入れない、みたいに説いたよね？」

「いつだ？」

「前に」

「前とは、いつだ？」

「え？　その、二、三十分……前じゃないな。二、三時間前？　そんなさっきじゃないか。二、三十時間……って昨日じゃん。え？　時間経過がわからん」

「それが冥府だ」

「そうなの？」

「説得されろ」

「そうだね。で、あんたは、そういうことを言った」

「生者は冥界には入れない、と？」

「うーん、そんな感じ。そこでだ、俺にさ、『生きていない』を定義してよ」

「人間がか？　人間が生きていない、生きている、その枝分かれの点をか？」

「そうそう。『生きている』は生者だね、だから『生きていない』が死者で、その、分かれ目……は？」

「ニシマ。生きていると、生きようとするな？」

「ふむふむ。するね」

「それが精神だ。しかしニシマ、いっぽうで精神を宿しているところは、成長する、老いる、極《き》まって老化に入る。これは死のうとするということだ。そうだな？」

「そう言い換えられる……かも」

「精神を宿しているところというのは、身体、こう言い表わせる。精神は、生きようとしているのだから死のうとしていない。だが身体は、死のうとしているのだから生きようとしていない。いずれ裂け目が出現する。この裂け目を体験することが、死の一瞬、一瞬の死、それが『生きていない』だ」

「え？　死って、永遠の状態じゃないの？」

「それは俺の管轄ではない」

「タカムラの管轄は？」

「一瞬の死、死の一瞬が、ということは『生きていない』の到来がだが、人間《ひと》をここに寄越す。地獄に、ではあるんだが、むしろ地獄の裁きの場に、と言い直したほうが実態に添う。裁かれて、後《のち》、永遠または永遠にも相当する長《なが》の歳月が現出する。と、俺は聞いている。しかし、繰り返すが、そこには俺は関知しない。そこのとは永遠に与《あずか》るもの、だが」

「じゃあさ。じゃあさ」とニシマ鶏が急《せ》いた。

「なんだ」

「地獄の裁き。これを定義したら？」

「定義したらどうなるか、か？　簡単だ。生前の行為に基づいて賞罰を、がスローガンだ」

「生前の所業《しょぎょう》……」

「あまり善は問わない。悪業《あくぎょう》であったか否か、ここだな」

「ポイントはそこだと。すると賞罰も、罰のほうが担当だと。罰って……」

「折檻《せっかん》だな。たいがい拷問だ」

「痛い？」

「純粋に、観念的に、かつ実際的にも痛い」

「いたた……」

「という処罰の現場には俺は関わらぬ。そちらには永遠が干与《かんよ》するから」

「具体的なタカムラの役割って？　法廷でってことだけど」

「地獄の法廷で、閻魔の輔佐役の俺は、故意の罪と過失の罪とを適正に分けた。死者たちをきちんと選別する、それも『人間側の視線も道具として』が、俺の任務、俺の責務だった」

「そういうジャッジかあ。最高のアシストだろうね、それ。法廷で、タカムラ、制服は着た？」

「道服《どうふく》を着用した」

「あのさ。あのさ」とふたたびニシマ鶏は急いた。「閻魔帳って、ほんとにあるの？」

「いいいいい」

「えんまちょう？」

「閻魔様の記録」

「記録はある。全《まった》き形で保管されている。裁判だからな」

「うわっ、閻魔帳、あるんだ？　廃棄されないの、その記録？」

「こちらは永遠に、おっと、これは永遠の管轄だな、永久《とわ》に棄てられぬ」

「となると……」

ここで一瞬黙《もだ》すニシマ鶏のことを、やはり相当に頭脳明晰であると指摘し直す必要がある。半禽のその外貌からは想像もつかぬ。眉間に皺を寄せられない代わりに鶏冠の側（とは中央《センター》だ）に左右の眼球を集める。寄せる。

「どうした、ニシマ？」

「そうなると……いちばん古い閻魔帳も、保存？　維持？　そういうのが、されてるわけで……」

「されているぞ」

「見たいな」

「所蔵庫を？」

「うん。アーカイブを」

「かまわないが」

「え。え？　大丈夫なの？」

「この閻魔の庁は、ここの庁舎は、俺は、あれだ——」

「あれ……って、フリーパス、かな？」

「それだ」と答える小野篁にはフリーパスとの語《ことば》はない。「たぶん」

「じゃあさ」

「なんだ」

「案内して」


ニシマ鶏は、いいやここでは外貌を問わずに「二島由紀夫は」と言おうか、何をここで探求しようとしたか？　いかなる真理、真相を究めんとしていたのか？　二島由紀夫のその頭蓋の内側《なか》に響いたのは三種の声であって、メッセージの三番めはこうだった。むしろ火に学べ。——となると、と二島由紀夫は考えた、地獄《ここ》へ来たら地獄《ここ》なりの学び方、修め方がある。そもそも俺は地獄の修学旅行のいまは渦中なのであって、まさに「修めて学ぶ」ことが要る、そういう行動が求められていると二島由紀夫は考えた。

地獄《ここ》には閻魔帳がある。

その古さを掘れば、とは古層に至れば至るほどの意味だと二島由紀夫は自分に告げた、諭《さと》した、結局、最初の火を学べる。罪業《ざいごう》に価した火、火の犯行を。

これほどの修学はない。ないぞ。

そして、想像しろ俺と二島由紀夫は自分を叱咤した、地獄は日本人限定か？ まさか。閻魔の法廷には日本人だけが被告として立つのか？ まさか。確実に全人類が出廷する。そこだ。ここだ。この点だ。だとしたら最古の閻魔帳（という裁判記録）を掘って、その火の悪業を掘れば、それは人類初のそれだった、と……。

なるんじゃないのか……？

ところで、この修学旅行は京都出発だ。俺は、そういう観点からも「日本人限定」は外したい。ぽいってしたい。そしてインバウンドをちゃんと受け容《い》れたい。そうすると、そうすると……。

「タカムラ」

「なんだ、ニシマ？」

「ここが一角か、庁舎の？」

「閻魔の庁の、そうだ、ここが一角だ。宏壮《こうそう》な一隅で、所蔵庫だ」

「宏《ひれ》ぇ……。タカムラ」

「どうした、ニシマ？」

「こういう記録って、人種別？ 国別？」

「人種というのは虚構で、国家というのは暫定的な措置だぞ」

「え」

「『集団』別ではある。地域別でもある」

「集団……。いいね、集団。かなりアケボノ期の集団でさ、その、人類のアケボノ？　ここアジアとか、つまりユーラシア大陸上にあってさ、そういう地域でさ、でも、皮膚《はだ》の白い人間たちが出て、裁かれる、しかも火が関係する、あんたの言い方を真似たら火があず、あず、あずき……」

「与《あずか》る」

「あずかる。そういう記録、ある？」

「ある」

「どこ？」

と問うや、二人はそこに移っている。冥土には冥土の空間性がある。そして記録は、そこに。ある。ぶるっとニシマ鶏は慄《ふる》えた。そう、ここでは外貌を重視して「ニシマ鶏は」に戻る。この半禽の心中には、内面には計り知れない不安があった。閻魔帳に触れるとはどういうことか。かつ、どう読めばいい？　率直にそこをニシマ鶏は篁に尋ねる。篁は、

「地獄には鏡がある」

と回答する。ニシマ鶏は、

「あっ」

と絶句する。篁は、

「それで裁いているのだ。鏡を、俺は業鏡《ごうきょう》と呼んだ。そこにはいろいろ映ってな。そこには被告の、

すなわち閻魔の前に立たざるをえない死にたての死者の、じつは死は一瞬なのだが、このことは先刻解説したが、そういう死者の、生涯ぶんの時間が二、三瞬にもちぢめられて映る。その一生が二瞬、三瞬に。場合によっては八瞬、九瞬に。圧《お》しちぢめられて、業鏡には映る」

「そういう鏡は、重い……人間《ひと》には重い……」

「荷が勝ちすぎるし、苛烈だ。痛いぞ。科罰《かばつ》以前のこの段階ですでに痛い。が、この鏡の機構は、裁判のその記録、お前の言うえんまちょうを読むのに用いられる。記録する文字に当てる、すると映る。あとは見ればよい。ほら、これが読むための鏡だ。解業鏡《ときごうきょう》」

それは小さい。解業鏡は径《わた》りが七センチもない。六センチ余の直径でしかない。それが、その記録のその、一項、に当てられる。ニシマ鶏がぶるっぶるっと戦慄する。


信じようと信じまいと鏡は延伸する。これは鏡面《そこ》に映し出されるものが伸張、拡張するのである。鏡面《そこ》にある世界が伸展するのである。そして視認する者、閻魔帳（と仮に名指した地獄の裁判記録。アーカイブ）を判読する者の視野大になる。ニシマ鶏は見る。皮膚《はだ》の白い人間たちがいて、しかし人類とあっさり呼ぶには若干ためらわせるところがある。というのも、やや額が突出しすぎている。それから後頭部がまるまると後ろに突き出すぎている。ニシマ鶏は見る。その人間たちの、歯は大きい。その人間たちは、なかでも男は相当に筋肉質だ。しかし裸体がそう感じさせるのではない。衣類は着用している。毛皮を着ている。その衣類の上からも、また衣類から出ている部位で、筋肉質だ、そう感じさせる。見ているうちにニシマ鶏は、とりたててこの人間たちには違和感はない、と第一印象を修正する。要するに「この人間たちは、人類だ」と思った。

小さな集団で暮らしている。

槍を持っている。斧も持っている。火も扱える。が、積極的な扱いとは言えない。

その集団で誰かが死に、埋葬が行なわれる。葬儀をニシマ鶏は見る。

これは墓地なのかな、とニシマ鶏は考える。そういう区域（とは葬送地だ）とは言えないのかな、と考える。

花が手向けられた、亡骸《なきがら》に。

ニシマ鶏は、こいつら、話しているなとも確認する。こいつら、歌ってる、とも。

その集団ではどうも男女に分業がある。ふぅんとニシマ鶏は思う。それで、こいつらの誰が、この閻魔帳に記録を残したんだ？　これは誰の罪業の再生《リプレイ》なんだ？　そう考えて、この時である。雄叫《おたけ》びが上がる。それは雄叫びであって、上げている側の集団には雌雄でいったら雄、男女でいったら男しかいない。そうした成員構成である。という情景をニシマ鶏は見て、また、鏡のその機構は音響も再生《リプレイ》できたので聞いた。ニシマ鶏はさらに注意して見、こちらの集団も皮膚《はだ》は白いが、多少は薄黒いとも言えるとか、こちらも毛皮を着ているのだけれども、おかしい、むしろ動物そのままに擬《なぞら》えるように着ている、たとえば鹿なら鹿、猪なら猪、そうした類いに……化けている、しかも木の枝での擬装もしている、おかしい、と考える。もっと注視する。

額は凸起《とっき》していない。後頭部は尋常な人類の後頭部である。

一部の人間に頭飾りがある。首飾りがある。

そういう者たちが大声を出す側にいて、体軀に具《そな》わる筋肉はこれまた尋常な量である。

ニシマ鶏は要するに「この人間たちは、か細い人類だ」と思った。

しかし雄叫びが太い。号令が。そして集団の構成員が多い。三倍はいて、男（または雄）ばかりである。そのうちの四分の三が、いいや五分の四が、前述したように化けている。鹿に。猪に。枝葉すなわち森の一部に。つまり――カモフラージュ戦術だ、と覚《さと》るのはニシマ鶏だ。

彼らにも槍がある。それから彼らにだけ、槍投げ器がある。手持ちの投擲《とうてき》器である。棒状のツールであって、これは槍を飛び道具に変えられる。そこからの一時間が、二時間が、ほんの一、二瞬に圧縮されるのをニシマ鶏は見る。いいや一瞬よりも短い。しかしながら歌は長い。

そうだ、歌だ。この時、ニシマ鶏が先に目にしていた「小さな集団」の成員、そのうちの一人が虐殺のアリアを歌った。

虐殺を、
される、される、私たちが、
私たちは、
ほら、こんな声を出せる、
こんな喉頭《のど》があって　歌える
でも、あなたたちとの意思の伝達が　無理で
いいえ、言語が違っているから　無理で
そして、私たちは、私たちは、
そこまで狡猾ではないから　無理で
どうして槍は飛ぶの？

どうして巻き狩りができるの、そんなにも効率的に？
どうして、どうして私たちを狩るの？　しかも姦《おか》して
私は女人《にょにん》だから　姦されて
そして、どうして、どうして、
巧妙に洞《ほら》に追いつめて、私たちを、その後に、
火で襲えるの？
熾《おこ》せるのは　なぜ、火を？
起こせるのは　なぜ、虐殺《これ》を？

敵は火の棒を持っている、とニシマ鶏は見た。
これは何万年か前の情景なのだ、ともちろんニシマ鶏は理解している。ユーラシア大陸のどこかでの情景なのだ、とニシマ鶏はもちろん理解し切っている。ホモ・サピエンスが火を放つ……とニシマ鶏は考えて、あれはネアンデルタール人なのだろうか、これはと考えて、思わず「人類の地獄」とつぶやいていて、絶望感に凝《こご》って、そして。

ここでホモ・サピエンスについて付言したほうがよいのかもしれない。たとえば人類はその学名がホモ・サピエンス・サピエンスと呼ばれはじめていると補ったほうがよいのかもしれない。これはホモ・サピエンスの亜種として人類（旧来認識されるところの「ホモ・サピエンス」）がいる、ということで、たとえばネアンデルタール人はその学名はホモ・ネアンデルターレンシスだった、しかし現

在は、研究者によっては、ホモ・サピエンス・ネアンデルターレンシスである。すなわち亜種名がついていて、この学説を容れればネアンデルタール人も人類（現生人類と同種の人類＝ホモ・サピエンス）である。が、付言はひとまず、ここまでで止《よ》す。というのもオオサンショウウオがくしゃみをした。

オオサンショウウオはくしゃみをするのか？

この問いに関しては、オオサンショウウオのその意思は測りがたい、同時にまた、オオサンショウウオの生態も測りがたい、との答えが返る。しかも、いっさいは地獄で起きている。あの井戸で、オオサンショウウオは裏返って、二人（とはニシマ鶏と小野篁だ。水中の二人だ）を体内に入れた。そこから駅は、地獄の駅舎は、地獄のプラットホームは、ニシマ鶏の言い表わした「地獄の修学旅行列車」は現出あるいは幻出した。その、オオサンショウウオが、発作的な息の放出というのをやる。すると何が出来《しゅったい》したか？

ニシマ鶏が吐き出された。

小野篁も吐き出された。

井戸のその水中に吐かれた。ニシマ鶏は焦って慌てて水を掻いた。これはつまり、浮上のための行為だった。上下の上、天地の天、そちら——とは水面《みなも》である——をめざす行動だった。ただちに変異が生じて、それはニシマ鶏という半禽が上半分も人間に、すなわち、（下半身と揃って）まるまる二島由紀夫に復《かえ》る、を意味した。「うわっと」と二島由紀夫は思ったが、声を発したら水を飲む。そうしたら溺れる、ということは、そうするわけにはいかない。俺は、溺死を避けなければならぬ。と冷静に判断するということができない。そもそも浮いてかまわないのか？　タカムラはどうなった？

あ、下方《した》にいる？　そっちに助けを求め――。

そうすることは要らぬ。

なぜか？　上方《うえ》から手がのばされてきたからだ。サッと。

救いの手が。それは二島由紀夫の、反射的にのばし返した腕を、つかむ。

ひっぱる。ひっぱりあげる。

ただし華奢《きゃしゃ》だから、実際は二島由紀夫がガッと、グワッと井戸の縁《へり》を握り、これを手がかり（次いで）足がかりにして、自力――自身の筋力――でもって地上《うえ》へ出た、と言える。しかし救いの手がなければ、いっさい何も始まらなかった。

そして、地上《うえ》で、二島由紀夫は、やっと「……うわっと」と叫んだ。ずぶ濡れの姿で。その数秒後、ずぶ濡れの小野篁がこのニシマに続いた。

その時には「救いの手」の主《ぬし》に、ニシマは対面している。

女性である。

だいぶ小柄な日本人女性である。

なのに英語で「ハイ（Hi）。アイム・レディ・ムラサキ（I'm Lady Murasaki）」と挨拶した。

これは、日本語であれば、こういう自己紹介だった。どうも、私は紫式部です。

第二幕第一場についての僕の雑記

八月二十七日は日曜だった。この文章（「雑記」）をしたためている今日は二〇二三年九月一日で、わずか五日前のことに言及しているのだから正確だ。けれども二年さかのぼった八月二十七日は何曜だったのか、と藪《やぶ》から棒に問われれば僕もまごつく。少し考え込む。一昨年《おととし》というのは、つまり、二〇二一年だ。そして「あの年の八月二十八日が、土曜だった」とは僕は思い出せる。このプロセスを経、そこから前日を眺めれば、「その二十七日は金曜だ」と回答できる。

今年の八月二十七日は日曜である。

二年前の八月二十七日は金曜である。

まず今年から行こう。次いで土曜だった八月二十八日に進もう。二年ぶん遡上するが、日付じたいはシーケンシャルに進む。それほど読みづらいということはない。……と望むのは無謀か？

八月二十七日。いちど京都でやってみたかったことを僕は実際にやる。地点「あ」から地点「い」まで歩いたのだ。地点「あ」はどこにあったか？　糺《ただす》の森のかたわらである。糺の森は賀茂御祖《かもみおや》神社、これは下鴨《しもがも》神社の正式名だけれども、その境内にひろがる。下鴨神社が世界遺産なのでこの原生林もまた世界遺産に登録されていて、樹齢二百年から六百年の巨樹がじつに六百本前後も見出される。参道が、この糺の森を南北につらぬき、社殿に参る手前で、東へ折れることができ、すると小川を渡る。

この清流の名前は泉川《いずみ》で、幅の狭い石の橋が架かっている。たちまち境内から出る。と、そこがもう地点「あ」である。石村亭《せきそんてい》という邸《やしき》の門前がそこなのであって、この石村亭こそが地点「あ」である。六十数年前まで石村亭は潺湲亭《せんかんてい》といった。

潺湲とは水がさらさら流れる様子のことを言い表わし、潺湲亭、石村亭、ともに谷崎潤一郎が命名した。

小説家の谷崎は一九四九年四月から一九五六年十二月までここに暮らした。

静岡の熱海市にも別荘があり、往《ゆ》き来《き》した。

この潺湲亭(現・石村亭)で谷崎が飼っていたスピッツのつがいの名前は、下鴨太郎そして下鴨花子だ、とエッセイ「高血壓症《こうけつあつ》の思い出」に僕は読んだ。もちろん太郎と花子はいまはいない。それ以外の、母屋や中庭などを僕は拝めるか、というと、ここは一般公開されていない。というわけで門扉《もんぴ》を眺めるだけにとどめる。いずれにしても地点「あ」に立った。

今度は地点「い」をめざす。

泉川を渡りなおして、鬱蒼とした糺の森に戻り、いったん下鴨神社の殿舎群へ寄って参拝もすませたのだけれども文字どおりこれは寄り道だ、詳述はしない、日本人観光客たちの多さ——インバウンドに比較しての——にやや戸惑ったと簡単に記すにとどめて、僕は参道を下がった、境内を抜けた、その先で賀茂川と高野川が合流して〝鴨川〟になる、あの鴨川デルタ(Δ)があるのだけれども、手前で西へ折れて、賀茂川に架かる橋を渡る。川中《かわなか》では浮き輪を三つ抱え持った父親と水着姿の子供たちが戯れている。当然ながら誰もマスクは着けていない。それから出町枡形《でまちますがた》商店街に入る。ここはアーケードである。うどんと鯖《さば》寿司の美味しい店がある。寄らずに抜ける。すると寺町通に出るので、京都御苑のほうへ南進する。ただただ歩いて、今出川通を渡って、そこからも歩いて、すると廬山寺《ろざんじ》の前に至る。

その門には紫式部邸宅址《あと》とある。そういう案内が二度三度、いや、もっと？　ある。

この廬山寺こそが地点「い」である。

僕は以前にも廬山寺には参拝しているので、門前に立てば今回の目的はもう果たせた。僕の足（平均的な散歩の速度）だと地点「あ」から地点「い」までは二十一、二分しか要しない。それで、谷崎潤一郎は地点「あ」で何をやっていて紫式部は地点「い」で何をやったかだが、さきに挙げたエッセイ「高血壓症の思い出」に谷崎は、

廿九年（古川註《ちゅう》・西暦一九五四年）の七月には、前後四年を費した「新訳源氏物語」を成し遂げることが出来た。

と書いている。谷崎潤一郎はその生涯に三度『源氏物語』の現代語訳を上梓した、そのうちの二度めの翻訳＝新訳を、地点「あ」こと潺湲亭で作業したのだった。もちろん熱海の別荘にての作業もありうる、ただし谷崎は一首を詠《よ》んでいて、それは、

ほとゝぎす潺湲亭に来鳴くなり源氏の十巻《とまき》成らんとする頃

だから、やはり「潺湲亭（石村亭）で『源氏物語』に取り組んだ」と表現していいと思う。続いて

紫式部のほう、ここ地点「い」の門前の案内は、源氏物語執筆地とも謳《うた》い揚《あ》げていて、つまり現・廬山寺は紫式部の邸の跡地、ゆえに『源氏物語』もほとんどこの地で執筆されたのだと説いている。『源氏物語』は、一〇〇八年には確実に書き継がれていた、いつ完結したのかは不明だが――僕は一〇一〇年代のどこかと思っている、一〇一三、一四年頃だという感じもする、和暦だと長和《ちょうわ》の二、三年頃――谷崎潤一郎が二度めの翻訳と格闘していた九百四十年前（？）には、オリジナル（原典）のほうは地点「い」で書かれていて、そこから徒歩二十分余のところに地点「あ」がある。

これを体感できると、時間（九百四十年ほど）が空間（歩いて二十分強ほど）に変換されて、僕は、歳月《としつき》の圧縮を直覚する。要するに「ちぢまるぞ」と理解した。だが、もちろん、僕だって単純な阿呆ではないから、「何がちぢまったのだ？」とは自問した。

谷崎潤一郎には「小野篁妹に恋する事」という小品がある。潺湲亭、――とは地点「あ」である、そこに転居した後《のち》にこの作品を書いている。

二年前とはどれぐらい距離をちぢめられるだろうか？

いまは日曜日だった八月二十七日のことを記述した。

続いて土曜日だった八月二十八日のことを記してみる。

つまり二〇二一年の晩夏のことで、コロナ禍となってから早《はや》一年半が経過している。あるいは、それだけしか経っていない。正午前、妻の携帯電話が鳴る。義父が危篤である、との報が入る。義父は東京オリンピックの開会式の翌日から、静岡県内で入院している。すでに一カ月以上に及んでいる。妻と僕は、東京にいる、杉並区Aにいて、これは「僕たちと、妻の実家（富士山の麓にある）のあいだには都県境《とけんざか》いが横たわる」を意味している。都県境い、府県境い、もちろん単なる県境いもそうだが、こうした境界を越える行為は当時厭《いと》われていた。というのも、越境する人間は「新型コロナウイルスの運び手」視されたのだ。その日じゅうに結果の出るＰＣＲ検査をやっている施設を——病院でもクリニックでも、なんでもいい——妻は探した。中野区Ｎにあった。ふた駅離れている。いや、ふた駅しか離れていないから、即座に予約して、行き、検査を受けて、すると彼女は陰性《ネガティブ》で、だから陰性証明書を発行してもらい、こういうのは費用が嵩《かさ》む、しかしどうでもいい、この証明書を携えて静岡へ発《た》った。

危篤の義父に、会えたか？

ＮＧです、院内には入れません、と断わられた。

危篤患者の、娘（長女）なのに？

「東京の娘」は、ＮＧです、と言われた。

陰性証明書があるのに？

ＮＧです。

という報告を東京に残った僕は受ける。これはいったいなんなのか。

その八月二十八日、に続けるのは日曜日だった八月二十九日で、一昨年のことである。義母と義弟が面会を、とは「病院の建物内に入ることを」だ、許される。義弟の妻と、それから僕の妻は、病院の駐車場……に駐《と》められた車中に待機している。僕の妻は、先述したように「東京の娘」だった、いっぽうで義弟は、静岡在住で「県内の息子」だった。それゆえに面会を許可された、と記していると、いいや思い出していると「これはいったいなんなのか」といまいちど文字に刻みたい念《おも》いに駆られるし、実際刻んだ。義弟はスマートフォンの、LINEのビデオ通話機能を用いて、病室（地点「う」だ）と妻たちの車中（地点「え」だ）を接続させた。「う」と「え」が隔たりゼロ状態に近づく。妻たちは、義父を見られる、義父に会える、しかし擬似的に。「え」から「う」――の義父――に声もかけられる。返事はない。しかし声そのものは届いている。そうしたことを、病院のスタッフに露見しないように、そっと、実行する。

どうして、そっと、なのか。どうして、そっと、を強いられるのか。これはなんなのか。

八月三十日。これも水曜の（とは今年の）八月三十日ではない。が、その前に、一昨年のこの日からいっそ一カ月と一週間弱さかのぼり、東京オリンピックの開幕の翌日に戻る。義父は、病院に救急搬送される。この日までもずっと介護状態で――視力に障《さわ》りがあった――歩行器を使っていて、そして入浴後に「足がどうにも動かない」状態となった。脳梗塞が疑われて、だから病院に入った。この時点で、付き添いは許可されなかった。なにしろ義母が救急車に同乗することが……それすらが（！）許されなかった。コロナ、コロナ、コロナ。この日の、この入院する段階で「病院の建物内に入ること」を義母は断わられている。コロナ、コロナ、コロナ。翌々日に、脳の下部の血管が広範囲に詰まっていることが判明して、その「脳の下部」というのは脳幹のことだと後で義弟が妻に説明する。もちろん義弟も父親を見舞えていない。家族の見舞いや看病は拒まれているのだ。コロナ、コロナ！　そして病院側の説いたところでは、入院翌日――二〇二一年七月二十五日――の夜から「食物の嚥下《えんげ》ができない状態に陥っている」とのこと。が、その状態を義母は見られない。直接には確かめられない。声もかけられない。

危篤、と診断されるまでは声もかけられない。

要するに——八月二十八日までは。コロナ。

その二十八日が土曜で、二十九日が日曜で、三十日が月曜。やっと妻の陰性《ネガティブ》の証明が役立った。院長からの許可が下りて、妻、すなわち「東京の娘」も面会が叶う。翌《あく》る三十一日も。

「やや安定している様子だ」と妻が、僕に、報告した。静岡にいる妻が東京の僕に。


そして九月一日、金曜だと記さなければならない。今日だ。

二〇二三年の今日だ。

僕は、ああ特別だなと思う。というのは関東大震災が一九二三年のこの日に発生して、今日は報道機関ふうに言ったら「大震災百年」である。だから、ああ特別だなとの感慨がある、それはもちろんそうだ。しかしそれだけではない。ここでは日本史、世界史、僕の個人史が交響して——わけても日付にだ、地獄には日付がないが（とオペラ『パンデミック』は断言した）、地上にはある——、この「雑記」の関心からは日本文学史の画期《エポック》であろう要素すら照射可能である。谷崎潤一郎、この小説家は東京の日本橋に生まれた。だが三十七歳で関西定住というのをスタートさせた。きっかけは何か。かつ、いつか？　いつ（何年何月）からさきに答えれば、一九二三年の九月末。きっかけ、それは同年同月の一日にある。関東大震災である。

箱根で、谷崎はこの大震災に遭《あ》った。

関東大震災は相模湾西北部の海底が震源であり、小田原周辺がもっとも揺れた。ということは谷崎は相当揺らされた。人的被害が大きかったのは都市部で、東京の七割、そして横浜の六割が焼尽したと僕はどこかで読んだことがある。死者と行方不明者は、これは推定十万五千人にのぼると言われているけれども、その九割は〝焼死〟と読んだことがある。火、なのだった。地震発生は午前十一時五十八分、要するに昼食前で、竈《かまど》が用いられていた。七輪《しちりん》が用いられていた。これらの「火の始末」を人びとは忘れた。ほかに、工場や医科系の大学にあった化学薬品類も出火原因に、いいや引火か？の原因となった。出火、発火。しかも地震は水道管を破裂させた、このため消火活動ができない。おりもおり、烈風もあった。火は、火炎は成長した。

東京で、その火災は三日未明まで続いた、と読んだことがある。

余震は——九月一日だけで——百十四度。

だから谷崎は関西に拠点を構えることにして、初めは京都市の現・北区に、それから現・左京区に、そして一九二三年の十二月には兵庫県の現・西宮市に移り住んで、関東大震災の一年後には現・神戸市にいる。転居は続けるけれども関西は離れず、このことで日本の〝古典美〟に傾斜して、一度めの『源氏物語』現代語訳に挑む、大作『細雪』を生む、などして、やがて巨匠の大《だい》谷崎となる。その関西で、お終《しま》いに住んだのが京都市の左京区の潺湲亭（現・石村亭）である。

七十歳まで、関西を完全には離れなかった。

というのが日本史の九月一日の、日本文学史の九月一日の、その重要性なのだと言える。今日、「大震災百年」を顧みる要点なのだとも言える。しかし世界史的な九月一日というのを僕は同時に考える、と、これはもう言ったに等しい。まだ百年は経っていない。するとなんの日付だという話になる。もちろんこれは、一九三九年の、ドイツの陸空軍がポーランド進撃を開始した出来事、その日付だ。ドイツは、このドイツとはナチ党（国民社会主義ドイツ労働者党）のドイツだが、百五十万の兵力をこのポーランド電撃作戦に投じた。戦車は二千輛、飛行機は二千機。すると他国はどう反応したのか、だが、この九月一日の二日後――とは一九三九年の九月三日だ――イギリスとフランスが対独宣戦布告というのをした。

第二次世界大戦、その開戦である。

二十五日後にはポーランドはドイツとソ連によって分割されている。

つまり独ソ不可侵条約というのが機能している。これが結ばれたのは一九三九年の八月二十三日、水曜。

今年の八月二十三日も、水曜だったな、と僕は思う。

たぶん僕はスターリンとヒトラーの握手というのを幻視しなければならない。

あるいは日独伊三国同盟が翌年（一九四〇年）の九月二十七日にベルリンで調印された、と日本込みの史実を補わなければならない。日本は馬鹿か？

さらに翌一九四一年の六月二十二日に、ドイツ軍そしてドイツの同盟軍は五百五十万という大兵力でソ連を電撃的に奇襲し、ここに独ソ不可侵条約は破綻した、そう補記しなければならないけれども、これは要するにドイツ軍を率いた総統アドルフ・ヒトラーを語らなければならない、……ということか？　どうして？　どうして、あんな馬鹿のなかの馬鹿を？

アドルフ・ヒトラー、お前は閻魔の庁で泄《も》らせ。

地獄には鏡があったろ？

他人の業鏡《ごうきょう》が見られない僕たちはポスターを眺めよう。そこではヒトラーが颯爽とポーズを決めている。これは一九三八年のポスターである。ドイツ語のコピーがある、日本語に換えよう。一つの民族・一つの国家・一人の総統。なるほど、なんとも業が深い。「総統」がなんなのかを解説すれば、ナチス・ドイツの最高指導者のことで、大統領と首相と（ナチ党の）党首を兼ねる。天晴《あっぱれ》な称号だ。ここから僕はナチズムの一側面を説かなければならないけれども、しかし大衆行動をどう煽《あお》ったかを記述しなければならないのかと思うと滅入る。だから一つの思想、ナチズムの信念のある部分にだけ触れたいのだけれど、これも直球で描かなければならない……のか？　と想い描いただけで気が塞《ふさ》ぐ。僕はここで世界史の九月一日をおし衍《ひろ》げている。そこに日本史の、というか日本文学史の九月一日を接《つ》いで、助勢を乞おうと思う。谷崎潤一郎から『源氏物語』というラインだ。いわずもがな『源氏物語』は紫式部の著わした日本文学だが、いまや「世界文学だ」とも言われる。この、日本文学史から世界文学史への接続、はいつ成ったたか？　日本語から別言語に換えられた時、がこれへの回答であり、より具《つぶ》さに説けば「英語に翻訳されて、（ほぼ）全訳が刊行された時」以降なのであって、誰がこれを初めて行なったたか？　イギリスの東洋学者アーサー・ウェイリーだった。紫式部（レディ・ムラサキ）を著者とする英語版の――とはウェイリー訳だ――『源氏物語』は英米で同時刊行された。全六巻。

これらは一挙に上梓されたか？　否。順々に出た。それでは、いつから出て、いつ出終わったか？

刊行開始は一九二五年である。

完結は一九三三年である。

ウェイリー訳の凄みは、この英語版からフランス語版、ドイツ語版、スウェーデン語版、オランダ語版、ハンガリー語版、イタリア語版と重訳《じゅうやく》が出たことにある。つまり「英語経由で、欧米史（欧米文学史）に接続した」点にある。さらにウェイリー訳はオリジナルの言語＝日本語にも訳し反《かえ》されている。これは一種ならず出ている。これだけで日本文学史、ヨーロッパ文学史の接続、循環は十分だが、結局このことが世界の文学史に影響をふるった。そこもまた「いわずもがな」だ。だから言葉はもう費やさない、ここには。――ということは、他のところに費やす。まずウェイリー訳『源氏物語』の第一巻が一九二五年に出たという書誌情報。

この年、ヨーロッパでは他にどんな本が出たか?

『わが闘争』の第一巻が出た。

著者はアドルフ・ヒトラー。全二巻(第二巻は翌年刊行)。これをヒトラーは獄中で書いた。どうして獄中にあったのか? 前々年のミュンヘン一揆で捕らえられたから。ミュンヘン一揆とは? 政府の顚覆《てんぷく》を狙った叛乱《はんらん》である。しかし失敗した、失敗したがヒトラーは支持を得た。というかヒトラーは目立った……際《きわ》だった。だから『わが闘争』の執筆(とはいえ口述筆記)にも勤《いそ》しめた。この『わが闘争』はナチ党の「聖典」となる。この『わが闘争』はヒトラーの自伝であって、ヒトラーの思想が陳《の》べられている。

それがどういう思想か、なのだが。

それはアーリア人種こそが人類の理想だ、と唱える思想である。

それではアーリア人種とは何か、なのだが。

それは仮に設定された「最優等民族」である。現に存在する民族ではゲルマン人が近い。

いずれにしても白色人種が優越する。またこのように、優等な人種がある――と定められたのだから、当然、劣等なそれもある。ユダヤ人である。ユダヤ人というのはユダヤ教を信仰する人びとの謂《い》いで、だとしたら民族でもなければ人種でもない、と考えるのは僕であって、そのようにはアドルフ・ヒトラーは言わない。

いずれにしてもこれが一九二五年だ。ウェイリー訳『源氏物語』の第一巻が出た。ヒトラー著『わが闘争』の第一巻が出た。では、ウェイリー訳『源氏物語』の最終巻が出た一九三三年は？ ドイツで、ヒトラーが政権を獲得した。

この支配体制を、ヒトラー——まだ総統ではない——は「第三帝国」と称した。

ヒトラー政権誕生が一九三三年の一月三十日。その二十八日後、とは二月二十七日、月曜、なのだけれども、ベルリンの国会議事堂が炎上している。放火だと言われた。しかし誰の手による？ どういう火つけ？ 当局は共産党員を逮捕する。共産党員は「火を、つけました」と自供する。ヒトラーは議会の解散と総選挙を決定する。なぜならば共産党は撲滅しなければならないから。

こうやってヒトラーの、ナチの支配体制はどんどん、どんどん強化される。

「第三帝国」との自称にはもちろん帝国主義が感じられる。膨張（領土拡張）志向と他民族への抑圧、が臭う。

それらを僕は、あの九月一日、とまとめる。ヒトラーには国家主義があり、人種主義があり、だから大衆は煽動されて、その人種主義とはつまり〝優生思想〟で、そこでは「知的に秀でた人種は子孫を残してよい」とされたし「美的に優れた民族は子孫を残してよい」とされたし、秀でないで優れない人種は——人種ってなんだ？ 民族ってなんだ？——人類を退化させるわけだから、子孫を残すことを阻《はば》まねばならない、と結論づけられた。

どのように阻止するか？

虐殺も「いいね」と言われた。

しかし大衆行動の話をもっと深めたいので、日本史のあの九月一日へ戻る。一九二三年、関東大震災。噂はこの日の午後から流れはじめている。あまりに出火や延焼が多いので「これは社会主義者や朝鮮人たちの放火なのだ」と語られはじめている。翌日には状況が悪化して、だから九月二日の午後には戒厳令が布《し》かれている。東京市と府下五郡に。九月三日には神奈川県下にも。というのも、凄まじい流言蜚語《りゅうげんひご》だった。出所不明だけれども、「朝鮮人が暴動を起こした」との蜚語《デマ》があって「朝鮮人が井戸に毒を投げ入れた」とまことしやかに語られた。井戸、それは生命線である。朝鮮人、それは人種である。これらの——出所不明の——情報は、しかし内務省（警察と地方行政を統括していた）も流した。だから新聞も報道してしまった。新聞が報じているのだから蜚語《デマ》ではない、と人びとは考えて、この人びとというのは日本の〝大衆〟である、自警団を組織した、斧や日本刀で武装した、異人種で異民族の朝鮮人（やその他）を尋問した。暴行した。殺害した。つまり虐殺が——その九月一日の午後以降、日本でも「いいね」と言われた。

もう日本史の九月一日も書いた。そして心底厭気《いやけ》がさした。世界史の九月一日ではアーリア人という語に参るが、大和民族という語《ことば》にも、もし、それが「優等な人種だ。序列の頂点だ」とのニュアンスを多大に孕《はら》むのならば、そして孕まないとは考えられないので参り切る。いっそネアンデルタール人の側にいたい、と僕はオペラ『パンデミック』のあの地獄篇に寄せて望むけれども、しかしホモ・ネアンデルターレンシスの絶滅にはどうしたってホモ・サピエンスが関わる。もしかしたら「ホモ・サピエンス・ネアンデルターレンシスの絶滅に、ホモ・サピエンス・サピエンスが甚《はなは》だ関与する」と言い換えられて、するとホモ・サピエンスがホモ・サピエンスを殺している。あの九月一日が敷衍《ふえん》した情景のように。別の、あの九月一日に後続した情景のように。

世界史、日本史。あとはなんだ?

個人史だ。

僕の個人史の九月一日は、義父が逝《い》った日、となる。

これを「今日は義父の命日である」と綴れたらシンプルなのだが、いろいろと書いているうちに今日はもう二〇二三年の九月一日ではない。やはり幾日かが経っているので、僕は少々この文章――オペラ『パンデミック』のその、第二幕第一場についての「雑記」――の体勢を立て直す。八月二十七日は日曜だったと始めたのだった。二年前の八月二十七日は金曜だったとも説いたのだった。

それから土曜だった八月二十八日のこと、すなわち二〇二一年のその日、を書いた。

義父が危篤だという報《しら》せを妻が携帯電話で受けた、と。

あとは二十九日、三十日、三十一日と日曜から火曜までの流れを書き、ただし「三十一日が火曜だった」とは書かないままで、僕は「九月一日、金曜だ」と記したのだった。今年(二〇二三年)に移っている。一昨年の状況で曜日のデータがきちんと書き入れられたのは八月三十日までだから、そこへ戻ろう。なにしろ「曜日のデータは重要である」というテーゼがこのオペラ『パンデミック』にはすでに登場している(第一幕第二場)。その週明けの月曜、妻はやっと病院の内部《なか》へ入ること、父親に会うことが許された。話しかけた、「たぶん反応はしていた、……んだと思うんだ」と妻は僕に語った。けれどもこの時点で、義父は、応《こた》えようにも声はもう発せない、視力は前々から喪《うしな》われていた。

妻が、そのように父親と面会している時、僕は、ちょうど妻に電話をした、続けてLINEも送った。僕は、東京で、とある銀行の窓口にいて、というのもその日、その週明けの月曜がちょうど僕たち夫婦が中古の住宅を購入する、決済当日だった。僕たちは近々《きんきん》に杉並区Aの、あの原広司が設計した、賃貸の住居《すまい》から出る。そして二十三区内からも出て、東京の西郊——に建っている古い木造の一軒家——へ十月にも移る。そのように前月（二〇二一年七月）頭に決めていた。この細かい記述は、個人史だからだ、そして僕が「リフォームの費用も嵩《かさ》むのでローンを組んだ」と記すのも僕、古川の個人史だからだ。だから八月三十日、月曜、という予定された日に複数の人間と会うことが要って、会わねば売買が完了せず、また、銀行で諸手続しなければ売買はやはり了《お》わらない。その銀行の窓口で、キャッシュカードの提出を求められて、暗証番号の入力を求められて、これは僕の個人史だから告白するが、入れるべき四桁の数字がわからなかった。僕は、この時点ですでに二十年超、自分のキャッシュカードを自分では携えない人間となっていた。経理というか〝お金〟方面か、それは妻に全面的にゆだねてしまっていた。あまり物欲もない、ので、これまではそれで支障なかった。しかしその月曜のその局面で、僕は文字どおり冷汗三斗《れいかんさんと》である。試みに誕生日の数字を入れる、駄目だった、拒まれた。だから銀行のスタッフに「少し待ってもらえますか？」と断わり、妻に電話を入れて、しかし応答なし。LINEのメッセージを送信して、しかし無反応。僕は、はたから見ても狼狽していたのだろう、窓口の職員は「大丈夫です。時間はかかりますけれど。そこはお客様、大丈夫ですか？」云々《うんぬん》と言って、僕はしどろもどろに「はい」だの「待てます。お願いします。ありがとうございます」だの言って、たしかに待っていたら事態は解決した。

そして現在の拙宅は、その日のうちに僕の名義となった。

翌八月三十一日、火曜だ、と明示しておいて、静岡からは「(義父は)やや安定している様子だ」と報告が入ったと繰り返して、書いていないことは東京(杉並区A)にいる僕は何をしていたか、それは執筆だ、月刊誌に依頼されていたエッセイ十枚弱を書いた、入稿もしたと記す。

それから水曜である九月一日が来る。

それは一九二三年の九月一日ではない。

一九三九年の九月一日ではない。

二〇二一年の九月一日で、昼間、面会に行った妻は「ぞんがい父は、持ち直しているのではないか?」と感じたという。僕は午後、東京でラジオの対談番組の収録をしている。ただしラジオ局には行かない。スタジオには赴かず、「コロナ禍であるから」とウェブ会議のためのアプリケーションを用いたオンライン収録である。

それが終わり、まだ妻から連絡はない。

三時間が経ち、妻から連絡がある。

義父は、午後五時四十分頃に亡くなった。昼の面会をすませ、いちど家《うち》へ戻っていた妻は、義母とともにふたたび病院へ急いだのだけれども(義弟も急いだ)、しかし間に合わなかった。

九月一日というのは義父の誕生日の一週間前で、義父は、八十五歳になれなかった。

このことを意識すると、二〇二一年の九月八日、まで想いは前進する。

そのまま前進させると二〇二一年の年末が来て、世界保健機関(WHO)の事務局長がある声明を発表している。不平等を終わらせれば、COVID-19の大流行は終わる、と発言している。何に関する不平等か？　ワクチン供給についての、である。このＷＨＯの事務局長は、以前から「自国での集団免疫の達成」しか各国の視野にない（ように見える）ことに警鐘を鳴らしてきた。ＣＯＶＩＤ－19用のワクチンを低所得国に回さなければ、変異株が生まれてしまう、するとパンデミックは長引いてしまう、と論理的に説いてきた。そしてこの時期に、実際、「オミクロン株」という変異株が猛威をふるいはじめた。最初の症例の報告はこの年の十一月二十四日に、南アフリカ共和国からＷＨＯへあがった——予言は的中したわけだ。富裕国の政府に対する警《いまし》めは、効かなかったわけだ。

　これはいったいなんだろう、と僕は思うわけだ。

　ウイルスは平等である、とまず思うわけだ。

　だから万人（とは言い切れないか？）が罹《かか》る。

　しかし、現実には、各国の社会的現実が不平等に感染させている。

　富裕国の人間は、罹らない可能性が高まる。すると、死なない可能性も高まり、子孫を残せる。

　しかし中所得国、それから低所得国と、序列の下方《した》になるにつれて、罹る可能性が高まる。すると死ぬ可能性が高まり、子孫が残せない。

　これは選別であって、このパンデミックの世界で、人類は、——人類というのは現生人類、ホモ・サピエンスまたはホモ・サピエンス・サピエンスを指すのだけれども、「豊かな民」の子孫ばかりを残そうとした。

　そういう選民思想を、つまり資本主義的な〝優生思想〟を、発揮した。

　なるほど、と僕は思うわけだ。人類《われわれ》は一貫している。出口はあるのか？

　二〇二三年九月八日、金曜。僕はこの「雑記」を書いている。僕は先月三十日まで京都に滞在していたのだったなと想い返している。あれは今年四度めの京都旅行だな、とカウントした。そして京《みやこ》を発つ際に買った菓子を出した。包装されている、一個一個。チョコバーだ。有名なチョコバーの地域限定商品で、抹茶風味。商品名は「京都ブラックサンダー」。雷神どすう、ともある。どすう、は京言葉だ。それから、応仁の乱以来の衝撃！　ともある。僕は、齧りながら、いま谷崎潤一郎の「小野篁妹に恋する事」のページを開いている。最終行、谷崎は、

　篁の恋の話はこれでおしまいであるが、こんな風に書いて見たら、やはり小説にすればよかったような残念な気がしないでもない。

と綴っている。つまり谷崎も小野篁を小説にしたがっていた。……谷崎も？　この助詞は変だ。僕は小野篁、タカムラを小説にしたいとは思っていない。オペラには、……した。……している。そして、紫式部、レディ・ムラサキという女《ひと》も先刻、現われた。先刻というのは……第二幕第一場の、そのお終いに、だが。
　僕は、ふいに黒い雷《いかずち》に打たれる。大火も視《み》える。

二

第二場　レディ・ムラサキ・イズ・バック

その女には毎朝のルーティンがある。水汲《みずく》みとヨガだ。

起床して即、がらんとした部屋にマットを敷く。臀《しり》をそのマットに落として、両脚を前で組む。目は半眼に開く。呼吸に意識を向ける。左右の掌《て》と指を揃えて、両腕を天へのばし、旋《まわ》して下ろす。ふたたび上げ、合掌の構えに返る。数度反復して、一連のポーズに移る。山のポーズから上向きに礼拝して立位前屈、下を向いた犬のポーズから板のポーズを維持して、後《のち》、上を向いた犬のポーズ。左足だけで立ち、右足だけで立ち、後屈する。肩立ちとなる。それから座った姿勢で捩《ねじ》る……背骨、横隔膜、腹筋を回転させる。お終《しま》いは仰臥《ぎょうが》、すなわち亡骸《なきがら》のポーズ。そこから起《た》ち、深呼吸を三度。続いて着替える。ヨガ用ウェアから外出着へ。キッチンで一本の水筒を手にとる。タンブラー、と女は呼んでいるがこのタンブラーの容量は七百ミリリットル、かつ空だ。「空であるものは満たされなければならない」と女は思い、つまり水は汲まれなければならない、そしてヨガは身体を変容させるけれども――よき変容である――その身体には当然ながらよき内容が注《そそ》がれなければならないから、こうした日課は行なわれる。女の実感では、また意図そのものに照らしても、そのタンブラーを満たす行為が朝《あさ》な朝なのヨガを導いている。因果は逆転している。部屋を出る、賃貸集合住宅の地上のフロアに下りる、目の前の路地を上がり（北進し）、西に入《い》り（西進し）、すると三分とかからず寺町通に出て、そこにはもう下御霊《しもごりょう》神社の鳥居がある。参道がある。女は、手水舎《ちょうずや》に寄る、参拝をする、手水舎に戻る。その手水舎では水が汲めるのだ。隅柱《すみばしら》の一本に説明書きが掲げられている。「地下水の伝承」――江戸時代の明和《めいわ》七年（一七七〇年）の秋は京の市中が旱魃《かんばつ》に見舞われ／当時の神主（第三十八代）／が夢のお告げで境内の一か所を掘らせたところ、清らかな水が／今はこの井戸の痕跡はありませんが現在の地下水も同じ水脈で／改めて「御霊水《ごりょうすい》」と名付け、と、抜き書きすればこうなる。この御霊水を女はタンブラーに移し入れる。蛇口には緑色のホースがつけられていて容易にそれが叶うのだ。七百ミリリットルを満たす。感謝する。実際、「皆様の感謝の心が何より大切です」との注意書きも下がる、手水舎の梁《はり》には。女の頭には情報がある、――現在の京都市には二千六百ほどの井戸が登録されている、等の。また、――この十年間で二百ほど井戸《それ》は減った、との但《ただ》し書きも。また、――この御霊水は井戸水ではないとの正確な理解も女にはあって（当然あった）、しかしながら地中に湖《うみ》はあるのだと女は感じている。地上のその下を想うから地下の水を求める。地下の水をこのタンブラーに容《い》れて、それからその地下の水をこの身中に入れる。ヨガ後の身体に注入する。よき変容にはよき内容を。だから一、水汲みがある。そして二、ヨガがある。日課は以上。この日課を生んだのは、女の、その最大の恩人の記憶でもある。恩人のその勤務は井戸と関係した……。

その女には週に三度のルーティンもある。英会話だ。

部屋に講師を招いてレッスンを受ける。月曜と水曜、木曜の午後。講師は説明した、パンデミック以降は対面のレッスンは敬遠され、ほぼオンライン授業だったと。しかし女は初めから対面で、個人教授だ。事情はあったと言えばあったのだった。女は英語に興味を抱いた当初、現代日本語がやや覚《おぼ》束《つか》なかった。それは「片言なのではないか？」との誤解をたびたび招いた。が、だからこそ英会話講師と魂《ソウル》でつながれた。というのも、講師はアメリカ西海岸出身、具体的にはロサンゼルスの出で、二〇二三年秋に満二十九歳、外見《みため》はコーカソイドだがモンゴロイドの血が混じる。八分の一、そこに日系の祖《おや》がいる。そして「遠戚が京都にいる」ということでハイスクール時代に訪ねて、この訪問が縁《えにし》の結ばれ直し――いわば血縁の再結縁《けつえん》――を生み、二〇一九年から京都に住む。が、そのように「京都在住の人間（アメリカ国籍）」になったり「いまは日本語は達者」であったりするからこそ、片言だった時期のこと、これを忘れない。日本人の血が少しは流れるし、日本語はリスニングはだいぶ文脈を追えた、にもかかわらず意思を通じさせられない、そうした体験をしていたことを忘れない。で、遠戚の日本人、京都ネイティブのその一家――というより一族――だが幾つか不動産を市内に所有していて、たとえば賃貸集合住宅が三、四棟、いわゆる「町屋」が五、六軒。後者はリノベーションされて民泊、オフィスなどに転用されている。この流れで、英会話講師は上京区の三芳町《みよしちょう》に建ったアパートメントに暮らす。この部屋の窓からは五山の送り火の〝大文字〟が眺められる。「かなりの特等席でね（On my own special seat!）」と女に語った。そして女に訊いた、あなたはどこに暮らしているの？　女は回答した。私はホテルに暮らしています（I'm living in a hotel）。アー・ユー・リヴィニン・ナ・ホォトー？　女は講師から驚かれて、女は「無駄遣い、無駄遣い！」と諭されて、もっと安いホーム（部屋）は見つかる、しかも、もっと魂《ソウル》にいいのがよ、こう言い、「ねえ、私はあなたを信頼しているから、借りられるよ？」と話をまとめた。遠戚の持つ不動産の一つを、紹介、仲介したのだった。中京区の西革堂町《にしこうどうちょう》にあって下御霊神社が徒歩圏内。もちろん保証金は求められた、しかし通常の詮索的なID類の提出、確認は求められなかった。女からすると、そこは（自身の生涯に照らしても、その生涯の記憶に照らしても）興味深い。下御霊神社が臨んだ寺町通を上がる、丸太町通との交叉《こうさ》も越えて上がる、そうすると梨木《なしのき》神社に至る。この神社の境内には井戸がある。京都の三名水に数えられる染井《そめい》の水――ご神水――がある。汲める。そして梨木神社の、寺町通を挟んだ東側、ちょうど向かい側にじつは女の旧宅があった。それは女の、曾祖父から伯父、伯父から父へと伝えられた邸《やしき》で、けれども現存しない。現在は天台宗系の寺院がある。が、そうした地域なのだ。女がその英会話講師の仲立ちで借りた部屋、その（そこそこ以上に広い）部屋を含めたアパートメントが立地するのは。旧《ふる》いホームの南、と女は思う。名水の南、とも女は思う。そして毎朝のルーティン、その水汲みの御霊水も神効《しんこう》に満ちる。これらの現実を想うと、やはり「感謝せな、あかん」と女は考える。二重に三重に、土地（地上）と地下水、つまり上と下に感謝しなければならないのだと。そして、これ（御霊水）は軟水、このミネラルウォーターは軟水とも考えてから、週に三度のルーティンである英会話の自宅レッスン後、御霊水を用いて自分と英会話講師にお茶を淹れる。それを喫《の》みながら二人は雑談《おしゃべり》をする。すると魂《ソウル》はまた結ぼれる。水汲みとヨガは日々のルーティンとして一、二の順番でつながるが、女をヨガに導いた（ヨガのそのプラクティスを勧めた）のがそもそもこの英会話講師で、自身がヨギ、つまり西海岸ふうにヨガを実践していて、来日後は日本人のヨガのインストラクターを友人に持った。その四十代の友人が女に紹介されたのである。女のほうはインストラクターがアメリカ人だのオーストラリア人だの、イギリス人だのでもかまわなかったが。そこでも実践的、実際的に英会話が学べるのであればむしろ歓迎だったが。あるいはインド人でもシンガポール人でも、ロシア人でも、フランス人でも。そのことで外《と》つ国《くに》（外国）と親しめるのであれば、とどのつまり歓迎だったが。ところで女のこの学習意欲、この、英会話への意欲はある個人的了解にも根拠がある。女はかつて漢籍が読めた。漢籍とは「中国の文献」であって、いまも読めるはずだが、以前は確実に読めた。

これは漢文のリーディングに長《た》けていたのだと言い換えられる。たぶん試みればライティングもまず、まずできたと予想される。こうした才能を、漢才と言った。それは現代日本——の京都市——で求められているか？　たぶんそうではない、と女は観察し、認識した。リーディングとライティング、かつ、それ以上にリスニングとスピーキングの能力が求められているのが英語、English だと女は京都市（Kyoto City）を見回して認識した。English の才能……E才？　その素養が要るのであれば素養を培う、これが女の判断であって、そこから週に三度のルーティンが生まれる。ちなみに英会話の講師は、第一回の授業で「パンデミックという単語が、もう、英語よ。パァンデーミク」と女に教えた。世界規模の流行病《はやりやまい》……。

女には月に二度のルーティンもある。ヘッドスパを受けるのだ。

サロンの個室で施術される。時間はおおよそ百二十分。このヘッドスパ専門のサロンを女は誰に紹介されたのか？　誰にも。他人《ひと》から勧められたというのとは違った。自ら発見した。あるいはヘッドスパという語《ことば》に反応した。ゆえに市中《まちなか》で見かけて、それらの音（ヘッドスパ、辺《ヘッ》・土《ド》……洲《ス》・把《パ》）を咀嚼して、じき、いかなる術《わざ》がそこで施されるかを（漠然と）知る。完全予約制であると（具《つぶ》さに）知る。自ら予約を入れる。その時点でヘッドスパ head spa というのは和製英語であると女は学ぶに至っている。きっと英語的には頭皮《スカルプ》のマッサージ、scalp massage が適切であるのではと言われる。これは英会話の個人レッスン中に言われたのである。この指導については女には別の意見、別の所感もある。またスパという一語にも執着がある。しかし、まずはヘッドだった。ヘッドスパからその一語、スパを分離させる、するとヘッドが残る。これは〝頭〟を指している英単語（の現代日本語化）だと女は早々に認識した。この〝頭〟はもちろんあたまであり、と同時にかしらである。そのあたまもかしらも頭部を意味して、と同時に頭髪も指している。それだ、と女は感じた。このように了《さと》って、いわば衝迫を感受して、だからヘッドスパのサロンに実際に足を運ぶのにだいぶ先駆け、ヘッドのサロンへ行った。美容院である。女はだいぶ小柄である。にもかかわらず毛髪のその長さは一メートル二、三十センチある。担当となった美容師は驚いて、「これをどうなさいますか?」と尋ねた。女は「現《い》代《ま》ふうにして」と答えた。それから美容師はしみじみ言った、「見事な黒髪ですねえ」と。女は応じた、「あたし、褒められてるの?」と。美容師が「もったいないなあ」とつぶやき、女が「あなた、惜しんでるの?」と訊き、すると「どうでしょう、お客様。うちの美容室は、ヘアドネーションの活動に賛同してまして」と言われて、女はまず、ヘアとは何か、を問答して、ドネーションとは、と教えられて、「も一遍言いますね。ドネーション。寄付、寄贈ですね。お客様の剪《き》られた髪を、子供たちに無償で提供します、この子供たちにはそれぞれに悲しい事情があって、小児癌、白血病、そういういろいろ、いろいろな病《やま》いと事故とで、髪、がないんです。そういう子供たちに一〇〇パーセント人毛の、一〇〇パーですよ、医療用の、ウィッグを提供している、それが活動ですね。ヘアドネーションの」と詳細な説明も受けた。もちろんウィッグとは何か、の問答もあり、それは鬘《かつら》である、すなわちかづらであるとの納得が続き、すると女は明答した。「では、削《そ》いでちょうだいな」と。女はヘアドネーションを髪の喜捨《きしゃ》であると正確に理解したのだ。毛髪をうしなって窮《きゅう》している童《わらべ》たちに、それ(=かしら、毛髪の意での)が提供される。まさに仏教的な文脈での捨施《しゃし》、そのような善行。しかも、と女は思ったのだった、この善行はまるっきり剃髪《ていはつ》に通ずる、出家の作法をまるまる擬する。剪り揃えて、お終《しま》いはボブという髪形にすると提案されて、もちろん「ぼぶって?」との問答があって、するとボブまたはショートボブというのは〝尼削《あまそ》ぎ〟なのだった。時代が時代なら、そのものずばり修行尼《に》の形《なり》なのだった。「でも、絶対フィットしますよ。お客様に」とは美容師の言《げん》。女は単純に、愉快やわ、と思った。痛快やわ、と感じた。ボブにした。あたし、この髪容《かみかたち》で俗世を観察するんだ、と自覚して、からからからと笑った。それからヘッドスパのそちらへ、後日、これはだいぶ後だが、ヘッドスパの美容院《サロン》へ足を向けたのである。だいぶ後ではあったのだが施術の初回の時点で、「ヘッドスパとは頭皮《スカルプ》にマッサージが施されるだけではない。頭皮《スカルプ》のケアだけでもない」と理解した。その、女が自身で選び、自身で予約も入れたサロンでは、足も手もマッサージされた。かつ「本来はコースには含まれないんですよ」と説明されながら、首や肩も揉まれた。「ええと、あのう、もう、かなり」と言われたのだった。「凝っていらっしゃいますね。お仕事、デスクワークですか?」と尋ねられた。ここで女はデスクワークとは何かとは問答しなかった。すでに女は現代日本語のデスクワークのそのニュアンスを把握し、いっぽうで英語の office work その他の言葉の含みを、やはり把《つか》んでいた。それゆえ「イエス」と、言ってしまってからこれは英会話の返事《アンサー》だとは思ったが、「アイム・ア・フィクション・ライター」と回答した。「あ。作家さんですか?」と確認されて、「そう。小説家」と日本語で応じ、「いいですねえ」と感想を漏らされて、女は即座に、自分自身に向かって、尋ねた。いいのだろうか？　フィクション……作り物語を産み落とすことは罪障《ざいしょう》にまみれることだった。地獄に歓迎されることだった。それが、よき創造であったのか、はたして？　が、しかし、この自問を女は半ばで捨てた。「半ば」とは施術の半ば、ヘッドスパの初回の施術《それ》の途中にて、である。なにしろ見事な〝ゆする〟なのだと、女は四十分が経ち六十分が過ぎるや判じられた。洗髪を意味する古典語の〝ゆする〟は、と同時に洗髪の、整髪のその用水も指す。それは米の磨《と》ぎ汁である。また、強飯《こわめし》を蒸した後のお湯である。これらは養毛にも効果があると往時は信じられていて、しかしながら女は思ったのだ、効果が予感されるのは圧倒的にこちらの〝ゆする〟だ、このスパだと。いまや平安京ではない現代の京都市の、Kyoto Cityのこのサロンのヘッドスパ。施術者は美容師免許を所有していて、じつに巧みにクレンジングを行なう、シャンプーを行なう、が、その前だ。感動的なのはその前でもある。頭髪が、ボブにちぢめられた女の髪の毛が、五分間かそれ以上も、潺湲《せんかん》と流れ落ちつづける温水のなかに浸《ひた》される。水、水、水。まるで湖《うみ》につかる頭。それを〝頭《ヘッド》〟のスパと形容してぜんぜん謬《あやま》らないと女は思う。それからまた、女はこうも思う。ヨガの後の身体に注がれる地下水は、摂《と》る水である。しかし、ここでの水は、身中に入れはしない水である。そのように自立して存在する水は、いかなるものに対比されるか？　火ではないのか……。

頭蓋の内側《なか》には三つの声があったのだった。

三種類の声が響いて、これらは記憶に刻まれたのだった。

——内《うち》にある外《と》に親しめ、とそれは言った。

——下《しも》があるならば上《かみ》もある、とそれは言った。

かつ、

——火で火は消えぬ、ともそれは言った。

人声《じんせい》はそれで尽きたわけではない。もっともっと拾えたと思うし、実際に違う様態では女は日々拾っているのだとも言える。女の脳に、小さな悟りが、インフォメーションが、浮かぶからだ。たとえばヨガで亡骸のポーズをとる、すると捕捉《キャッチ》される、一種類、二種類の言葉が。一文そして一行が。これらは（ヨガの無風状態の精神に訪れる、不可思議な）指示である。これらは相当な具体性を帯びる。

が、初めに記憶に刻印された三つ、いまだ霞《かす》まないそれらには、曖昧さがある。抽象性がある。そして考えさせられる。なにしろ女は、湧き出《い》でた文句の第一、そこに「内」と対置される「外」を、ただちにトと認識した。これは外《と》つ国《くに》のそのトであると認識したのである。畿内から見る際の畿外、これが外つ国である。また、国内から見られた国外、これも外つ国である。すなわち異国《ことくに》である。それに親しめ？　しかも内側に、国内にあるそれに……？　この言いつけを嚙《か》んだ女は、いったい何を思ったか。女は、「おもしろい。愉快やわ」と思ったのである。それが英会話熱に直結したのである。

また、第二の文句は対照的に「下」と「上」とを配したから、女に地中を連想させた。女に、あたしはいま現在、地上《ここ》にいると意識させた。そして――地上《ここ》は地獄ではない、とも。

　そのたびに女は思ったのだ。ああ、受けたご恩に報いなければ。

報恩。そのためにあたしは地上《ここ》へ帰ったのだ、と確信する女は、英語名はレディ・ムラサキ、日本語名は、もっとも定着しているものを選ぶのならば紫式部である。

　紫式部は水汲みとヨガをする。毎日。

紫式部は英会話を習う。毎週、それも三度。

紫式部はヘッドスパのサロンに足を運ぶ。毎月、それも二度。

これら三種類のルーティンが現在の紫式部にはある。

紫式部の脳内に根を張る声には三種類ある。もっと控えめな、行動の指針となるもの、ささやかな声（というよりも人声未満の、内緒《ささめき》の泡か？）は多々ある。

そして紫式部には記憶があるが、これは何種類あるのか？

生前のそれを一つめと数えて、死後を二つめ、いまを三つめ、と数えれば同様に三種類となって、これは三、三、三と揃う。ルーティンが三種類、心中に深々と刻まれる声が三種類、記憶がそもそも三種類。が、嘘だ。そのように「嘘だ、そんなカウントは」と言い切るのは紫式部本人だ。たとえば式部の、その生前の記憶、その生涯の記憶はすでに劃然《かくぜん》と二つに分かれている。質として、だ。式部には、あたしには娘がいたという記憶がある。その事実もある。式部には、あたしには一女《ひとりむすめ》がいたのだから夫もいた、こう言う。その事実もある。この夫は流行病《はやりやまい》で死んだと式部は言う。そのとおり、夫の藤原宣孝《ふじわらののぶたか》は一〇〇一年、これは長保《ちょうほう》三年だが、感染性の疾病にやられてころりと逝《い》った、これも事実、歴史上の事実である。これは都――平安京――をまるまる巻き込んだ悪疫で、史書には「天下の疾病《えやみ》」とある（『日本紀略』）。当時のエンデミックあるいはエピデミックであって、だが、その額面どおりに「天下の」を読むならばパンデミックである。その疫癘《えきれい》はグローバルに猖獗《しょうけつ》したのだ。そして式部の夫は病《や》み死んだのだ。この女はパンデミックによって寡婦にされた。その衝撃が創作に向かわせた。ここで「生前の記憶の、質」の問題が出る。式部は『源氏物語』を著わした。これは史実である。かつ、この小説（フィクション）――の内容――に関する記憶も有している。当たり前である。が、たとえば夫、藤原宣孝のあれやこれやを思い出すように『源氏物語』の何やかやを思い出せるか？

もちろん大筋は思い出す。

その大長篇小説がいかなる存在《もの》かは、作者なのだからわかる。

しかし、思い出すたびに……リライトする。

たとえば筆を執《と》る前には、主人公（光源氏）をこう行動させようとした、が、実際には異なる行為に走らせた、ということがある。こうしたシーンや巻々を想起する時、さらに適した展開、第三の場面を自ずと考える。あるいは主人公(光源氏)の雲隠れ、すなわち逝去のシーンを式部は実際には書かなかった。実際にはというか直截《ちょくせつ》には。それを書き、巻をしっかり立てていたらどうなったか。これを考える。すると幾種類かの死——の展開——が浮かぶ。ああいうふうに身罷《みまか》る、このようにして世を去る、と。夫・宣孝の死は、記憶に照らしても事実に照らしても一種類であるのに、著わした作品内の主要人物の死は、想い起こされるたびに数を増す。

質が違うのだ。

まるで違うのだ。

しかも、読者は、いつでも〝本文〟へ立ち返ってそこに事実があると信じられる。が、その〝本文〟を生んだ当の作者は、書いたそれをふり返るたびにリライトしている。その内容を書き換えている。事実があるはずの〝本文〟にいわば誤差を足し(つづけ)ているのだ。ところで紫式部は、この誤差が、それから夫たる藤原宣孝がらみの「パンデミックとの縁《えにし》」が自分を召したのだと感じている。召した……どこへ? この現代《いま》の京都、この観光都市にして国際都市の Kyoto へだ。だとしたら、と紫式部は推測した。あたしは二〇二〇年の春かその前後に、ここへ来た。

記憶は不完全である。それはいまに関しての記憶である。だから推し量る。ここで生前のものではない、暫定的な二つめ、三つめの記憶に返る。それらの問題にも返る。死後の記憶、および死後のさらに以後(とは現在だ)の記憶にはいかなる問題が孕《はら》まれるか?

こうだ。

死んだ式部は、地獄に堕《お》ちる。

その、（八大地獄中の）なんとか地獄での責めの歳月《としつき》というのを当人は憶えていたいか？　否。これはさっさと追い払いたい記憶であって、能動的に抹消に努める。

しかし消したい記憶だけが地獄にあるのか？

否。式部は二度の裁判を体験した。その地獄の法廷での二度め、これは忘れたいどころか究極の「忘れてはならない」対象である。ゆえに能動的に反芻に努める。いかに自分は地獄から放免されたのか、何のおかげか、恩人は誰か？　その恩人の名は、オノノ、タ……。

すなわち地獄の記憶は截然《せつぜん》と二種類に分かれるのだ。

では地上《ここ》のそれは？

いつ出現したのかの記憶は？　なんの場面に続いてだったか、の記憶は？　ない。何もない。ゆえに推測しかできない。パンデミック宣言の直後か、それとも、等。しかし一昨年に墓に参った記憶はあって、これは自身の墓だった、そのような場所があると教えられたのだ、その前に、あたしは死んだのだからあたしの墓というのはこの平安京、いいえ、この京都市内にある（現存する）かもしれない、と推測したのだ。式部は理路整然としていた。合理性は式部を墓へ導いた。その墓所はおおいに彼女を感激させた。なぜならば、そこはたしかに「紫式部墓所」である、が、のみならず「小野篁《おののたかむら》卿《きょう》墓」でもあった。同じ敷地に、墓が設けられている、オノノ、タカムラ殿といっしょ……。

ああ、受けたご恩に報いなければ。

このように念《おも》った記憶は鮮烈である。

しかし、だいたいは不鮮明で、それが二〇二一年以前に集中する。しかし三種類の声はあった。これらに促されもして三種類のルーティンが作られた。が、その他は。たどれない記憶が多々。それは記憶か？　憶えられていないものは記憶なのか、と紫式部は妥当に問う。

よって記憶は三種類ではない。何種類でもありえ、記憶は記憶ではなかった、ともなりえる。

同様に京都も、何種類でもありえ、それこそ「京都は京都ではないのか？」とも疑いえる。

というのも、問題は誤差だったのだ。

印象が変わりすぎる、と紫式部は京都を判じた。出現当初の記憶に触れようとする……すると閑散とした往来、クローズした店々、どこにも見当たらない観光客の影……が捕捉、認識される。異なる時期の記憶に触れようとする……すると団体客は戻らないが多少の拝観者は戻りはじめた寺社の境内、だが全員がマスクを着用している、かつポリウレタン製やポリエステル製、コットン製のマスクは激減している……との心象が把握、認識される。インバウンドはほぼ視界《め》に入らない。が、一年後の記憶。そこに触れんとすると、また、実際、触れられたのだけれども……インバウンドはどんどん視界《め》に入る、二〇二三年四月二十九日に水際対策（出入国管理措置）が解除された、だからインバウンドは氾《あふ》れて……と認識される。直視される。二〇二三年は今年だ。その記憶は鮮明で、そうした意味では京都の〝本文〟は存在する、――とも言えそうになる。が、そこまでの推移は……変遷は……激変は、誤差である。触れるたびに発生する（と感じられる）誤差である。顧みられるや、印象は書き換えられる、――ということは？

ということは、これはリライトである。

ということとは、京都は「リライトされるもの」なのだから小説である。フィクションである。

このように紫式部は認識する。このようにレディ・ムラサキはperceive（知覚、解釈）する。

その日、三つの紙片を浴室の鏡の前に並べる。鏡面にはただ形状《フォーム》が映る。縦が十センチ、横が五センチ前後。しかし方形ではない。いろいろと考えたが、人形《ひとがた》に切った。つまり頭部らしきものが上方にあって、左右には両腕、両脚、そういうふうにアウトラインが形成されている。そこには何も書かれていないから、紙片にじかに目を落としても、また鏡のほうを眺めても、読める文字はない。反転文字が鏡面に現われるということはない。だが、何も書かれていないというのは嘘だ。「そんな描写は、嘘だ」と言い切るのは紫式部本人だ。筆は用いられた。その真白い紙に山羊の毛の細筆は接触して、運ばれた。そういう運筆が事実あった。しかし残存するのは目障《めざわ》りにもならない薄い汚れである。滲《にじ》みである、かろうじて認められる程度の。それはなぜか。式部はそれぞれの人形の上に、筆はじじつ運ばせた、しかし墨汁はつけなかった。細筆の穂を、式部は茶に浸《ひた》していた。それもハーブティーに沈めていた。それもスリランカのハーブティーに沈めた、それは正確にはハーブそしてスパイスティーだった、十四種類もの香草、香辛料が配合されている。この茶を、式部は、ヘッドスパの施術の担当者から推奨された。「免疫低下に効きますから」と勧められた。「スリランカの葛根湯《かっこんとう》、みたいな？　そしてカフェインフリーなのも、グッドです」と推奨されて、式部は「それはgoodね」と応えたのだった。飲用するや、気に入った、まとめて購《か》って部屋に常備した。けれども飲用するだけではなかった。墨水《インク》として用いる、すると読めない文字が筆記されるのだ。いや、本当はほとんど読めない文字というのが記される。というのも書かれたものは香る。なにしろ十四種類の香草、香辛料とで特徴的に薫る。心地好《ここちよ》いのだ、嗅げば。濃厚なのだ、匂いとしての文字の輪郭は。そこには――三つの人形の上には——何かが書かれていて、それらは視覚では捉えられない、だけれども嗅覚は捕捉《キャッチ》する。

その日、天気予報は午後からの荒天を知らせる。しかし「ところにより」とあるのを紫式部は見逃さない、聞き逃さない。午後、曇り、愚図《ぐず》つき、ところにより雷雨。そして予報は京都市内のものである。ということは市内のその全域が対象である。式部の部屋のある中京区、下御霊神社の界隈、そこにだけ未来《さき》を通知するのではない。当然ながら南部の伏見区、東山《ひがしやま》（丘陵）により京都盆地からは隔てられる山科区なども市内。それらも包含して「ところにより」はある。そして、もちろん、北区および左京区も含めて。

その数日、紫式部は北区にいて、左京区にいた。日中は。

ほぼ同じことをした。

備えていた。

何に備えていたのか？　半年ほど前のヘッドスパの最中、それも潺湲《せんかん》と流れ落ちつづける温水に頭部をゆだねることを求められて、ゆだねていた、その最中にふいに訪れた小さな悟りに備えていた。それは小さかったが反応を続けるや嵩《かさ》を増した。事の次第は以下である。小さな悟り、内緒《ささめき》のインフォメーションとは「ちょうど半年」という一文だった。式部はこれを捕獲して、間髪《かんはつ》を容《い》れず検証した。ちょうど半年、どうした？　と。この一文に滑らかに接《つ》げるのは「経過した」だとは考えられる。しかし半年、何かが経ったか？　その日は二〇二三年の四月二十七日だった。思い当たらない。となると、ちょうど半年、どうした？　には、ちょうど半年、こうしろ、が的確だとも考えられた。すなわち半年とは半年後の謂《い》いである。だとしたら、その場合は、この一文に滑らかに接続できるのは

「待機しろ」等だと考えられる。式部はただちに試してみた。ちょうど半年、待て。こう文章を組み立てた。

すると大事な二つの単語が、閃いた。

式部はハッとした。

式部は半年後がいつになるのかを計算した。というのも、ただの「一カ月は三十日である」の均《なら》し

のもとにこの行動の方針が示されている可能性もある。生前の式部にとって暦は陰暦、この場合は一

カ月は二十九日（小の月）または三十日（大の月）でもある。すると来《きた》る十月下旬には、ほぼ備えだ

したほうがよい。こう式部は賢明に、いいや堅実に判断した。これが的を射ている結論なのだと証す

かのように、その次々回のヘッドスパの最中、それも毛髪に温水がひたすら潺々《せんせん》と流れ落ちる最中に、

大事な二つの単語に、いま一つの単語が連なり、閃き、それらは一つずつ孤立している、しかし密に

関連していると直覚させる、式部は「そうなのだな？」と自身の心中に尋ねて、すると第三の単語に

関係した事件が京都市中で発生した。そこで、第一の単語、第二の単語、第三の単語を、ヘッドスパ

への多大な感謝、かつ敬意を込めてスリランカの茶のその墨水《インク》でもって三つの紙片に記して、薫香の

薄まるごとに筆記し返した。

そして二〇二三年十月である。

下旬である。

その日である。

北大路通に紫式部はいる。北区にいて後《のち》には左京区にいる。その間《かん》に賀茂川を渡る。以前、三つの

紙片に記した三つの単語を筆記し直し、トレースしたように、前日や前々日、それよりも前の動きを

なぞっている。が、それゆえ余裕も生まれている。たとえば北大路駅前で、大谷大学に寄っている。その本部キャンパス内の博物館、これは大谷大学博物館という、に入館した。まだ午前十時半にもなっていなかったので、まだまだ相当に時間が潰せたからだ。催されるのは「古典籍の魅力2023」展、けれども古《いにし》えの典籍とは？　式部には奈良、白鳳時代の一巻や一幅はもちろんそうである。しかし鎌倉、南北朝、室町、江戸時代の一帖、一面はそうではない。新典籍である。新々典籍である。筆蹟に品《ひん》がない、と思われる展示物に見《まみ》えて、式部はおもしろがる、式部は眉をひそめる、式部は飽きる。退館した。キャンパスの北、そこには大型商業施設がある。イオンモール北大路である。そこを式部は、めざさない。東をめざす。視界に比叡山がそびえる。ここは洛北の烏丸頭《からすまがしら》だ、というのが紫式部の認識だった。そして頭《かしら》とはヘッド、すなわち〝頭《ヘッド》〟だというのも紫式部の認識だった。北大路橋の西詰に至り、そこまでは北区である。賀茂川を、渡り切り、北大路橋の東詰にいる、もう左京区である。京都府立植物園に紫式部は入園する。その園内で、まず「ばら園」をめざす。見頃である。そんなふうに秋の薔薇《ばら》たちが見頃であることを式部はすでに確認ずみで、なぜならば前日にも、前々日にも、その前にも、この園内は遊歩した。あるいは目的を持って渉猟《しょうりょう》した。そうした数日間の自身の行動を、式部は選《え》り分けながらなぞっている。どこに観覧温室があって……正門いがいの門が幾つあって……どこに社《やしろ》が建てられてあって……水車《みずぐるま》はどこで回るか、等。トレースしている。現実に歩かずとも心中で歩けて、要するに式部の内側に、すでに、認識されて摂《と》り入れられた「植物園」があって、その、本来ならば外側に厳存している「植物園」が親しまれている。だから咲きほこる秋薔薇の園に直行できたのだ。

すなわち紫式部は、内側にある外側を親近の存在《もの》に変えた。

そして紫式部には、銘記されている三種類の声があった。

その第一は「内《うち》にある外《と》に親しめ」だった。第二は「下《しも》があるならば上《かみ》もある」だった。第三のが「火で火は消えぬ」だった。この三つめに関して、式部は、そうだ、そのとおりだと肯《うべな》えた。火といえば八大地獄、別称は八熱地獄。式部はそこに親しんだ。妄語《もうご》（とは嘘のことだ。フィクションの礎《いしずえ》だ）を行なう罪人《つみびと》はここへ堕とされた。つまり式部は、そこで……。八大地獄中のどこかで……。しかし記憶はおおむね逐《お》われている。それよりも第一の命《めい》だ。三種類の人声のうちの一つめ、「内《うち》にある外《と》に親しめ」を、式部はいま、ここに、現に実践した。英会話熱のみならず、このような形でも践《ふ》んだのだった。

するとどうなるのか。

すると力が発現する。

ある種の物理的な力にそれは似ている、ということも式部は体験する。その日にだ。しかし、その日以前から確信しているのだ、親しめば誘導されるのだと。これは、すでに内にある認識（外の認識）に親しめば、間違いは犯さずに導かれる、とフレーズを衍《ひろ》げられる。それでは間違わない紫式部を見よう。「ばら園」にいる。ここは見頃であると同時に嗅ぎ頃で、圧倒的に薫っている。ゆえに式部はさあ、嗅げと言われた。実行する。後《のち》にもっと実行することになる。この「ばら園」から、楠《くすのき》の並木、正門に通じる花壇、広場へ。広場には遊具が揃い、親子連れの来園者などがいそうで、いない。しかし今年（二〇二三年）の五月三十日の朝には来園した親子がそこにいて、それもいた。体長百センチほどのオオサンショウウオ。それはその親子に発見されて、植物園のスタッフに捕らえられて、京都市の文化財保護課にひきとられた。市が保護した。この一件は（それなりに話題性のある）ニュースとなった。式部のその耳、その目にも届いたニュースとなった。そして式部はいま、ある一本の、太い木の根もとを凝《じ》っと見る。そこに、それは、いない。現在《いま》は。しかし、そこに、それは、いた。その時は。すると影は感ぜられた。前日も、前々日も感じられたが、より濃厚に感受される。魂《ソウル》、と紫式部は念ずる。

影に、

式部は、

導いてもらう。

前日もそうであったように。その前にもそうであったように。植物園を、正門から出、半木《なからぎ》の道という散策路に誘導され、これは賀茂川の左岸の堤防上にある、それから河川敷へ下りる。草叢《くさむら》。式部は「おらへん」と言うが、それは青鷺《あおさぎ》がいないのである。陸《おか》のほうに上がった鴨がいないのである。その他のいかなる禽獣《きんじゅう》も視界に入らないのである。しかし式部は「おった」と言って、それは大きな生物《いきもの》で、百センチ……だから一メートルあるのではないか。が、それも影である。水中から出現した影が、いまや地上を這っている、すなわち巨大なその生物《いきもの》は両棲類で、草叢をザザッ、ザザッ、ザザと動いて、もう土手の半ばだ、ふたたび散策路（半木の道）だ、そして紫式部だが、誤らない。いっさいの間違いを犯さず、導かれ、

それも影に、

式部は、

導かれて、力（物理的な力に似ている）にしっかり誘導された。が、目星はつけていたのだ。そうであろうと踏んでいたし、影の影ならば前日、前々日、その他の日にも追跡したのだ。影の影とは

魂《ソウル》の痕跡、残り香、または欠ける筆痕《ふであと》である。式部は「ね。ここやん」と言った。一軒の飲食店がある。その飲食店の敷地がある。フランス食堂（ビストロ）である。式部は一階の入り口にまわる。そこは午前十一時半のオープン、それから夜まで通しで営業している。との詳細を式部は把握ずみで、開店時間を迎えていることはいま確認した。とうに迎えている。ためらわず入店する。店員が現われて何名かと尋ねる。

式部は、指を三本立てる。

お席は、と続けて尋ねられるのを遮る。

これは店内のテーブルか、そうではないほう（屋外）が好みかを問われようとしていた。

式部は、外の、と言った。

しかし外のテーブルはもしかしたら屋外のテーブルではない。なぜならばビストロには中庭があり、店内とはガラス壁で仕切られ、その中庭のテラスに配されたテーブルが四つある。これはビストロの敷地内にある屋外である。内《うち》にある外《と》である。親しめ。昼時だからそれなりに賑わっていて、中庭もすでに二卓埋まっている。その二卓は同一グループで占められていて、外国人である。コーカソイドである。飛び交う言語は、フランス語かイタリア語なのだと思われるが、式部には「フランス人は、来日時、フランス料理店を訪《おとな》うか？」がわからない。そもそもフランス語もイタリア語もわからない、だが英語でないとはわかる。中庭のテラスにはそのように、フランス人あるいはイタリア人の集団がいて、滋養あふれる料理を摂っていて、空いているテーブルは二つ、しかし一つは式部が占める、そして食器が三人ぶんセットされる。これがテラスである。ではテラスではない中庭には？

蓋の閉まった井戸がある。

その蓋には重石《おもし》が載る。

式部は注文する。しかし食事はまだ注文しない。飲み物を、それも瓶のシャンパンを頼む。ただし「揃ったら注《つ》いで」とは言う。「グラスは三つね」とも言い添える。念のためにお水も、炭酸《ガス》入りで、これもグラスは三つと頼んで、ウエイターは微笑みで応じる。二種類のグラス、フルート型のシャンパン・グラスとゴブレットが三つずつ運ばれてきて、式部のゴブレットに炭酸水が注がれる。「ありがとう」と式部は言い、ウエイターはやはり微笑みで応じる。

式部は、卓布《クロース》の上にものを出す。

三つの紙片を出して、並べる。

どれも縦が十センチ、横が五センチ前後だから、全部並べても場所はとらない。紙は、全部人形《ひとがた》である。紙には、全部見えない文字が書かれている。スリランカの茶の墨水《インク》にて筆記されている。それでは、ぜんたい何が書かれているのか？　ここで式部は「ばら園」の命令を再実行する。さあ、嗅げ。その特徴的な薫香は嗅がれて、式部に文字を読ませる。真剣に読ませる。

一枚の人形には冥官とある。

一枚の人形には北大路の男とある。

最後の人形にははじかみいをとある。

はじかみいを、の、いを、は、魚《いお》だった。

はじかみいをは山椒魚《はじかみいお》だった。

サンショウウオだった。

これらが三単語である。大事な三つの単語である。三つめの単語に関しては、二〇二三年五月三十日、京都市中で事件も起きた。府立植物園内で。

式部はゴブレットの炭酸水をひと口、ふた口飲む。嗅がれて認識された冥官の文字をまず、脳裡にミョウカンと音で転がす。北大路の男という五文字を、北大路という真名《まな》（漢字）と男という真名をつないだ仮名の〝の〟は、乃《の》の草体から生まれている、そして北大路乃男はひとたび北大路の男に変じたら、きっと容易には原形には戻らないと直観する。冥官、それはたぶん……あの冥官である。北大路の男、これはどうにも……人物像が予想できぬ。が、北大路と示唆した。北大路通の北大路、と。そして山椒魚《はじかみいお》だが、その影は、その魂《ソウル》は、ほら、そこに濃い。

井戸を見やる。

炭酸《ガス》入りのミネラルウォーターは硬水だった。

蓋の閉められた井戸中の水は、まず絶対に軟水である。京都の地中の湖《うみ》のそれだから。

硬水は異国――外《と》つ国《くに》から来て、と考えたら、フランス人であるかイタリア人であるかするグループの会話する声が、きゅっと耳に入った。というのも、部分部分、片言の日本語が交じりはじめた。テンキヨホーと言っていて、天気予報だった。アレマスキョーネと言っていて、荒れます、今日ね、だった。それに対して否定の言辞（らしきフランス語かイタリア語）が続いて、今度は「Forecasting the weather is...」と英語も登場した。

式部は「No. No」と言った。

フランス人だかイタリア人だかの二、三名が、これに、え？　という表情で反応した。「Non?」

「Non」とひとまず式部は真似た。

「テンキアレマス、ノ、ハンタイ、ニ、ハンタイ?」と尋ねられた。

「荒れるわ」と式部は言って、「ところにより荒れて、ここは、そのと、こ、ろ、よ。たとえば地面から水が降る。あたしは予言している。あたしは外さない。わかる？　予言、それは……ネヴァー・ミス(Never miss)。ソー、ベター・ビー・ケアホー（So, better be careful)」

だから、お気をつけになって、と告げるや、紫式部はその腰をあげている。席を離れている。井戸へと歩み寄っている。井戸の蓋に手を、両手をかけている。重石を退《の》けている。ビストロのウエイターが「お客様、お客様！」と言っている。微笑みを崩している。しかし式部は、間違わないのだ、タイミングを。絶対に。だから「いいのよ」と店員に言った。ウエイターは慇懃《いんぎん》な制止を、そろそろ続けられない。しかし式部は言った、「そろそろ揃うから」と。

何がでしょう、とウエイター。

指を三本立てる紫式部。

えっ、グループ皆さんお揃いで？　とウエイター。

井戸が騒《ざわ》めき、いいや、まず井戸の底がゴッと言い、いいや、ゴゴオと響《どよ》み、それは全員に、ビストロの店内——テラス席を含めて——にいる全員に「地下水が噴出する」と予感させて、いいや確信させて、けれども式部は井戸の内側《なか》を覗いている、手をのばしている、しかも下方《した》に、井戸の奥に、そしてサッとのばしたと思ったらスッとひいた。ひかれて、現われる、一人の若い男が、井戸の内側《なか》から。男は「……うわっと」と叫びながら登場する。これは式部の耳に what と轟いている。だから答える、「ハイ（Hi)。アイム・レディ・ムラサキ（I'm Lady Murasaki)」と。この挨拶。しかも、登場するのは一人きりではない。続いて偉丈夫《いじょうふ》も出る。この、三十歳だろうか五十歳だろうか外見《みため》ではどうにも年齢のつかめない男は、巨《おお》きい、身長が一メートル九十センチ弱ある。そして、登場するのはそれだけではない。井戸水は噴いた。ゴオッと。それは予言の成就であり、いかにも、地面から降る雨なのであって、イタリア人が感激した。いいやフランス人が感動した。いいやイタリア人だかフランス人だかが喝采して、その全員が立ち上がっていた、スタンディング・オベーションだった、事実「ブラボー！」と言っていた。あたかも歌劇の上演時のように、賞讃を込め、ブラボー《すばらしいぞ》、ブラボー《いやあすごい》と。

まるでオペラの名演奏に立ち会い、また閉幕に臨んだかのごとく。

が、むろんそれは閉幕ではない。なにしろ紫式部はこれらの「ブラボー！」の声々を弾《はず》みに、ここで小説からオペラへ移り入《い》る。

小説の京都から劇場の京都へ。移行する。いまなのだ。

信じようと信じまいと、ここで世界のジャンルが変わる。劇場としての京都がそのフィクション・ライター、紫式部を包囲、抱擁する。なにしろ前にも横にも後ろにもこの劇場はあって、たしかに紫式部を擁《いだ》いている。式部は、自らの喉にほとばしらんとする歌声を感知する。たとえば井戸から初めに出現した若い男、その眉毛が左右ともにやたら太い、あたかも海苔《のり》でも貼ったかのように太い青年を、ハイ（Hi）と挨拶するや無視して、続いて現われた大男にこそ正対して、式部は言わんとしていた。ご無沙汰です、と。が、この二人めへの挨拶は、

「ごー、無沙汰」

と文頭から一音がのびた。ソー・デンジャラス（so dangerous）と式部は英語で感じた。

そこで、旋律化しようとする声——というよりも声のその意志——を抑えて、

「ごぶ、さた、しておりました」

こう言い直した。それから、

「たか、むら、ど」

と続けると、いよいよ統馭《とうぎょ》もききはじめた。

スムーズに「タカムラ殿」と言い直せた。

ゆえに、ここで判明する。紫式部に挨拶された巨軀《きょく》の男は小野篁である。

そうであるからには、最初に挨拶された男は二島由紀夫《にしまゆきお》である。

緊張が走っている。この緊張緊迫は紫式部が井戸から登場した小野篁に正対し、かつ篁のほうも烱《けい》然《ぜん》たる視線を式部に向けて、何かを確認している、なにごとかを咀嚼している、そのかたわら、二島由紀夫がヌッ……やウッ……と唸っている、そして式部と篁の双方に目をやる、双方が面識あることを確認しあっている様《さま》を確認することで、ぴりぴりと生まれている。ところで井戸水の噴出は終わった。しかしブラボーは熄《や》んでいない。

おまけに、ビストロのウエイターまで「……ブラ、ボー！」と喚《わめ》いた。

この歓声を聞き分けて、式部はそちらに向き直った。三《み》たび指を三本、立てる。するとウエイターは「ウイ、ウイ。マダム！」とフランス語で応《こた》えて、

「シャンパンも、ご準備、を《お》ー」

と歌ってしまう。が、式部はつられない。

「タオルは、ご用意、頼める？」

こう尋ねた。

のである。

「ウ、イー（Ou-iiiii）！」と満面の笑みのウエイター。なにしろ小野篁も二島由紀夫もずぶ濡れな

「シキブ殿」と篁は言った。

「はい」と式部は言った。

「席は？」と訊いたのは二島由紀夫だった。

あら、とばかりに紫式部はふり返って、「スピーク・ジャパニーズ（Speak Japanese）？」と尋ねる。

英語で尋ねられたので、反射的に、

「フーズ・レディ・ムラサキ？　オー、アイム・ニシマ」

と二島由紀夫は応じる。

「ニシマ。ガデット《わかったわ》。アイ・アム・レディ・ムラサキ」と式部はbe動詞のアムを強調した。

「紫のレディ……？」とニシマ。

「そちらはニシマ君」と式部。「ニシマ君は、北大路の男である。ライッ（Right）？」

「おっ。イエース」

「あなたたちは」——ここで篁を含めた——「地獄を見てきた。ライッ？《そうでしょう》」

ここでニシマの眼光《め》が変わる。ここでニシマの、そのアップデートされた人物像が、無言で（も）

何かを語り出す。が、あえて声に出す。「イエス。アイ、ハブ……アイブ……その」

「英語は話さないでもいい、のね？　北大路の男には」

「察するとおりだ、シキブ殿」と助言を挿《い》れたのは篁だ。「ニシマは、日本だ」

この時、小野篁はニシマは日本人だとは言わなかった。日本だと言った。

積極的に説明すれば、オペラの登場人物たちは場(とは舞台《ステージ》だ)をも変容させる。それゆえビストロ側が準備したタオルは、さっさとずぶ濡れの二人を水分、湿気から解放する。シャンパンは三人に飲まれて、その際、周囲にいた他の客たちはナイフ、フォークの打楽器《パーカッション》演奏と軽やかなコーラスで場面を華やがせる。抑揚がほんの少々強めの台詞(はすなわち歌詞だ)がやりとりされて、三人の背景、すなわちビストロの中庭では井戸の蓋はふたたび閉じて——閉ざされて——いる。小野篁がそのビストロ自家製のライ麦パンを褒める、バリトンの声で。紫式部がポタージュ(ポタージュ・リエ)の材料を尋ねて、紫芋《むらさきいも》と蕪《かぶ》だと知り、「紫のゆかりね」とからから笑う。ソプラノの声で。すると二島由紀夫はテノール、メイン料理はシェアしようと訴える。そしてカスレが選ばれるのだが、白隠元《しろいんげん》豆《まめ》と塩漬けの豚肉とソーセージの煮込みなのだが、そして支払いは割り勘ではない、式部がまとめて済ませて、この際、二つ折りにした長財布から日本銀行券——二千円札ばかりだった——を出して現金払いするし、この事実は二島由紀夫を、小野篁を瞠目《どうもく》させるのだが、これでは食事のシーンのお終《しま》いに飛んでしまう。ゆえに消極的にも説明しなければならない。ここで、消極的に、わざわざ長財布の話題にしがみつこう。牛革製である。小野篁が懐《ふとこ》ろに持ち、二島由紀夫も携える品と同一《おんなじ》である。しかし彼らの財布に入る日本銀行券は、千円札、五千円札、一万円札の三種だけなのであって、第四の券種はない。この「第四の」に該当するのが二千円札だ。表側の図案は首里城守礼門である。裏側の図案は、描かれた女人《にょにん》の絵を含む。それはキャプションの説明するところ、紫式部である。

紫式部が紫式部を持つ。

紫式部が大量の二千円札(の紫式部)にアイデンティファイされている。

信じようと信じまいと、だ。ここで場面を、話題を、問答を戻ろう。二島由紀夫が紫式部を「シキブさん」だと認識した。篁がシキブ殿と呼んだからだ。それも二度も呼んだからだ。二度も名前を呼び、というか呼びあったのだから両者は顔見知りなのだ。その経緯《いきさつ》は？

しかし不用意に尋ねなかった、二島由紀夫は。

順番はあるのだと承知していた、二島由紀夫は。

まず、日付だと了《さと》っていた。

「いつですか」と式部に訊いた。

もちろん「何が？」と問い返された。シャンパン・グラスを手にした式部に。

「地獄では……冥府では、時間経過がわからない、ということだったんです。なあタカムラ？」

篁は式部の目を見据えて、「地獄には日付がない」と言う。

すると式部がこれを受けて、「地上には日付がある」と応じた。

「それです、シキブさん。今日のそれ、日付《それ》を」

「日付だけで足りるのかな、ニシマ君」

「と、言いますと。シキブ姉さん？」

「二十七日」

「あの……」

「何月の、とニシマ君は問いたい。そうでしょう？」

「図星です」

「十月二十七日」

「俺は」とここで篁が割って入った。「何年の、とも問いたい。今年か？」

「今年とは、令和五年でしょうか、タカムラ殿？」

「今年とは、令和五年で、二〇二三年だ。シキブ殿」

「はい。今日は今年の十月二十七日、金曜です」

「地上には曜日もある」とまとめる小野篁には、圧倒的な威《い》がある。説得力がある。

「お待ちしておりました。タカムラ殿。あたしの待機は、ちょうど半年」

ここでニシマが「半年、ちょうど半年、半年も、経過した……？」と反復する。

そして式部は、改まった口調《くちぶり》で「お待ちしておりました、ニシマ殿」とも言う。

「あ。俺、二島由紀夫です」

「ニシマ君は、ユキオ殿」

「シキブ姉さ——」と言ってから、ニシマも改まって「シキブ殿は、某《なにがし》シキブ殿なんです？」

「世人《ひと》は紫式部と呼ぶわね」

「う。あ。え？」ニシマが言葉に詰まる。

小野篁が時計を見る。

左腕に嵌めている自分の腕時計——Gショックのタフソーラー——の盤面を確かめて、「二〇二三年。十月二十七日。午後。一時二十三分。これが現在《いま》」と告げる。

「午後は、今日は、タカムラ殿。ところにより荒天ですよ」

すると合唱隊がアレマスキョーネと言った。

テンキヨホー、アレマスキョーネと歌った。

しばし軽やかなコーラスが続いて、この間《かん》に紫式部の顔を二島由紀夫がまじまじ見る。

そして、

「ムラサキシキブ殿」

と言った。これはコーラスの合間に、節《ふし》を強めに挟んだ。

式部が、

「はい」

と言った。

もう一度、

「ムラサキシキブ殿」

と言い、式部が、

「はい」

と言い、ここに篁が、

「名高き」

と挟む。そしてニシマが、

「名高き、姉さん。ムラサキシキブの姉さん。つまり文豪？　だとしたら俺は、尋ねたい。だとしたら俺は、そういう作家、そういう小説家に、そういうニッポンの偉人に、尋ねたい。俺、は《わ》ー」

と朗唱した。歌唱以前の、だけれどもエモーショナルなその言葉、台詞。

これを受けて紫式部が、ぴしりと「なに。ニシマ君」と応じる。

だからこそ二島由紀夫も、ぎりぎりと抑え、抑えて質問を出す。

「人間について、考えています、俺は」

「あなたは、人間について、考えている」

「人間の、本源を、……もしかしたら人間悪の、その本源を、俺は、地獄で見ました」

「あなたは、地獄で、それの本源《それ》を見た」

「もしかしたら火の本源《それ》を見た。火の罪業《ざいごう》のルーツ？　それは」

「それはなに。ニシマ君」

　小野篁が、冥府、冥土と言い換えている。地獄を。

　冥《くら》き途《みち》と言い換えている。地獄を。

「それは……」と言いかけてから、ニシマは「……非情が実践されていた」と横道に逸らす。

「非情」とその横道をフィクション・ライターは、式部は拾う。

「俺は、人間について、考えています、とさっきは言ったけれども、俺は、ねえ文豪のシキブ姉さん、人類について考えていると言い直す。人類と申し直す。わかります？　類いの、だから同種類か、人間だ。ネアンデルタール人も人類だ。わかります？　姉さんはいま『ねあん？』と眉間に皺《しわ》を寄せましたね？　いいんですよ、その『ねあん』で。ねあんで、たーるで、じんだ。じんが人《じん》だ。すなわち人類だ、と申し直せます。人類の地獄……。俺はね、絶望してます。そのね、希望をね、絶っているんだなあ。何かがつまらねえや、もう。何かがたまらねえや、もう。俺は、いまいちど氏名をフルに名乗ります、二島由紀夫ですよ。なぜって三島由紀夫の『金閣寺』に嵌まって、耽溺して、愛読者の次元を超えて現実世界に出現したんだから、二島由紀夫です。あの金閣寺の、金閣寺というのは鹿苑《ろくおん》寺《じ》ですね、臨済宗相国寺《りんざいしゅうしょうこくじ》派の寺だ、その金閣に、この金閣というのは舎利殿だ、一九五〇年に放火事件で燃え落ちて、その五年後にふたたび建てられた舎利殿の、金閣です、これを放火せんと意を決した。再建された金閣には再度の放火を、が俺のロマンだった。ロマン。浪《ロ》ォー漫《マン》！ けど、

だけれど、

だけれども、

俺はいまや途方に暮れる。火の罪業、罪業に価する火の犯行、そのルーツ。これは単なる集団殺戮、……だった？ 最初の火が、言い直すならば始原の火が、集団殺戮、をしただけ……だった？ わかりますか、シキブ姉さん？ 集団殺戮は、ジェノサイド、そうです、いま姉さんは『ジェエナサーイ、ド』みたいに、ネイティブっぽい理解をしましたね？ 英語の。そしてね、その集団殺戮、この時に虐殺される側にいたのが、ネアンデルタール人。うん、姉さんの考える『ねあん』です。

ねあん。

ねあんは、その皮膚《はだ》は白かった。

ねあんは、額《デコ》が出ていて、後頭部もボコッとね、膨らんでいた。

思い出すと、あれは頭蓋骨が、水平にデカいんだな。前と後ろに……。

脳味噌をね、たっぷり容《い》れられる容量が、あった。

歯も大きかった。

男たちは筋肉質だった。頑丈、頑健の類い。タフネス。

服は着ています。

女も着ています。男も着ています。

ねあんたち。ねあんの女たち。あれは感性が豊かそうだった。こういうのは性差別的な発言じゃな

い。なぜって俺は聞いたんだ。耳にしたんだ、実際に、歌を。あのアリアを。そこに氾《あふ》れる感性が……。

　でね、姉さん。被害に遭《あ》う側がいるならば加害者がいる。

　加害者サイドというのがある。それは誰だ。それは、なんだ。それも人類だ。それが人間だ。それは、専門用語で、あれだ、現生人類だ。ホモ・サピエンスです。いいんです、姉さん、『ほも、さ――』って反芻しないでも。俺もシキブ姉さんも、タカムラも、それなんですから。その『ほも、さ』なんですから。俺たちはねあんの側にはいない。俺たちはねあんを犠牲にする側にいた。俺たちは、火を、ロマンティックには扱わなかった。俺たちは、火を、卑劣に用いた。小賢《こざか》しい戦術の核心に置いた。それが、あれなんだ。非情の実践だったんだ。姉さん？　もしかしたら姉さんは、いま『非情、そして非情』と二度も反応しましたね？　だから俺も、二島由紀夫は小説『金閣寺』の度を越した愛読者、それゆえ再建された金閣の再度の放火、焼失を望むって、またもや言います。俺にとって、
　俺にとっての、
　この俺にとっての美の永遠的な存在、それは金閣寺の金閣だ。

　金閣寺の舎利殿の金閣だ。あそこには毒がある。

　そもそも俺を毒している。金閣の美が。

　不変の金閣が。……不変？

　しかし、美の破壊が――放火しての美の破壊《それ》が、なんだというんだ！

　それが、いったいいぜんたい、どうした！

何に価する！

と、俺はこのように、希望を絶って。絶たれて。絶望」

二島由紀夫が、むう、むうと唸る。唸りながら紫式部を眼前《まえ》に見る。

すると紫式部は、自らの額を、撫でた。それは前方に突出する幻の額だった。

ボブの頭髪に触れて……。

それから、後頭部を撫でた。それは真後ろにポコリと突出する幻の後頭部だった。

小野篁が、三人が腰をおろしたテーブルの、卓布《クロース》のうえを見た。式部の前、食器《カトラリー》のわき、そこには紙片が三つ。これが、立った。人形《ひとがた》が。そして踊る。

踊りはじめるや、歌いはじめるのだ、紫式部が。

人形たちが舞い出すや、ねあんは紫式部に感染《うつ》るのだ。そのアリアが。

いま、美声がほとばしる。紫式部のそのソプラノの歌声が。

虐殺のアリア
（ねあんのアリア）

虐殺を、
される、される、私たちが、
私たちは、
ほら、こんな声を出せる、

こんな喉頭《のど》があって　歌える
でも、あなたたちとの意思の伝達が　無理で
いいえ、言語が違っているから　無理で
そして、私たちは、私たちは、
そこまで狡猾ではないから　無理で
どうして槍は飛ぶの？
どうして巻き狩りができるの、そんなにも効率的に？
どうして、どうして私たちを狩るの？　しかも姦《おか》して
私は女人《にょにん》だから　姦されて
そして、どうして、どうして、
巧妙に洞《ほら》に追いつめて、私たちを、その後に、
火で襲えるの？
熾《おこ》せるのは　なぜ、火を？
起こせるのは　なぜ、虐殺《これ》を？

この独唱歌。この音吐《おんと》朗々《ろうろう》たるアリア。ふたたびビストロの店内は「ブラボー！」の喝采に満ちて、そして、これもまた閉幕ではない。まだまだ、このオペラ『パンデミック』には最終の場面、場面群がある。そして小野篁と紫式部の二重唱も、ここに三島由紀夫を加えた三重唱も控える。
それではつぎのシーンに移る。墓参だ。

三人はタクシーに乗ったのだった。すでに説明し終えているが、支払いはまとめて式部が担い、それも現金払いであって、紙幣は二千円札のみを用いた。運転手にナビをしたのもやはり式部で、助手席から「北大路通を西に入《い》る」「烏丸通を下がり、烏丸紫明《しめい》で、また西」「堀川に当たったら上がる」等、言葉は要点のみを捉えつづけた。それで「どこですねん、目的地？」と運転手に問われて、これにシンプルに「墓所」と回答して、これは簡潔すぎたので、

「ぼ、……ぼ？」と問われて、

これに二度は式部は答えず、

運転手は「ああ、墓所？」と尻上がりに自答して、「あらはりますか？　堀川北大路より、手前でしょ。お墓。お墓ねえ」と不満げにつぶやいたが、式部はこれには答えた。

「あるわ」

あった。目印は島津製作所だった。その紫野《むらさきの》工場。二つ、文字を彫りつけられた石があった。一つは「紫式部墓所」と告げて、この碑《いしぶみ》にちょうど枝垂《しだ》れかかるのは紫色の美しい実、すなわち熊葛《クマツヅラ》科の落葉低木ムラサキシキブの実だった。いま一つは方柱、これは「小野篁卿墓」なのだと伝えている。そして参道を、紫式部が、小野篁が、二島由紀夫が順に踏む。三人、寡黙である。墓域内には石榴《ざくろ》も植えられて、これも果実がたっぷり熟している。参道の敷石は三人を西へ導いている。右手に視界が展《ひら》ける。北側だ、そこに二つの塚がある。対《つい》となっていて、しかし奥ではつながった墳墓がある。

式部の墓のほうが前に迫《せ》り出している。

「あたしの墓」と紫式部。

「俺のの、かたわらか」と小野篁。

黙る二島由紀夫。

「花が供えてある」と紫式部。

「名高いからだな、シキブ殿は。往時も現在《いま》も」

「タカムラにも――」とここでニシマが口を挟む。「――手向《たむ》けられてるよ。しっかりと」

「本当だね、ニシマ君。香華《こうげ》のいずれも」と式部。

「かたじけない」と篁。

「俺は……北大路の男なんだ……」とニシマはぶつぶつ言う。「……なのに堀川通との交叉《こうさ》から、堀川北大路から、南に下がって二分? ほんの二分? ここに立派な墓所が……。シキブ姉さんとタカムラのお揃いの墓所が、あるなんて」

知らなかった、と二島由紀夫は言いたかった。

そこまでは言わなかった。

代わって紫式部が「ニシマ君」と言った。

「はい」

「あたしがタカムラ殿の面《おもて》を識《し》ったのはね」

「はい」

「地獄で、よ」

「え」

「その経緯《いきさつ》を、ニシマ」と小野篁が――紫式部から――ひき受けて続ける。「二島由紀夫、お前は知りたい」
篁は尻上がりには言わなかった。断言した。
だから、二島由紀夫はこう水を向けた。「タカムラ、あんたも歌うんだな?」と。

墓前のデュエット
(「その鏡に映ったものは」)

紫式部(紫):あたしは紫式部、フィクション・ライター。
小野篁(小):イエス、ユー・アー・ア・フィクション・ライター。
紫:あたしは紫式部、小説家。『源氏』を書いたら地獄へ堕ちた。
小:堕地獄。堕地獄。悪業《あくぎょう》あれば、堕地獄は必定《ひつじょう》。
紫:でもね、悪業と断定される、その cause (根拠)は?
小:執筆。フィクションの。『源氏』なる作り物語の。
紫:虚構を著わして、衆生《しゅじょう》を惑わしたのが……あたし?
小:どうかな。どうなのかな。なんだか不安になってきたな。
紫:それは適正に裁けたかの、不安?
小:最初の裁きに、俺は。
紫:一審に、タカムラ殿は。
小:加わらなかった。俺は、全人類の裁きは輔佐《ほさ》できぬ。ゆえに。

紫：なるほど、なるほど、アイ・アンダスタン・ホワッチャ・セイイング（I understand what you're saying)。そして、ゆえに紫式部は、最悪の世界へ。

小：八大地獄へ。

紫：炎と熱に苦しめられる牢獄へ。責め苦の地下世界。火！　……火！

小：八大奈落《ならく》！

紫：火！　……火！

小：あちち！　あちち！

紫：その歳月《としつき》、永し！

小：永遠にも相当する長《なが》の歳月《としつき》！

紫：それでいいの？

小：フィクション・ライターの堕地獄は。

紫：それでいいの、いいの？

小：二審だ！

紫：そう。二審。

小：そんなものはありえないのだが、控訴審！

紫：ありえない裁きの場に、いた、タカムラ殿が。もちろん地獄の法廷には、王がいた。いらっしゃった、閻魔大王は。この主席の裁判官。圧巻のdignity（威厳）！　ディ……グ……ニ……ティ。あたしは猛火に包まれて、奈落から曳《ひ》き出されて、だから思ったわ、この大王は炎の魔でもあられるのだと。すなわち炎魔《えんま》！　そして法廷の……控訴審の……陪席の裁判官に、オノノタカムラ殿！　あたしはオー、ノー（Oh, No）と歌ったわ！　冥官に、オノノ……。
小：……小野篁。俺だ。イエス、アイ・アム。
紫：イエス、ユー・アー。あなたがそこに。あなたは言う、ふたたびの業鏡《ごうきょう》をそこへ。
小：俺は歌う、作り物語は妄舌《もうぜつ》の業《わざ》か、フィクションは妄語か、これを問うために、いまいちど。
紫：映しましょう、地獄の鏡に。
小：業鏡に、映し出しましょう。大王、このフィクション・ライターの生涯を。
紫：紫式部の生前の所業《しょぎょう》を。もっともっと作品に焦点を絞って、と言って。
小：冥官の俺からしても、さほど融通性はない大王に乞うて。
紫：フレキシビリティに欠けてはる炎魔を説得して。なんて、あたし京都弁で思って。
小：生前の所業、生前の行ない、フィクション！
紫：創り出されたもの、フィクション！
小：業鏡は映した——。
紫：地獄の鏡は映した——。
小：紫式部の生涯と紫式部の創作物を。
紫：そこを、映せ、とタカムラ殿は歌った！
小：ゴー、ゲンジモノガタリ、ゴー、と俺は歌った！
紫：あたしの生涯に、光源氏の生涯が。
小：嵌まるぅー。
紫：光源氏の誕生が。

小：見えるぅー。
紫：光源氏の恋が。恋の数々が。
小：見えるぅー。
紫：光源氏の、死が。
小：それも、見えるぅー。
紫：この死者は、どこへ？
小：とは、業鏡は問わない。
紫：あら、光源氏の子の誕生も。
小：見えるぅー。
紫：孫の誕生も。
小：見えるぅー。
紫：これらの子と孫、二人の貴公子の、その恋も。
小：見え……見え……見え、てはいるのだが、だが！
紫：恋される女のほうの生涯が、見えるぅ。
小：その女は、この恋に悩み、二人との、この二人とは光源氏の子と孫とだが、そうした恋に苦悩し、
そして、そして。
紫：死ぬぅー。
小：死なんとするぅー。
紫：死なないー。

小：再生《よみがえ》る。
紫：その死者は、ここへ？
小：来なかった。こうした事実に、地獄《ここ》は震動する。
紫：おお、おおー。
小：おお、おお……おお……お。
紫：タカムラ殿。
小：被告人、紫式部。そのほうの罪、問えず。
紫：と、言われるオノノタカムラ殿は。
小：と、歌った俺は、オノノタカムラは。
紫：にやりとされて、いたのですー。

にやりとする。小野篁がにやりとする、そのデュエットを了《お》えて。いま一人の歌い手、紫式部も咲《わら》って、それどころか直後、からからからと声まで出す。そして二人はその顔を、瞳を揃って二島由紀夫に向ける。さあ、と。さあ、さあ、と。これも誘い水である。というのも、残されているのは三重唱だからだ。いよいよソプラノとバリトン、テノールの共演（競演）を残すのみだからだ。だが、駆動させるのは誰か？　その三重唱を駆動、発動させるのは誰か？　信じようと信じまいと適任な演奏者はレディ・ムラサキである。このソプラノ歌手の他にいないし、そしてレディ・ムラサキはいる。墓前にいるのである。ここにいるのである。自らの墓前にいて、と同時に恩人の墓前にいるのである。すると了解されるのである。報恩の時機《とき》はいよいよ到来、と。その冥官の厚恩に謝するタイミングは、ア・パーフェクト・タイミングは、ライツ、《そうなのよ》いよいよライッ・ナウ（right now）と。

現在《ナウ》！　式部は叫んだ。

ただちに雷鳴。

「あ」と天を仰いだ二島由紀夫。

「雷《いかずち》？」と小野篁。

「さっきまで快晴で——なのに——この、黒い——」

黒い雷、と篁は言った。

ブラックサンダー（black thunder）、とレディ・ムラサキが訳した。

い、い、か、い、い、い、
その京都に、そのブラック、ク、サンダー、が。

「あたし、は《わ》ー」と紫式部。
「あなた、は《わ》ー」と小野篁と二島由紀夫。
「報恩の業《わざ》に、
これより、
入る」
と紫式部の朗唱。
「かの冥官、オノノタカムラ殿にそのご恩、お返しする。ゆえにお尋ねする。冥官、オノノタカムラ殿はなにゆえ現代に降臨《おいで》なさったのか、と。そのご事情、そのご目的、ぜひ、ご教示願いたい。あたしは、そのご事情、そのご目的の成るために、あたしのこの身命《しんみょう》を賭《と》す」

「シキブ殿、はー《わ》」と篁。

「シキブ姉さん、はー《わ》」とニシマ。

「そのために、現代に再臨したのだ、と信ずる。あたし自身が」

「なるほど。

さて、
俺、タカムラは」

と小野篁の朗唱。

「タカムラ、はー《わ》」とテノールの二島由紀夫。

「タカムラ殿、はー《わ》」とソプラノの紫式部。

「さて。何を目当てに出現したのか……？」と自ら訝《いぶか》しんでいるバリトン。

すると答えるのは、二島由紀夫なのだった。

「俺だよ」

「お前？」

「俺に会いに来たんだよ、タカムラは」

「なるほど。ありうる。では、ニシマ」

「なんだよ」

「お前の、最大の目当ては？」

「……火」と二島由紀夫は回答した。

「火」

「火」

「火ぃー」

「俺は毒か、俺は薬か？」テノールは熱唱する。

「いまは」とソプラノ。

「何が」とバリトン。

「したいー？」と式部、篁が声を揃える。

「わからん。いや、わかる」

「わかるー」ふたたび式部、篁。

「放火のロマンを、抛《ほう》る前に、美の焼失、美の破壊の虚しさを、断じる前に、見たい、俺は」

「見たい、ニシマは、何を？」

「見たい、俺は、京《みやこ》の放火の、その」

「見たい、その、何を？」

「最大のものを。過去、最大の放火を、俺は」

「見、た、いー。

京《みやこ》の、歴史で、最大、
最悪の、
火を、
放火《ひつけ》、なるもの、をー」と最後には三人が声を揃えた。完璧なる三重唱。

それから紫式部が、問うのだ。叙唱で。こうだ。「見たい、とは、ニシマ君、そういう事態《こと》を認識したい、ということ？」

「うん。ということ」と二島由紀夫。

「『下《しも》があるならば上《かみ》もある』――」紫式部は言った。

「え？」二島由紀夫が言った。

小野篁が天穹《そら》を見上げ、「来るぞ」と言った。

いきなり雹《ひょう》が降りはじめる。ブラックサンダー。

さあフィナーレのための序奏だ。雹は地面を打ち、打ち、打ち。荒天の打楽器《パーカッション》。パチパチ、パチと言い、紫式部は小野篁に目で合図をし、小野篁は二島由紀夫に顎で合図をし、三人はその墓所の参道を、戻り、すなわち堀川通に面する地点――墓地の入り口――まで戻り、するとそこにはタクシーが蝟集《いしゅう》している。四台、五台……八台、九台と。

むろん三台に分かれて乗ったりはしない。一台に乗る。式部が助手席に座る。そして「上御霊神社《かみごりょう》へ」と指示する。運転手は車を堀川通でUターンさせてから堀川紫明の交叉点で東に入《い》る。後部席でニシマが「上、御霊」と言う。その隣りで篁が「御霊」とのみ復唱する。式部は毎朝のルーティンを反芻している、脳裡に。ヨガそして水汲み。それも下御霊《しもごりょう》神社での水、御霊水の、と反芻している。タクシーは烏丸鞍馬口《からすまくらまぐち》の交叉点を直進して、最初の十字路で右方向に折れる。下がった、南へ。そこに上御霊神社がある。三人は降りる。鳥居があって、奥に楼門がある。これは西門である。が、それだけではなかった。鳥居のわきに石柱が立っていて「御霊神社」と彫られている。そこには上の一字がない。なぜならば宗教法人としての正式名称が現在〝御靈神社〟だからだ。靈は霊の旧字体である。この石柱の斜め前方には石灯籠があって、その真横、ここにも石柱が立つ。刻まれた文字は「応仁の乱勃発地」である。

　三人は境内に足を踏み入れる。正式名称が〝御靈神社〟であるこの上御霊神社は、延暦《えんりゃく》年間の半ばまでは寺院だった、しかし十三年から神霊を祀《まつ》りはじめた。延暦十三年とは西暦七九四年で、まさに遷都のその年だった。平安京が生まれて、現在の京都が〝京《みやこ》〟と定められた初年だった。この地に祀られたのは早良《さわら》親王の御霊である。早良親王は、遺恨《いこん》の死を遂げている、自ら飲食を断って絶命して、この国を祟った。そして悪疫を流行《はや》らせたのである。すなわち御霊とは、ここではエンデミックの、エピデミックの、それからまた紫式部の解釈（夫・藤原宣孝の感染死を踏まえる）に拠《よ》れば、パンデミックの神である。そのパンデミックの災禍神《さいかしん》の境内に、案内板が立ち、「応仁の乱石碑、こちらです」と矢印とともに指示している。従えば、現われるのは第二の碑《いしぶみ》、そこには太く「御靈合戦舊跡」と彫られている。舊は旧の旧字体であり、これは〝御霊合戦旧跡〟と言っているのであり、そして御霊合戦とは畠山《はたけやま》氏の内紛で、畠山政長《まさなが》、畠山義就《よしひろ》がこの付近（御霊の森。上御霊神社のその境内）で実力でもって家督を争ったことから応仁のその大乱が幕を開けた。

　いま現在は森はない、鬱蒼たる森は。もちろん木立はあり、だが、一見したところ井戸はない。井戸もない。そしてないのであれば、あるに変えればよいのである。と考えるのは紫式部である。はったと地面に目をやる。すると地表《そこ》には隆起が発見される。式部は、唱える、これは数音を唱えるのであって、一音めは「ヘッ」で、呼吸《いき》は一瞬詰まり、それから「ド」と言って「ス」と言って、確信を抱《いだ》きつつ最後、「パ」で締めた。合計四音。続いたのは幾秒かの沈黙。後《のち》、大地の軋《きし》み。その隆起が割れるのだった。信じようと信じまいと、いいや、不信を滑らかに除《の》けて信じられる様態に誘《いざな》うためにも、描写を加速させよう、地面は割れ、裂けた。そこから水が、潺湲《せんかん》とはとても形容できぬけれども、噴いた。これは地中の湖《うみ》から噴き出したのである。井戸ではないけれども井戸に等しい、いわば井戸以前の井戸、未然の井戸である。柱状に地下水は噴射し、これは天をめざして、それから落ちた。そして三人の——小野篁の、二島由紀夫の、紫式部の——周囲に軟水の膜が張る。繁吹《しぶ》いて落ちて、これは水面のスクリーンである。しかも全方位に展開する。

「認識しなさい」と紫式部は言った。

二島由紀夫にそれを言った。

三六〇度に展《ひろ》がったスクリーン、しかし水平方向だけではない、上、下、斜め、それぞれの全面に動きが、情景の進展があるスクリーン。そこにニシマは見る、ニシマは認識する、武者たちがいる。これは二種類いて、馬に乗る者と徒歩《かち》とがいる。だが、それ以上に二種類いて、攻撃される側がいてこの攻撃を受ける側がいる。前者は森の、御霊の森の、北と東から攻める。後者はこの上御霊神社(御霊の森)に陣地を設けた畠山政長の一派で、前者が畠山義就の軍勢である。しかし、だからなんだというのだ、そんな詳細をニシマは認識しない、するのは、乱れに淆《みだ》れる歩兵という個体。騎馬武者という半人半馬体。それらの、殺すための動作。戮《ころ》すための一連の動作。傷害《あやめ》られぬための必死の動作。狼藉《ろうぜき》。斬り、斬られる。射て、射られる。槍。楯《たて》。喚声《かんせい》。物体と物体が衝突し、踏み躙《にじ》る、蹂《にじ》られる。こうした光景は痛ましいというよりも、いっそ侮蔑《ぶべつ》に価する、とニシマが認識する、たとえば生命力を賦与《ふよ》せんとするよりも剝奪せんとする行ないに全生命を捧げている様子が馬鹿げている。ところで、とニシマが認識する、ところでこれは一種の映画だろう？　スクリーンに投影されている合戦場面だろう？　映画としての応仁の乱だろう？　だったら、だったら、放火はどうした。俺が所望した火つけ（最大の！　最悪の！）は、どうした？

こう求めた瞬間にニシマは頭を、自らの〝頭《ヘッド》〟をぎゅっと押さえ込んでいる。呻《うめ》いた。劇甚な頭痛に襲われたかのようだった。いったい二島由紀夫はどうしたのか？　ふたたび二島由紀夫の頭部が雄鶏《おんどり》のそれに変じるのか、地獄に入るに際して、あの「鳳凰《ほうおう》へのカモフラージュ」がなされたように？　ここ地上でもふたたび鶏頭《けず》の形態を採るのか？　そういうことではない。そして描写はさらに高速に――高速に――。ニシマが、軟らかい冷たい地中の湖《うみ》のその水のスクリーンの向こう、そこに木立を探る。ニシマが、水面のスクリーンのその内部、すなわち投影される世界に森を索《あなぐ》る。御霊の森である。と同時に、現実の上御霊神社の境内のその十月下旬の木立である。そこに……ニシマの呻きに……呼応する声が。しかも声々が。しかも鶏鳴《けいめい》が！　鳴いた、鶏たちだ、それも木立を騒《ざわ》つかせて幻の（というよりも映画の）森を震動させて、そこから湧いた。鶏たちだ。数十羽いる。これは本当にただの鶏なのか？　それとも譬喩《ひゆ》的なる鳳凰、すなわちあの幻妖《げんよう》の、この局面での化身なのか？答えは、ただの生きている鶏だった。しかしながら、オペラに登場する鶏だった。このオペラに――歌劇『パンデミック』に――。ゆえに、歌えた。ほら、合唱だ。しかも雄鶏と雌鶏《めんどり》とがそれぞれ男声、女声を担当して、これは混声合唱だ。

にせ鳳凰たちのコーラス
（「足軽についてひと言」）

雄鶏たち（雄）：応仁の乱はこんなもんじゃない。
雌鶏たち（雌）：こんなもんじゃない。
雄：畠山氏の家督争いだけじゃない。
雌：そんなもんじゃあ、終わらない。
雄：東軍が畠山マサナガだとして。コケー。
雌：西軍が畠山ヨシヒロ、読み方によってはヨシナリだとして。コケッコー。
雄：マサナガは武将、細川カツモトに庇護されて。
雌：ヨシヒロは武将、山名モチトヨに援助されて。
雄：東軍の将はカツモトで、十六万一千五百余騎を集めて。
雌：西軍の将はモチトヨで、十一万六千余騎を駆り集めて。
雄：数字は、まあ適当だけど、こんなに武者たちが集《つど》っちゃって！
雌：京に、平安京に、こんなにも両軍の勢力が集結しちゃって。コケッコー！
雄：ケッコー？　ノー、ノー。ノー結構《けっこう》。
雌：将軍の、継嗣《あとつぎ》問題もからんで！
雄：というか将軍家の、内輪《うちわ》揉《も》めがからんで！
雌：あとは斯波《しば》氏の家督争いも？
雄：なんだかもう……。
雌：なんだかもう……。
雄：だから結構、もうケッコー！

雌：京都の火の海、完全決行《けっこう》！
雄：戦乱の巷《ちまた》、京都！
雌：大火に包まれる、京都！
雄：で、それをそうしたのは……。
雌：ど偉い武将さんたちとは違って、実行したのは……。
雄：いわゆる雑兵《ぞうひょう》……。
雌：ぜんぜん下っ端《したっぱ》……。
雄：その名も、足軽ぅ。
雌：足が軽いから、足軽ぅ。
雄：兜《かぶと》を着けないから、軽装で。
雌：軽やかに軽やかに、ゲリラ戦を展開して。
雄：後方攪乱《かくらん》！
雌：放火戦！
雄：ほら。コケー。
雌：それだ。コケー。
雄：足軽たちが、コッ。
雌：京都を、焦土に、ケッ。
雄：変えた、コー！
雌：コケッ・コー！

雄：卑劣に。残忍に。冷酷に。
雌：ロマンティックな合戦の図とは、ぜんぜん無縁に。
雄：京都、灰燼《かいじん》に帰《き》す。
雌：その、顚末《てんまつ》がこれなり。
雄：さあ。
雌：どうする。
雄：もっと見る？
雌：東軍だったら相国寺に布陣したし。
雄：西軍だったら船岡山に陣を布《し》いたね。
雌：相国寺の塔頭《たっちゅう》が金閣寺で。
雄：この金閣寺だって舎利殿を残して焼けちゃったね。
雌：舎利殿、っていったら金閣だね。
雄：金閣寺が、金閣を残して放火された！
雌：応仁の乱で、そうされた！
雄：さあ、どうする。
雌：どこまで見る。

もっと高速に。雹《ひょう》はどんどん降っている。上空には黒い雷《いかずち》が渦巻いている。稲妻形を越えて旋回《スピン》している。二島由紀夫は「とことん見る」と答える。タクシーは上御霊神社前にも蝟集《いしゅう》して、六十台いる。七十台いる。相国寺へ向かう。三人が一台のタクシーに同乗して、その禅刹《ぜんさつ》をめざすのだ。臨済宗相国寺派の大本山を。すると雷は落ちまくり、相国寺が「この偉大なる寺も、応仁の乱に際して、全焼した！」と呻いた。二島由紀夫は熱が出そうになる。しかしCOVID‐19に罹《かか》ったわけではないので実際には発熱しない。誰もいまやCOVID‐19に感染しない、と感じる。十月二十七日。相国寺の門前には七百台のタクシーが駐《と》まっている。乗る。乗っている間に十月二十八日になる。応仁の乱の最初の一年間、そこに続いた十年間に刺激されて、二〇二三年の京都の市中《まちなか》でさまざまな井戸が再生する。佐女牛井《さめがい》の遺構から水が湧いて、御苑内では縣井《あがたい》、祐井《さちのい》、染殿井《そめどのい》が地中の湖の水《それ》を旺《さか》んに噴いた。そして同じ京都御苑のその敷地内の、宗像《むなかた》神社の、その境内社の一社から、「観光……観光……」と呻吟する声がして、これは祭神が猿田彦《さるたひこ》の大神《おおかみ》である京都観光神社の呻きである。観光が、どうした？　紫式部が財布を出す。小野篁が財布を出して、二島由紀夫も財布を出す。どれも同一種類の長財布で、牛革製で、しかし収められた日本銀行券のその券種には若干の（あるいは大幅な）差異がある。四つの井戸、いいや、さらに七つ八つの井戸を確認して回ってから、式部が言う。「どうも貨幣には霊魂が憑《つ》いている」と。それから篁に尋ねる。「もし、人が……人類が、絵空事を書いた咎《とが》で地獄へ堕ちるならば、この現代は、絵空事ばかりに満ちてはおりませんか？　フィクションで？」と。これは恐ろしい問いである。これは地獄の問いである。篁は尋ねる、「シキブ殿は、俺に、この地上を……この現代を裁けと言われているのかな？」と。式部が「いえいえ。地上は地獄にあらず」と返して、しかし二島由紀夫が「俺は……どうやら……」と語りはじめている。「……地獄の消息に、誰よりも通じ出して……」と。すると落雷が応答する。京都タワーに落ちる。十月二十九日になっている。信じようと信じまいと、式部とニシマと篁のこの三名が移動するところ、七千台のタクシーが蝟《むら》がり集まる。そして閻魔大王像が、京都の市中《まちなか》の、たとえば六道珍皇寺《ろくどうちんのうじ》の、六波羅蜜寺《ろくはらみつじ》の、それから千本ゑんま堂——引接寺《いんじょうじ》——の閻魔大王像が、動いている。座したままではいないで動いている。しかも「足りない、マスクが。ここには」と言った。ことは時代だ。現代だ。そして忿怒《ふんぬ》の形相で、マスクを探して、それぞれに着用する。獄卒たちも現われている。これは巷間《こうかん》あちこちにランダムに出現して、やはりマスクを探して、やはり、おのおの着けた。それから闊歩している閻魔大王像に偶発的に見《まみ》えるや、合唱する、ともに歌唱する、「おお『パンデミック』というオペラが観える！　おお、おお！」と。しかし揃えた歌声は口籠《くご》もる。マスクのせいだ。それも大半の獄卒たちが愛用していた、医療用の、N95マスクのせいだ。二島由紀夫はこの情景に慄《ふる》える。やはり流行病《はやりやまい》の熱が出そうだ、と不安になる。が、十月三十日。信じようと信じまいと、十月三十一日。京都市はたしかに地獄に存《あ》って、獄卒たちは「ところにより、荒天！　ところにより、大荒天！」と歌いつづけて、雹はそのサイズ（直径）を二十倍に増して、仏教建築はぶるぶる鳴動しつづけて、そちこちの怪物的な伽藍《がらん》がそれこそガランガランと鳴って、それから閻魔大王像が北で、東で、南西で号令する。「マスクを外せ」と。これをとうとう二島由紀夫が聞き、見た。

誰もマスクを着用しない京都。

異類もまたマスクを着けない京都。

地獄の京都市。

だから、小野篁と紫式部に尋ねたのだった。「疫病はもう、本日、退散したんだよな？」と。

「したのならば、どうなる？」と篁が歌い、

「どうするのよ、ニシマ君？」と式部が歌い、

「俺は、放つ。火を」とニシマは歌い返し、
　すると三人の背後には、あの雄鶏たち雌鶏たちがいる。挙《こぞ》って控えていてコーラスを添える。にせ鳳凰たちが、「地獄の、京都、市ー」と。

「ああ、地獄の、京都市ー」と。

　そして、高速に……！

「さあ、行こうか？　応仁の乱でも焼けなかった、あの舎利殿を、燃やしに」

　からからからから、と式部は笑って、火で火は消えぬよ、と囁いた。

　それから篁がにやりとして、この地上の世界が地獄に変じたと太鼓のような判を捺《お》されているのであれば、俺はなるほど裁けるぞ、こう嘯《うそぶ》いた。

　高速に！

　バリトンが「俺は裁ける」と歌う。

　ソプラノが「火で火は消えぬ」と歌う。

　テノールが「金閣寺へ――金閣へ――この現代を問いに」と歌いつづける。

　にせ鳳凰たちの輪唱が、ひたすら昂揚《こうよう》し上昇し、勢いを増しつづけるなか、閉幕。

第二幕第二場についての僕の雑記

そうして文章は砕け散る。

その前にスマートフォンとマイナンバーカードとパスポートを準備する。起動させるアプリは「新型コロナワクチン接種証明書」、またマイナンバーカードの暗証番号（四桁）も忘れてはならない。今年十月に新たなワクチン接種を行なった僕は最新の証明書を発行しようとしている。マイナンバーカードを読み取りたいとアプリが言い、読み取らせる。近距離無線通信《NFC》がスキャニングを可能にしている。パスポートも読み取りたいとアプリは言う、これは僕が海外用の証明書——英語のVaccination Certificate——も発行させようとしているからだ、読み取らせる。接種時、僕が住んでいた都道府県はどこか、を選択させられる。市町村はどこか、も。するとワクチン接種記録は検索されて、めでたしめでたし、二種類の証明書を僕は取得する。これは居住市町村の長と日本国厚生労働大臣が発行した。このアプリは日本政府が公式に提供している。さて。それで僕はこれら二種類の、二言語の証明書を使う機会があるのか。今後？

入場に際して証明書を求める催し物はあるのか？

入国、入域に際して証明書を求める国や地域はあるのか？

ちょっと証明書を眺めてみよう。日本国内用の、要するに日本語のほうだ。接種回数は五回とある。

最終接種日は二〇二三年十月十八日とある。ここで十月とはなんなのかを考えてみよう。二〇二三年の十月にある種の画期《エポック》はあったか？　あったのだ、これが。日本政府観光局（ＪＮＴＯ）が翌《あく》る月——とはこの「雑記」をしたためている十一月である——にデータを公表した。今年十月に日本を訪れた外国人旅行者は二百五十一万六千五百人だと。これはコロナ禍《か》——ＣＯＶＩＤ－19の禍《わざわ》い——前の水準に回復した、だけではない、具体的には一〇〇・八パーセントの回復なのであって、つまり〇・八パーセント増えている。ＣＯＶＩＤ－19の感染拡大前のその水準を初めて超えたのだ。

　この文章内で僕はＣＯＶＩＤ－19の最後の数字の〝19〟はウイルスの発見年だと早々に解説した。また「二〇一九年十一月二十二日（そのウイルスは）初めて確認された」とも書き留め、だとしたらパンデミックは二〇一九年の十一月以降にその出発点がある、と言い切れる、とまさに言い切った。そしてまる四年である。まるまる四年間を経て、インバウンドは、そのインバウンドの数値は、ついに負よりも正を示した。日本の観光ビジネス上の画期《エポック》である。結局は観光都市・京都の画期《エポック》である。

　京都を敗北させたパンデミックが、ここに敗れた、と僕は言っている。

　とうとう完敗した、と言っている。

　もっと言い換える。桁外れの物語力を持ったはずの京都を、計り知れない嵩《かさ》の物語力でもって敗滅させた——に等しかった——パンデミックがとうとう敗者の側に完全にまわった。四年の歳月《としつき》を経て。仮にパンデミックまたはパンデミックの神を御霊《ごりょう》と言い換えるならば、それは姿を消した。

　御霊は退けられて、疫病は退散した。

　僕は三島由紀夫の「疫病はもう、本日、退散したんだよな？」という台詞を、ここに呼び戻す。その本日とは十月三十一日である。今年の。

以下は劇評とも呼べる。

僕は台本作者《リブレッティスト》としてこのオペラに噛んだが、詮《せん》ずるところ、その内容とは競《せ》り合いつづけた。なにしろタカムラ・オノ（小野篁）がいきなり第一幕の第一場にいて、それも水中にその男はいて、それから第二幕の第二場はレディ・ムラサキ（紫式部）の前景化という展開に襲われて、これは端的に言って予想外である。あのレディの毎朝のルーティンが、週に三度の、月に二度のルーティンまでもが具《つぶ》さに描かれたのは想定外である。僕には僕の構想があって、それは「三島由紀夫こそが主人公である」との設定を軸としていて、だが彼はしばしば後景におし退《の》けられた。僕は、この僕という台本作者《リブレッティスト》は、お終《しま》いまでオペラ『パンデミック』それ自体との相剋《そうこく》を続けた。そして三島由紀夫だが、たしかに最終段階ではいっさいの経過の動因、主因として機能した。オペラの大詰めは三島由紀夫のその真摯な、つまり切実な渇望こそが劇《ドラマ》を飛翔させたと説ける。とどのつまり三島由紀夫は応仁の乱を認識することを乞うた。この求めに紫式部が、かつ、一等初めには紫式部の直観（下《しも》の御霊神社があるならば上《かみ》の御霊神社もある）が応じて、「ヘッ」「ド」「ス」「パ」の四音は弾《はじ》けて、その歴史上の大乱はじじつ認識された。そして三島由紀夫は、終幕に臨んで、行動を宣言したのである。「俺は、放つ。火を」と。

歌ったのだ。これは正しいオペラの道筋だ、台本作者《リブレッティスト》の僕にも。

だが……フィナーレの真の高潮《こうちょう》の、あれはなんだったのか？　じつのところ何が歌われて、語られて――ソプラノやテノール、バリトンで――演奏されたのか？　ふり返れば謎が、……謎は残る。そこを解き、論じなければならない。

分析が要る。

謎のその一。僕にいちばん腑《ふ》に落ちなさを感じさせるのは紫式部の発言（台詞、歌声）である。場面をドライブさせる決め台詞ではあった。小気味《こきみ》よさがあった。だけれども、たとえば、「どうも貨幣には霊魂が憑《つ》いている」とはなんだ？　ぜんたい何を言っている？　ここで僕は、二つ、解決しなければならない。まず貨幣とはなんだと定められるか。そして霊魂をどう解釈するか。これらを踏まえることで、あの台詞、「どうも貨幣には霊魂が憑いている」は本当に解読される。ではやってみよう。貨幣とは？

それがあることで、僕たちは何がなせるか？

ものが買える。

では、その購入とはなんなのか？

貨幣と、その〝もの〟との交換である。

なるほど。少し違った角度から攻めよう。僕たちは何を買っているのか？

それまでは持っていなかった〝もの〟である。

自分が所持していなかった〝もの〟を外から購《あがな》い、持っている状態にする。そのために貨幣が必要とされる。

なるほど、なるほど。だからお金がほしいわけだ。ところで横道にしばし逸れよう。もともと人類は、ほしい〝もの〟を外部に探し求めてきた。たとえば獲物を狩ることで、動かない獲物（食用植物、菌類、固着した貝類等）を採集することで。これを、人類はその定住の暮らしをはじめる以前は、野生資源の狩猟採集をしていたと言い換えられる。その歴史のある段階までは――人類は――揃って

「狩猟採集民」だったと言い換えられる。欲する〝もの〟はつねに外部に発見される、のであるから移動しつづける。このような人間社会は定住しない。ということは集住もしない。これも言い換えである。

ここからはフレーズをどんどん換言しよう。たぶんその先に道は拓《ひら》けるから。

では横道から還《かえ》る。

開拓に入ろう。自分が持っていない〝もの〟を手に入れる、は、ここにはない〝もの〟をそこから持ってくる、と言い直せる。ここは僕たちのいる場所であり、そことは僕たちはいない場所（の全部）である。つまり、ここでは〝もの〟は移動している。そして、移動させるパワーを発揮したのは貨幣である。

空間的な距離を無《ゼロ》にするもの、それが貨幣だと言い直せる。

しかし空間を問えば終わりか？

僕たちが、ここではラーメンにしよう、麺面閣《めんめんかく》の丹波《たんば》黒地鶏土鍋麺にしよう、それを今日の夕飯には要らないが明日の昼飯にはどうしても食べたいと考える。が、今日、この〝もの〟を獲得してしまったら、そういう所有物は冷める。麺がのび、たっぷりの九条葱《くじょうねぎ》もへたり、明日のお昼には確実に不味《まず》い。ところが、ここに貨幣を登場させれば事態が変わる。その貨幣で明日の昼時にその〝もの〟を購入する――これで万事解決する。

当たり前のことを言っているように思えるだろうか？

しかし狩猟採集民は、狩った際、採った際にしか、基本的にはそれ（獲物、食料）を口にできない。

つまり、貨幣は時間的な距離も無《ゼロ》にしうる。

言い換えよう。ここ＝現在には所持されていない〝もの〟を、そこ＝未来には所持可能としうる。

ところで時間を隔てて出現する存在は、何か？

過去にいて、現在《いま》はいない……はずなのに、出現する誰かは？

霊である。

死者がここに現われるのだとしたら、それは霊魂である。

また、そこ――遠隔地――にいるはずなのにここ――目の前――に出現する人物がいたら、それは生《い》き霊《すだま》である。霊魂である。

このような意味で、式部は、「どうも貨幣には霊魂が憑いている」と発言したのだろうか？

読み解きとしてはやや甘い気がする。詰めが甘いと僕自身感じるのでふたたび角度を変える。オペラの中身そのものに踏み込もう。三人は同一《おんなじ》である長財布を所持していたのだ。それは魔術的財布であったのだ。小野篁が、二島由紀夫が、そして紫式部も持っていた牛革製の長財布は、紙幣であれ硬貨であれ使用したぶんは補充された、自ずと。そうした超常の側面を観光客タカムラ・オノは「繁殖」だと感じた、かもしれない。僕はここでは貨幣の無限増殖と言い直す。さあ、オペラ『パンデミック』の主要人物三人にこうした財布を授けたのは誰だ？　もちろん台本作者《リブレッティスト》である。この僕である。この長財布、この魔術的財布、それを携えさせるのは（いわば）基本設定である。想像してほしい。三人は、わけても小野篁（延暦二十一年生まれ）と紫式部（生年未詳、しかし天延《てんえん》元年――西暦九七三年――頃か）は真にアウトサイダーである。現代人ではない。都に生まれたが京都市（Kyoto City）ではない、平安京なのである。そうした人間たちが、ぽんっとパンデミック下の現代京都に現われた、……さて？　ここでの問題は「どうしたら生きていけるか」である。

言い換えよう。

彼ら、真のアウトサイダーたちの生存は、どのように保証されうるか？

――貨幣がある（持たされている）という様態をもって、である。

なにしろ、それがあれば、ない〝もの〟は獲得されるのだから。

何かが非所有であっても確実に交換しうる、取得しうる。所有物に換えられる。よって生きのびられる。それが現代京都である。もちろん「それが現代京都である」なんて決め台詞は大雑把も大雑把で、痛いところは幾らも衝《つ》ける。が、大筋は謬《あやま》らない。だから言い換えに進もう。

それが現代京都であるとは、どのような一般的命題にまとめられるか？

「当世（の社会）は貨幣の不所持者を排除する」と、こう言い直せる。

これについては小説家の僕も過去ずいぶん考えた。発表ずみの何作品かで、僕は、「何も持たない」人間たちがこの現代でどうサバイブするか、を問うたのだ。たとえば記憶喪失の子供。どうしたら生きられるか？　結論としては「他者に養われる」しかなかった。なぜならば他者は、それ、貨幣を持つから。すると記憶喪失の子供が欲する〝もの〟を、授けられるのである。

子供は自給自足はできないのか？

だいぶシミュレーションしてみたが、できなかった。それが現代だった。

繰り返そう。やや換言を孕《はら》ませつつ、唱え直そう。一つの真理――「現代（の社会）は、貨幣を持たない人間を受容しない」と。これもまあ決め台詞だから、本当は「積極的には受容しない」に訂《ただ》したほうがよいが、ここではフレーズの鮮烈さを優先させてもらう。こうした状況が、なぜ、現代の、日本を含んだ世界の、すなわち地上の、ほぼ隅々にまで滲透《しんとう》したのか？　これには「資本主義が勝利したから」と答えられる。資本主義が大勢《たいせい》である、現在の地上（とは地球である）のなりゆきであるとも言い換えられる。どうして現在はそうなったのか？　なり果てたのか？

それには「資本とはなんなのか？」を問わなければならない。

なんなのか？

カール・マルクスの定義に拠《よ》れば資本とは運動である。資本とは、どんどん増殖しようとする運動である。増えたいのだ。自己を無限に増殖させたいのだ。だから止《や》まない。まずそこに貨幣があって（と、僕はマルクス経済学をここに記述するごとく理解しているのだが）、これ――その貨幣――がイコール資本だとする。その資本は商品を生産して、売る。この際に利益が、すなわち利潤が生じる。するとふたたび貨幣に転換した資本はその価値を増している。

増殖したのだ。価値は。

イメージを変えてみよう。資本は膨張したのだ。

この膨らんだ資本が、さらに商品の形《なり》を採り、さらに売却されて増殖し、さらに貨幣は増えている。すると、さらにさらに商品が……と無際限のその循環運動が続いている。こうした限《きり》のなさが要点なのであって、つまり、事実として終わらない。そうすると、どうなるのか？　そうすると、この世界――とは地上だ――を包み込んでしまうのである。

が、ここで簡単に気づける（かもしれない）ことだが、地上は有限だ。

かつ資本の運動は無限だ。

というクリティカルな相容《あいい》れなさが眼前にあるので、ひとまず横道に逸れる。この世界は地上だけか？　否、海上もある。そこに目を着けると現在のグローバルな社会の出所《オリジン》、あるいは爆発的な起点が見えだす。そのグローバルな社会はもちろんグローバルな市場と言い換えられるのだ。というか換言してこそ妥当なのだ。なぜ？　僕が「さあ、大航海時代を眺めよう」とここで促すと、きっと推し量れる。この時代は十五世紀から十六世紀、そしてこの時代にこそヨーロッパ人は続々と遠隔地を発見した。彼らの立ち位置（視角）から言い表わすと、たしかに「発見」していた。アフリカ大陸の最西端で、ベルデ岬を「発見」した。同じアフリカ大陸の、その最南端とされている喜望峰を「発見」した。この喜望峰を回ってインド亜大陸の西海岸に到達できる航路を見出した。いずれもヨーロッパの外である。圧倒的な外部である。そしてその外部に存在したのは？　内部にはない〝もの〟である。すると、その〝もの〟をここに運ぶ、ということが起き、ここの〝もの〟もそこに運ぶ、そして売るということが起きる。市場が誕生する。新たな市場、文字どおりの海外市場（海を挟んでの外部の市場）である。それからクリストファー・コロンブスがいる。イタリア生まれのこの航海者は、カリブ海諸島へ到達した、それこそが新大陸の「発見」および開拓につながった、とは誰もが知る。新大陸のその新は旧《ふる》い大陸にいた人間たちから見ての新だ、とも、僕はだいぶ前に解説した。いずれにしても、コロンブスがいて、そして航海者・探検家は続いて、中南米が調査された、北米が探《あなぐ》られた。北米大陸・南米大陸ともに外部である。アフリカ大陸の「発見」地よりも絶対的な外部である。それらはどうなったか？　征服された。植民地は誕生した。

植民地は、そこの資源をここに提供する。

ここには存在しない資源（絶対的な遠隔地の資源）は、新たな商品の開発につながる。

それからフェルディナンド・マゼランもいる。大航海時代の最後の主要人物。マゼランは地球周航を試みる。そして、これまた誰もが知っているが、成功した。

これは地球が球体であると実証したとも言い換えられる。その核心部はカタカナと英語で「ザ・グローブ・イズ・ア・グローブ（The globe is a globe）」とも言い直せて、地球《グローブ》は球体《グローブ》であるとルビを振れる。そうやって誕生した世界交易の市場、これがグローバル市場だ。

ちなみに、これもだいぶ前に同じ件《くだ》りで解説しているけれどもヨーロッパ人は日本も「発見」した。一五四三年、種子島、ポルトガル人の漂着。それがこの日本列島および日本人の「発見」である。この場面で鉄砲（火縄銃）が日本人の側に発見されている。鉄砲の伝来。

一五四三年から五十年前後さかのぼると、コロンブスが第一回の航海に出ている。

つまり、わずか半世紀しか経過していない。

その間《かん》に世界という名前の外部はこれほど拡張して、市場——グローバル市場——もただただ拡がった。

という事実は、何に好都合だったか？

資本とは運動である、との定義に好都合だった。

資本とはどんどん増殖しようとする運動である、との本質に益するところしかなかった。

ここにそこからの資源を持ち込む。新商品が生産されて、ここで、また、そこで売られる。この場合のそことは内部《ここ》ではないあらゆる外部《そこ》である。また、あらゆる外部《そこ》から内部《ここ》では求めることが叶わない〝もの〟が持ち込まれて、これが売却される。もちろん売る側は（手間をかけているのだから、その代価としての）手数料をとる。つまり利潤を得る。

資本は膨張する。

では横道から帰還だ。地球《グローブ》は球体《グローブ》であると実証された。資本は増殖することが事実、証された。だがその地球《グローブ》は無限の空間を秘めているか？

否。

資本の運動は、いっぽうで？

無限だ。

新大陸（北米大陸、南米大陸、オーストラリア大陸）は十五、六世紀にあった。二十一世紀以降、新々大陸――そして新々々大陸等――はあるか？　ない。空間的には、地上のフロンティアは尽きた。なのにどうして資本主義は膨らみつづけている（膨らみつづけてきた）のか、を、マルクス経済学は語れる。僕もまあ、自分が理解している範囲では約《つづ》めて記述できる。が、ここは空間のフロンティアに時間のフロンティアを対置させたい。僕なりに、僕の視角で。そのフロンティアとは、――現代日本語の語彙の内側《なか》で表現するならば、「すきま時間」である。

すきまとは隙間、そして〝隙〟のその一文字は、ひま、と読める。

これが資本の標的になる。

たとえば、一台のスマートフォン。それは、あらゆる〝隙〟を潰そうとして、事実潰す。

情報という商品で、それを可能にした。

あらゆる暇《ひま》な時間に、僕たちは情報を消費しているのだ。

それがゲームや動画であれ、物質的な〝もの〟として空間《スペース》を要求しないのであれば、情報である。

そして、これが時間的なフロンティアを消尽する。

その結果、僕たちには何も残らない。地上は蕩尽《とうじん》されて、もはや時間もない。

これなのだろうか？

空間を問い、それから僕は、時間も問うた。ここには——ここにも——霊魂は現われそうだ。現代は何もかもが無《ゼロ》になりつつある、と体感されるのだから。時間的な距離が本当に「ない」ことになれば、過去も、未来も、この現在《いま》にある（というか重なる）ことになる。空間的に眼前にいない他者とコミュニケーションが図れる時代は、例は挙げないでもわかるはず、とうに到来している。こうした事態のメタフォリカルな描出があの、「どうも貨幣には霊魂が憑いている」との紫式部の台詞か？

少し違う。と、いま僕には直覚された。

視角の転換がまたもや要求されている。かつ要るのは紫式部その人の視角だ。こう問うことから始める。彼女は何者か？　彼女は、日本における小説家の祖《おや》である。ではオペラ『パンデミック』内での彼女は何者か？　彼女は、現代日本社会あるいは現代の資本主義世界における真のアウトサイダーの一人である。そんな彼女が小説（フィクション）作りに臨むとしたら、どういうプロセスを踏む？　僕の仮定は「いま、ここで臨むとしたら」である。そのいまとは現代、こことは京都市内である。彼女は考える、あたしは、書けるのだろうか？　こう考える。彼女は想像する。この時代の物語に登場する人物は、要するに……現代人？　こう想像する。彼女は考察する。現代人にあって、あたしにないものは何？　こう考察して、いいや逆だった、とただちに否《いな》む。

あたしにあって現代人にないもの。それを考えれば事足りる。

「——これだ」と彼女は指し示せる。魔術的財布である。

彼女が持つのは、収められる硬貨を、紙幣を、使用しても使用しても自ずと補充がなされる財布である。それを持たない人間が、いまとここの小説に適した登場人物、言い換えるならば恰好《かっこう》のインサイダーである。と、こう彼女は思考（思考実験）の段階を踏んで、その推論は「現代人は財布を持っているが、しかし使用したら虚《から》になる」との事実を突きつける。

この空虚を彼女は見据えている。

なるほど。……つまり、この空虚に彼女は霊魂を宿らせた。

書かせてみよう。彼女に現代の女人《にょにん》を描かせる。紫式部じしんの人生を投影させると、その女性は寡婦である、となる。夫は結婚後三年ほどで病死した――致死性の感染症にやられた。稚《いと》けない娘を一人抱えていたのでシングル・マザーとなった。この女性の欲求は、何か？　財布が満たされつづけること、である。なにしろ自分のために〝もの〟を買い、娘のためにも〝もの〟を購入する、すると空虚が膨らむ。そこで貨幣を財布に補充して「満たしたい」のだけれども、貨幣を貨幣では買えない、そのための費用、すなわち貨幣がないからだ（という事実を記して紫式部はハッとした）。だったら何ができるのか。就労である。仕事に就けば賃金が発生して財布を――多寡《たか》はいろいろだが――貨幣で埋められた。この貨幣で〝もの〟を買う、しかも就労時間のあいだは娘の面倒を看《み》られないので、「看られる」状況にするための〝もの〟も買う。出費が増える。さらに労働する。あるいは転職する、というのも、報酬の多寡の多のほうを狙って、だ。その目的は財布を満たすことであって、いいや娘には将来もある、これは将来の「出費」である、かつ自分にも将来がある、老後のことも考える、だから目的は――端《はな》から変わっていないのだが――財布が満たされつづけること、であって、つまり、
貨幣は、使えば、消える。

しかし、どこかに、いる。

働けば、輪廻《りんね》して、戻る。

その、貨幣に憑いている本質を、現代人は追求している。

これだ。紫式部のその直観を、この筋道から把握するならば、僕にも代弁可能である。どうも貨幣には霊魂、——としか表現しようのない本質——、が憑いている。

この認識からの敷衍《ふえん》は僕にも、あるいは他の誰にだって容易だ。霊魂には幾種類もがある。いちばん大きな区分は生霊《いきりょう》か死霊《しりょう》であるか、となる。後者は怨《うら》みを残しているか否か、で分けられる。残していれば怨霊《おんりょう》となり、これは日本史的には間々《まま》「御霊」化する……した。パンデミック。疫病の本質は？　感染《うつ》ることであって、それは増殖なのだとも言い直せる。もしかしたらどんどん増殖しようとする運動なのだ（ウイルス感染が！）とも言い換えられる。就業と失業について考えよう。どうして就業するのか？　ある〝もの〟を所持したいと望むからだ。だから貨幣（賃金）が必要とされる。が、分析的に……もっと分析的に考えよう。僕たちの周囲には、十年前にはなかった商品がある。一年前にもなかった商品がある。僕たちはそれらを欲している。これはもう、真剣に、心底から欲していて、だから貨幣を——その種の〝もの〟との交換のために——欲している。そこで、二つのことが起きる。いいや二つから三つのことが起きる。それらは本当に欲されたのだから売れる。それらは本当に売れるのだから僕たちは（最低でも、それらを）購入可能なぶん、労働し了《お》えている。それらがそのように商品として優勢になっているのだから、一年前にあった商品、十年前にもあった商品は、市場で劣勢に立ち、もしかしたら市場からは消えている。となると、それらを生産する職（労働）も消えている。

ここで二つのことが問われる。

十年前、あるいは一年前には、僕たちはそんな〝もの〟をほしいとは思っていなかった。なのに、いまは、ほしい。この欲求のために労働している。

また、十年前、あるいは一年前に、僕たちが求める〝もの〟を生産する現場に働いた人間は、その現場が消失したのだから（ひとまず）失業している。新たに就業しなければならない。（ひとまず、この行為を命名するならば）転職だ。なぜ、そうまでして働かなければならないのか？　十年前にはなかった商品、一年前にもなかった商品を購入するためであって、……この段階で論理《ロジック》は呪われている。

論理《ロジック》が祟られている。

どれほどの怨霊がここにいるのかを具体的に感じてみよう。僕たちは失業しない現場にいなければならない。あるいは失業しても転職、転業を続けなければならない。どのような現場に移るか？　一年後にもある（と予想される）商品を生産する現場に、である。それは、実際には何をすることなのか？　一年前にはあった商品を、駆逐する商品を構想することである。一年より前は――この場合は――言うを俟《ま》たない。そして僕たちはわかっている。十年前にはなかった商品を十年前には欲していなかったように、一年後にはある（のかもしれない）商品をいま現在の僕たちは欲していない。それなのに構想する。それなのに構想し、かつ、たぶん（とは、ほぼだ）生産する。

失業しない現場にいるために、である。

言い換えるならば、一年後に備えていない他所《よそ》の現場を消失させるために、だ。

僕たちは、もっと周囲を見回そう。

半年前にはなかった商品がある。

三カ月前にはなかった商品も。

一週間前にはなかった商品も。

これは何か？　これは、貨幣に憑いている本質の命令であり、……いいや、その本質の脅迫だ。（現代文明の）技術革新は、商品開発を加速する。大丈夫、僕たちにはそれが無理でも、超人間であるＡＩがそれを代行する。そうした超人間は、それ自体がいま商品として求められている、だから開発される。そして、どうなるか？

僕たちには一分前すら、ない、という事態に陥る。

一分前すらない、という地獄に堕《お》ちる。

そして大半の僕たちは失業して、……貨幣の不所持者になる、……もはや現在《いま》の社会からは積極的には受容されない、という展開《シナリオ》は目に見えている。それなのに貨幣に憑いている本質を、その霊魂――怨霊そして御霊、パンデミック――を鎮《しず》めることも祓《はら》うこともしない僕たちは、あれなのだ。ここではシンプルに断じておこうか？　馬鹿なのだ。


人類は高等なのか、との問いを僕は以前準備した。高等生物か、本当に？

そんなふうに地獄に尋ねんとした。

ところが、地獄に答えてもらわずとも僕は、い、ま、こ、こで答えられる。下等だ。

なにしろ馬鹿なのだから、下等だ。

だが僕たちは「人類は高等生物だ」と信じている。もちろん構造的にはそうだろう。単細胞生物、たとえば繊毛虫《せんもうちゅう》の類いよりも人類は複雑である。複雑であることは高等である、と定義すれば高等生物である。しかし、知（識別力、思考力）においてはどうなのか。空間を無《ゼロ》にする、時間を無《ゼロ》にする、それから就業さきも無《ゼロ》をめざして、じき自分たちも無《ゼロ》にする。要するに自己抹消をめざしている。言い換えると、類としての人間——とは人類だ——の絶滅をめざしている。

愚かしい、と指摘できる。馬鹿だ。

にもかかわらず、「人類は高等生物だ」と信じている。

これは何を信じているのか？　絵空事を信じているのだ。

オペラ『パンデミック』のその最終場面、そこには謎が幾つか残ったけれども、紫式部の台詞（場面をドライブさせた決め台詞）に限定するならば、延々とここまで検討してきたに等しい「どうやら貨幣には霊魂が憑いている」に続いた台詞、それがまた謎めいている。紫式部は、言った（歌った）のである。「この現代は、絵空事ばかりに満ちてはおりませんか？」と小野篁に尋ねたのである。「フィクションで？」と問うたのである。僕は、これはなんなのだとも感じた。いったいぜんたい、何を言っているのだと。しかし——もう、これはなんなのだとは感じていない。この現代は、ライッ(right)、絵空事に満ちている。人類は高等生物だ、との絵空事。それゆえに滅びない、とのフィクション。

式部の台詞は、ライッ《そうなのだ》、解読された。謎の二番手が。

他の謎は？　三島由紀夫の最後の歌唱はどうだ？　重唱内のあのテノール、「金閣寺へ——金閣へ——この現代を問いに」は？

金閣寺は鹿苑寺である。

金閣は鹿苑寺の舎利殿である。

この現代を問う、に関しては、僕はここでやった。謎はない。「この現代」には「貨幣に霊魂が憑いている」のであって、さらには「絵空事ばかりに満ちて」いるのであって、この問いを問う、すると出される答えは、「地上は地獄に」堕《だ》するに価する、だ。

そこで小野篁の出番となる。

しかし幕は下りている。

すでに。

だとしたら。


誰が裁いたらよいのか？


絵空事に戻ろう。そしてフィナーレにはしっかり向き合ったのだから、今度はオペラ『パンデミック』の開幕の、その直前をも顧みよう。開演前。そこにはシンプルな考察があった。考察は極めてシンプルに衍《ひろ》がった。

まず、戻るのは「人類は高等生物だ」との絵空事だ。もちろん。

それから言い換えだ。

人類は高等生物、を、高等霊長類、とも表現する。

霊長類ちゅうのトップだとの自負だ。

疑問符はつけられる（トップだって？）。が、まあまあ許容範囲ではある。

しかし、もっと言い換えられる。人類は高等生物、を、万物の霊長、と。

「人類は万物の霊長だ」だ。

この言葉を解釈しよう。霊長の〝長〟がトップである。だから霊のトップだと言っている。

ここでの霊は、霊妙な力、の謂《い》いである。

その「霊妙な力」とは知能のことだから、ふたたび難じるのはたやすい。しかし、霊妙という語《ことば》そのものをさらに釈《と》けば、それは霊魂由来の、霊、だ。あるいは霊魂に通じている、霊、の一字だ。さあ、だから、またもや霊魂の出番だ。さっきまでとは異なるアプローチで、かつ、オペラ『パンデミック』の開演直前に引き返して、こう問う。霊魂はいつ誕生した？

人が……人類が、埋葬（葬儀）を行なうようになってから、誕生した。

それでは、どうして埋葬した？　そもそも？

死体（死人）だけは、他のゴミと別《わ》けなければと考えた、それゆえ、そうした。

それでは、どうしてそんなにゴミが出た？　そもそも？

人が……人類が、集住を始めたから、そうなった。言い換えると、定住したから。

それでは、集住して、廃棄物が増えて、霊魂の他に何が生じた？　たとえば？

感染症。

感染症の帰結は？　たとえば現代に照らすと？

パンデミック。

それでは、集住の、その他の帰結は？　起点を〝家〟とするならば？

国家の誕生。

そうだ。人類の、集住のその究極形が国家である。さあ劇評に還ろう。応仁の乱だ。

オペラ『パンデミック』は応仁の乱を、こんなもんじゃない、と歌った。応仁の乱はこんなもんじゃない、畠山《はたけやま》氏の家督争いだけじゃない、そんなもんじゃあ終わらない、コケッコーと歌った。東軍と西軍というのが出る、とはわかった。これは幕府（室町幕府）の二大勢力の対立を背景とする。しかしそれだけでもない。将軍の継嗣《あとつぎ》をどうするか、の問題も絡む。それだけでもない。そもそも将軍家の内部抗争というのが関係し、あとは斯波《しば》氏の分裂も関わった。以上の説明で伝わるのは、結局「わからない」ということだと感じる。応仁の乱はこんなもんじゃないが——コケッコー——どんなものなのか？　だから僕が整理する。

鍵《キー》は国家である。

国家には中心がある。しかし、日本には、武家政権である幕府と公家《くげ》の政権（朝廷）がある。二つの中心があって、鎌倉時代には「日本国」の中心は鎌倉および京都にあった。だが室町幕府は京都を拠点とした、ということは、ふたたび中心は一つに戻っている。本当にそうか？　応仁の乱が東西の両軍のあいだで争われた……とは、やはり二分裂を想像させる。しかし確認しよう。ある夫婦に注目しよう。室町幕府の八代将軍、足利義政《あしかがよしまさ》とその正妻、日野富子《ひのとみこ》である。合戦の勃発時、義政は東軍に味方し、いっぽう妻の富子は西軍に与《くみ》した。となると見事なまでの二分裂で、かつ過激な分裂なのだけれども、どうしてこの夫婦はそうなったのか？　義政と富子には、子ができなかった。だから義政が、弟（足利義視《よしみ》）を——養子に迎えて——後継に定めた。が、翌《あく》る年に富子が男子（足利義尚《よしひさ》）を出産してしまう。この「してしまう」という文末が衝撃的で、結婚十年めにして、ふいに、だの、藪《やぶ》から棒に、だの、降って湧いたように、だの、そんな感じで実子が得られたのである。

富子は、息子に将軍職を襲わせたい、と望む。

もちろん義政は、それはちょっと、と拒む。

という亀裂が応仁のその大乱を出来《しゅったい》させているのは事実で、となると、将軍権力に焦点を絞れば「わからない」ものが「わかる」のだと誤認される。だが公家権力があるのだ。幕府があるのならば朝廷があり、将軍家があるのならば天皇家があるのだ。そこを注視すると、やや「わかる」。応仁の乱が始まった、この時、天皇家はどうしたか?

当時の上皇、これは後花園《ごはなぞの》上皇である。

天皇、これは後土御門《ごつちみかど》天皇である。

この両者は、応仁の乱が始まったら、足利将軍家の邸宅に移っている。避難したのだ、そこへ。

言い換えよう。足利将軍家の邸宅が内裏《だいり》になったのだ。

かつ、後花園上皇は院政を布《し》いていたから、院の御所《ごしょ》（仙洞《せんとう》）も将軍家のこの邸《やしき》であるとなった。

武家政権の拠点、公家政権の核《さね》、それが——ここで——一つになった。

国家としての日本の中心が。

「日本国」のその中心は、京の都のある一地点（とはいえ東西一町、南北二町の規模）に定まったのである。

その将軍家の邸宅を室町殿《むろまちどの》、または室町第《だい》と呼ぶ。また花の御所ともいう。

花の御所としよう。

花の御所に、将軍が、天皇が、上皇が同居した。

後花園上皇は、応仁元年——西暦の一四六七年——のうちに、花の御所に移ってから出家した。後花園法皇である。

花の御所に、将軍が、天皇が、法皇が同居した。

繰り返す。「日本国」の中心はその一地点である。

応仁の乱は何年続いたか？　十一年間だ。

応仁元年、将軍は足利義政である。

その六年後の文明《ぶんめい》五年、将軍は足利義尚である。日野富子との間の実子である。

次期将軍のはずだった足利義視——義政の実弟——は？　富子に斥《しりぞ》けられて、しかも富子は（応仁二年の時点で）もう西軍に与していないので、義視は（応仁二年の時点で）西軍に走った。かつ将軍に擬せられた。

ところで後花園法皇だが、文明二年に没した。これは花の御所で没したのである。

だが、まだ、天皇がいる。花の御所には後土御門天皇がいて、譲位もしない。

繰り返す、そこは「日本国」の中心、——中心地（地点）である。

そして文明八年、この中心地は焼ける。

応仁の乱の、ちょうど十年めに。

鍵《キー》は国家だったから、その国家には中心があるのだから、このフレーズが「（その国家には中心が）あった」に変わる際、必然の崩壊が起こる。ここもやはり、その夫婦に注意を払おう。前《さき》の将軍の足利義政、その正室の日野富子である。義政は、幕政にはタッチしていない、では誰がタッチしたのか？　実子・義尚はまだ幼い。そこで富子が、また富子の兄（日野勝光《かつみつ》）が幕政を握る。が、兄・勝光は花の御所の焼失の五カ月前に没した。わずか四十八歳。そして文明九年には、これは応仁の乱の終結のほんの四カ月ほど前だが、富子は公家に、武家に「銭を貸して、利息をとる」ということをやりはじめる。高利貸しである。そうした阿漕《あこぎ》な商売が成り立ったのか？　成り立った、なぜならば、応仁の乱は数多《あまた》の公武――権力の両サイド――を困窮させていたから。また、日野富子はもう長いこと東軍に属していた、そうであるにもかかわらず東軍西軍のどちらにも――陣営の両サイド――銭は貸した。これは二分裂を連想させない。むしろ高利貸し（高利貸し資本）によって、当時の「日本国」を悲惨さでつないでいる。かつ日野富子は自分自身を膨らませている。徹底的に金《かね》に執着して、富子を富ませている。膨張、増殖。富子はどんどん増殖しようとする。その私腹の肥やし方は圧倒的である。

富子は事実上の独裁者である。

富子は文明十三年には義政と別居する。

将軍夫婦（元将軍夫婦）の別居は前例がない。これは二分裂である。

文明十五年、富子は実子・義尚とも不仲になる。つまり現将軍と仲違いをして、室町幕府の二分裂である。まず夫婦がいた。それが裂けた。それから母子《おやこ》がいた。これも分かれた。分裂は完成した。いいや、まだか？　延徳《えんとく》元年、これは一四八九年だけれども、その三月に義尚は病没した。まだ二十五歳の若さだった。この事態を受け、義尚の父――にして日野富子の夫――の足利義政がふたたび政務を執る。が、まる一年も執れない。延徳二年一月に病没した。すると、将軍というのはいなければならない、室町幕府の十代将軍は存在しなければならないから、足利義材《よしき》がそうなる。これは、日野富子に排斥された足利義視（義政の弟）の実子である。しかし、初めは富子はこの義材を推す。が、義材のほうは富子を「支持したい」とは考えない。将軍になるや、この独裁者――元独裁者――をどんどん斥ける。当然ながら富子の不満はつのる。また、将軍（足利将軍家）の絶対的権威が回復されることを望まない武将もいる。応仁の乱では東軍を率いていた細川勝元《かつもと》の子、細川政元《まさもと》。有名無実の――すなわち「名前はあるが実質はない」将軍を、この政元は求める。いいね、と日野富子は賛同する。クーデターの容認だった。

足利義材は襲撃される。

将軍職を追われる。幽閉される。

傀儡《かいらい》の将軍が樹《た》てられる。

そうして誕生するのは細川政元政権であって、これが明応《めいおう》の二年、西暦換算だと一四九三年。ついに、と言っていいのだろうか？　日本には中心が、ない、と見做《みな》される。当の日本人たちに。続いたのは「下、上に剋《か》つ」の時代である。下剋上。国一揆が起き、戦国大名たちが生まれる。――そこには中央政府はないに等しいのだ。

これを国家が消滅したと言い換えよう。日本列島から国家が消滅した。起点と終点をそれぞれどこ（いつ）に設定するかで、何十年失《う》せていたのか、あるいは百年をやすやす超えるのか、の読みが変わる。僕は一四九三年を起点だと見定めたわけだ。そして転換点は一五四三年である。一五四三年、種子島、ポルトガル人の漂着。それがこの日本列島および日本人の「発見」である、ヨーロッパ史の視角からは、と、これはもう説いた。一五四三年とは日本側の暦では天文《てんぶん》十二年である、とはだいぶ前に説いた。僕は、こう書いている、「これは鉄砲の、火器の伝来だった。堺《さかい》の町がこれを大量に生産する。その堺の町――自治都市だった――を織田信長が直轄地にする。そして天下統一をめざす」。

織田信長の天下統一、その第一歩は？

　足利義昭《よしあき》を将軍に擁しての入京だ、と言える。

入京、つまり京都に現われることだ、と。信長が。

永禄《えいろく》十一年、一五六八年のことである。

　ひとまず僕はこれを終点だと見定め、ミニマムな期間を弾《はじ》き出す。日本列島に国家がなかったのは七十五年間である。しかし天下統一の（実際の）完成は豊臣秀吉の、小田原征伐だから期間はもっと延びる。あと二十二年は延長されるだろう。が、この論において秀吉はどうでもいいのだ。誰よりも信長なのだ。僕はこう書いている、「信長の力（武力）の源泉は、説明は不要だろう、鉄砲隊だ。大規模な鉄砲隊の活用、運用」——と。そして二、三、いま付記する。鉄砲が伝来して、その試し撃ちに励んだのは足軽たちである。あの足軽たちだ。それから、鉄砲というのは火器である。火薬の兵器だ。最後に、日本はこの頃、世界一の鉄砲生産国である。世界一だ。

　不用意に生産国と書いたけれども、この論の流れだと〝生産地〟が適切だろうか？

だが織田信長が、それも〝生産国〟と言い換えが可能なように、した。

する。

　さて。まとめる。ふたたび「日本国」が生まれるのは、足軽、火器、そして大航海時代のおかげだ。

どうだ？　悦《よろこ》ばしい……か？

　僕は、無惨さにつらぬかれる。

　というのも、（これを最後の言い換えにしたいという思いはあるが）当時この列島が世界一の鉄砲生産地だった、とは、世界最大の武力の供給地、および武力の行使地だったと容易に言い換えられるから。この日本は、当時そうしなければ国家を持てなかった。かつ、近代を経由した現代、すなわち現在こういう憲法を持っている。ラディカルだと（僕が）評価したこともある憲法の条文を持っている。もちろん第九条だ。――国権の発動たる戦争と、武力による威嚇又は武力の行使は、国際紛争を解決する手段としては、永久にこれを放棄する、だ。読み解こう。国家としては戦争はしないと言っている。国家間では争わないと謳《うた》っている。もしかしたらオペラ的に高唱している。その歌唱の、その歌詞の、しかしながら真意は？　――国家以前の段階であれば、〝武力〟は永久にこれを放棄しない、であった。その歌詞の、その真意、その無意識は？　――内戦であれば、〝武力の行使〟は永久にこれを放棄しない、であった。内戦、それはここでは「列島内の戦争」の意と（も）なる。

僕は皮肉を口にしている。いま。

惨《みじ》めだ。最高に無惨だ。劇評はこんなところへ来た。逃げたい。僕は、いま、頭が痛い。このオペラの第二幕第二場に関しての「雑記」を綴りはじめてから、いったい何日が経過した？　というか今日は何日だ？　何月の何日だ？　今年は何年だ？　今年、という言葉が頭に刺さる。今年はいつだと尋ねたのはタカムラだったか？　それともあの冥官《みょうかん》は今年は今年かと訊いたのだったか？　僕が、今年、とコンピュータの鍵《キー》を叩いて綴っているこの文章は読者には何年に読まれる？　それは今年か？　それも今年か？　それは和暦か、西暦か？　違う、違う。頭にノイズが多い。いまはコロンブスの第一回航海が一四九二年で、上陸した〝新世界〟の島――キューバ――を日本《ジパング》と信じ込んで、みたいな挿話をここに嵌めようとしてしまった。論に集中しろ。論？　だが一四九二年に幻の「日本国」がカリブ海に「発見」されてしまって、だから本物の「日本国」は翌年にこの東アジアの列島から消滅した、は魅力的な論だろう？　違う、違う。違う。もっと国家の消滅そのものを考察しよう。その普遍的な論。日本史と世界史を見渡そう。そうだ世界史だ、消える国家は数多い、しかしヒントが二つある、まず第一に、オペラ『パンデミック』の第二幕のその第二場で応仁の乱は三島由紀夫に、全方位に展《ひろ》がっている水面のスクリーンに投影される映画、として認識された、そして第二に、僕はフランシス・フォード・コッポラの監督作『地獄の黙示録』をオペラ的な映画である、オペラ的な戦争映画であるとこの文章で評して、それに並ぶのはエミール・クストリッツァの監督作『アンダーグラウンド』であると書いた。さらっと書いて、挿《はさ》んでいる。その『アンダーグラウンド』とはどんな映画か。いや、クストリッツァとは誰か。ユーゴスラビアの出身者である。では、ユーゴスラビアとは何か。消えた国家である。ほら。ここだ。連邦国家として一九四五年に誕生を宣言して、一九六三年にはユーゴスラビア社会主義連邦共和国と国名を改めて、一九九一年から続々、その連邦から地域(「国家」)が独立を宣言して、内戦が続いた、これは東西冷戦後で最大の民族紛争だった、僕もリアルタイムで報道に触れつづけていた、しかしセルビアとモンテネグロは連邦に残った、だが二〇〇六年にモンテネグロも連邦から離脱した。

ユーゴスラビアは消滅した。

クストリッツァ監督の『アンダーグラウンド』はセルビアの首都、ベオグラードを舞台とする。そしてユーゴスラビアの誕生、崩壊への道程《みちのり》をまるまる描いている。内戦とは国家を消滅させる企てだ。作中、複数の言語も飛び交う。そういう映画の評論をここに、いま、挿入しようか? 誘惑に駆られる。だが頭が痛い。懸命に僕は考える、考えている、それも日本列島からバルカン半島(バルカン地域)へ、十四、五世紀から二十世紀、いいや今世紀(二十一世紀)へと考察しているのだけれども、頭は、たまらない、痛い、たまらない。割れるように痛いので頭蓋がじじつ割れているのではないかと感じる。頭蓋？　頭蓋の、内側《なか》、そこに幻聴がある。幻聴？　そんなものはないぞ、もしも幻聴を幻聴だなんて分別《ぶんべつ》したら物語はもう書けないぞ。どんな虚構（フィクション）も。だから僕は、聞いた。

──コミック評をやれ、とそれは言っている。どういうことだ？

──お前の指で掘れ、ともそれは言っている。掘れって、何を？

──彼女をもてなせ、ともそれは言う。彼女？

いずれにしても映画評は不要なのか、『アンダーグラウンド』評は、と僕は、そこには納得して、だけれどもコミックって漫画《コミック》か？　とも不審に感じて、しかしそれよりも劇評（とはオペラ『パンデミック』評だ、当然ながら）を閉じるに当たって、解いていないし検討もしていない謎が一つ残った、と自覚する。紫式部は歌ったのだ、火で火は消えぬ、と。それはいったい。だとしたら。

水？

閉幕だ。

何泊することになるのか予想もつかない。だからこそ荷物はたいして持たない。着替えはどうにでもなる。そんなのは現地で買えばいい。京都にはなんでもある、たぶん。とはいえ躊躇《ためら》わずになんでも買えるか？　この点を考慮して、女性の衣類一式というのは東京から携えることにする。妻のものをだ。結果的に嵩《かさ》ばる。防寒用の上着も要るんじゃないか、こう案じたからだ。僕の妻は小柄なのだけれども、そこのところは案じていない。とはいえ靴のサイズだけは気になった（女性用のゴム底の靴を僕は携えた）。また、ブラは準備しなかった。新幹線には品川駅から乗る。指定席、普通車、窓ぎわ。一人旅というのは一カ月に二度ほどするが、たいがい画面が十五インチのラップトップ・コンピュータを携行し、資料本を数冊、ノートと筆記具、さらに着替えを数日ぶんバッグに詰めるので、今日とはだいぶ雰囲気が違う。今日、携えているのはサブのマシンの十三インチのコンピュータだ。軽いし薄い。それと本は二冊に絞られている。が、二冊はともに大判である。一冊は、縦が二十五センチ弱あって、横は二十二センチ弱。もう一冊は、縦が二十五センチ強、横が十九センチ強。どちらも重いし厚い、ただし前者は硬表紙《ハードカバー》で後者は軟らかい。そこに差がある。

前者は東京都美術館で行なわれた伊庭靖子《いばやすこ》展『まなざしのあわい』のカタログである。二〇一九年の七月二十日から十月九日まで開催されていた、画家の伊庭さんの大規模展の図録。

後者は二〇一一年十一月二十五日に日本で刊行（奥付に拠《よ》る）されたコミックである。わざわざ「日本で」と表現したのは、著者がフランス国籍だから。そして「コミック」と形容したけれどもバンド・デシネ（フランス語圏の漫画）だから。しかしここではコミックで通そう。そして著者はフランス国籍だと解説した、だけれども、その事実よりもユーゴスラビアの出身者なのだとのプロフィール面を強調しよう。セルビアの首都、ベオグラード生まれ。父親がボスニア人で母親がチェコ人。名前はエンキ・ビラル。コミック作家（漫画家）だが映画監督でもある。ビラルの監督作は僕は全部観ている。が、ここではコミックだ。その大判のコミックは題名が『モンスター』である。

新幹線が新横浜駅に到着する。

乗客を降ろして、乗せる。

発車する。

隣席に人が座らないことを確かめてから、ノート、筆記具、そして『モンスター』と広げる。

できれば八百字ほどでこのコミック評をやろう。そのために昨日まるまる読み返した。しかし頭には入り切らない。というのも、氾《あふ》れるのだ、豊饒すぎて。だから新横浜駅を過ぎてから半時間ほどは冒頭を再読する。実際には再々……々々読か？　この『モンスター』のオリジナルは三度に分けて刊行されている。僕が手にしている『モンスター』には表紙に――また奥付にも――「完全版」とあり、またビラル自身が日本版のための序文で「モンスター三部作」と表現している。要するに三部作なのだ。かつ僕が読み返している冒頭は、第一部の冒頭でもあるのだ。その第一部は一九九八年に出た。日本でも出た。そして三部めは二〇〇六年、翌〇七年と二冊に分かれて刊行された。日本では出なかった。第二部も出ていない、だからこそ「完全版」が二〇一一年十一月に出る、わけだ。ビラルは、のっけからボスニアの詩人の文章を題詞《エピグラフ》に用いる。そしてビラルは……と書きながら、どうも僕は不遜だなと思う。呼び捨てでいいのか？

伊庭靖子とは面識があるから伊庭さんと書いた。

エンキ・ビラルとも一面識はあるからビラルさんと言いたい。

そうなのだった。僕は消滅した国家の出の人間と、対話をした経験を持つ。

が、『モンスター』の序盤を咀嚼しつつコミック評に入る。時は、二〇二六年。ところは、地球《グローブ》の諸都市、諸地域。が、しかし一ページめにあるのはボスニアの首都、サラエボの夜空で、同じページの下側にニューヨークの齣《こま》がある。ニューヨークは物語内のその今年、二〇二六年だ。けれどもサラエボは回顧されていて一九九三年だ。その一九九三年が今年であるサラエボは？　いわゆる〝ボスニア内戦〟下にある。そこではスラブ人のイスラム教徒・セルビア人・クロアチア人（がボスニア、正式名ボスニア・ヘルツェゴビナを構成していて、そのボスニア・ヘルツェゴビナ共和国がユーゴスラビアという連邦国家を構成していた六つの共和国の一つなのだった）が三《み》つ巴《どもえ》の戦闘を展開している。サラエボはボスニア軍に包囲されている。そのサラエボの病院に三人の子供（全員が孤児《みなしご》）がいて、これらが主人公である。だが一人に絞るならば最年長の——わずか一日年長だったり、たった八日年長だったりする——記憶の専門家が主人公である。この男は二〇二六年現在、記憶調査の第一人者となっている。つまりハードボイルド調（推理物、探偵物）であるわけだ。しかしながら一人に絞られた主人公は分裂する。どうして？　複数のアンドロイド／レプリカントが登場するから。この二〇二六年の地球《グローブ》は「人間をデジタル化する」技術をとうに手に入れているのだ。というわけで『モンスター』はSFで（も）ある。その記憶の専門家ら、主人公たちは何と対決する？　たとえば歴史修正主義、――思想と科学と文明、そして記憶とをまるごと抹消しようとする勢力と。反啓蒙主義《オブスキュランティズム》の軍勢（ミニ軍事国家）とだ。ここで批評のまとめ、その一。いわゆる〝ボスニア内戦〟ではいわゆる〝民族浄化〟が行なわれた。敵対する民族――民族ってなんだ？　なになに人ってなんだ？――を集団殺戮と強制移住をもって殲滅《クレンジング》する試み。それは「民族の歴史、記憶」まるまるの洗浄《クレンジング》である。つまり記憶の専門家はこの無惨さに抗っている。

と書いたところで八百字に到達する。

しかし異なる側面も評したい。ゆえに批評のまとめ、二つめ。このコミックは第一部が一九九八年に発表されて、その時点で二〇二六年の世界を描いていたのだから、ジャンル的に分類すれば近未来ＳＦで（も）ある。しかし未来は、ほぼロジカルに現在に追いつかれる。そして第一部を発表した三年後、エンキ・ビラルは反啓蒙主義《オブスキュランティズム》の軍勢（ミニ軍事国家）的なもののアメリカ攻撃、すなわち二〇〇一年の同時多発テロに直面して、想像力で描いたもの＝フィクションが、現実を吸収した、あるいは現実の側に吸収されたぞと感じて、『モンスター』のその後（の展開、構想）を変更する。ここで著者ビラルは、近未来から遠未来にまなざしを投げる、焦点を切り替えた。つまり、現実の側に吸収されるよりもフィクションが吸収する側に回る選択をした。それが、現在のエンディングである。

ビラルさん、と呼びたいのだった。二〇一二年三月十八日、曜日は日曜、に僕はビラルさんとフランスの首都のパリで会った。さっきは一面識と書いたが気持ちとしては、また実際の体験としても、もっと深い。国際ブックフェア内のおんなじシンポジウムに登壇した。僕はこの時に『モンスター』（完全版）を読んでいたし、ビラルさんの監督作もすでに二本観ていた。だから興味深い会話はできるだろうな、と想像した。予想だにしていなかったのは、その前月、僕の小説の初めてのフランス語訳が出版されたのだが、これをビラルさんが読んでいたことだ。僕のは、二十世紀と軍用犬の小説（フィクション）だった。そしてビラルさんの『モンスター』は、二十世紀から二十一世紀、かつ遠未来に橋を架ける漫画（フィクション）だった。そしてビラルさんは、僕の小説、日本語の原題は『ベルカ、吠えないのか？』という、を高評価した。僕にじかに告げ、かつ聴衆の前でも賞讃した。それは……それは……ほとんど純粋に驚かされる出来事だった。むろん歓《よろこ》びではある。まるっきりの歓喜だ。しかし、いま、僕は想うのだ。

いま、新幹線に乗って。

じき名古屋駅で。

膝のうえで『モンスター』が紐解《ひもと》かれていて。すーっと了解するのだ。事態を。事実を。僕の虚構（フィクション）は、ユーゴスラビアという消滅した国家の出身者の頭に、入ったことがある。

それはどういうことなのか。

何と何がつながれたのか。

――「名古屋のつぎは、京都に停まります」と誰かが言った。いや、それは単なる新幹線車内のアナウンス。しかし女声だ。そして僕の頭蓋の内側《なか》の人声《じんせい》は？　男声だ。一つは、果たした。コミック評は八百字プラス三百五十字弱で、ちゃんとやった。だとしたら僕の頭蓋の内側《なか》に残っている未達成（の指示、その任務）はあと二つ。今度はたぶん十三インチの機械《マシン》の出番だし、それ以外の携行物――臨時の携行物――の全部の出番だ。新幹線は、もう滑り出している。名古屋駅から。またもや隣りの座席は空《から》。僕は、京都駅までは三十分程度だっけ、と考えながらカーテンコールを想う。

オペラは閉幕した。

が、喝采が続けば出演者や指揮者はふたたび登場する。たとえば幕前で、一礼し、あるいは二礼、三礼するのだ。似たような体験は僕自身にあって、僕は劇作家でもある、商業演劇に嚙んだこともある、しかもアイドルと呼ばれる人物が主演した。そういう作品の上演初日、客席で鑑賞していたら終演時には拍手喝采、そのままカーテンコールが始まって、これは想定外だったのだが僕もステージ上(の俳優たち)から招《よ》ばれた。

出ましょうよ、ステージへあがりましょう、と。

だから客席から登っていった。照れた。しかしながら、出演者たち、演出家、そうした面々と舞台《そこ》で交わるのは感動的だった。と同時にマジカルだった。自分はいま、観たばかりの劇の、登場人物たちと交流している。つまり現実の側から、僕は、虚構に融《と》けにいった。

舞台芸術にはそれができるのだ。

オペラにもそれができるのだ。

信じようと信じまいと。できる。信じろ。

声は、「お前の指で掘れ」と言った。「彼女をもてなせ」と言った。京都駅。そこから地下街へ。烏《から》丸《す》線《ま》の乗り場へ。その地下鉄の車輛(国際会館ゆき)に乗り込んで、僕は思い出す、一月だ、僕は乗降用の扉のかたわらに立っていた、そこに広告があった、しかも伊庭靖子との名前もあったものだから驚いた。それは京都美術文化賞(受賞記念展。京都文化博物館にて)の宣伝パネルで、その賞の洋画部門の受賞作家が、伊庭靖子、だった。伊庭さん。しかし今回は同様のパネルはない。当たり前だ、その記念展は二〇二三年一月二十日から二十九日までの開催で、いまは二〇二三年一月二十日でも二十九日でもその直前の時期でもない。あれから……何カ月が……経過した？　一年未満？　あの時は冬だった。今日も冬だ。

その受賞記念展は観て、伊庭さんに感想も伝えた。

地下鉄は五条駅に到着する。

乗客を降ろして、乗せる。

発車する。

伊庭さんは、二〇二三年（は今年なのか？）には東京で、秋、二つの個展を同時開催した。正確にはこれは、ほぼ同時開催だな、恵比寿のギャラリーで新作展が、九月九日から始まって、大崎のギャラリーで回顧展が、九月十九日から始まった。終了はどちらの展示も十月十四日。僕は九月、十月とそれぞれを二度ずつ鑑賞した。烏丸線に乗り、いま移動しながら顧みるのは、恵比寿のギャラリーの風景画（一点）であり、大崎のギャラリーの映像（一点）である。画家の伊庭靖子について、以前、僕はどう解説したか？　まずモチーフを写真に撮って、そこから油彩を描いている。つまり、一、写真＝現実から、二、絵画＝作品へ、の流れがあると説いた。それと『まなざしのあわい』展に出展された映像、ランダム・ドット・ステレオグラムを説いて、伊庭靖子は映像をやっていても画家だ、光の粒子で何かを描いているのだからとも言った。この画家の〝現在〟を僕はふり返っている。

恵比寿の、もっともサイズの大きい新作、それは風景画だった。

その風景画も、写真を撮影し、その写真を修正するところから制作がスタートしている、と僕はギャラリー・オーナー（この文章の冒頭でも言及した人だ）から聞いた。そして今回、風景を撮るに際しては赤外線フィルターを通したのだ、とも。そんなことをしたら、どうなるのか？　モノトーンで撮られるらしい。緑色は白色に変わる、というか光るらしい。またシャッター速度が、二十秒ほどになる、すなわち一枚の写真が二十秒ほど（の経過時間）で構成される。

　その風景には二十秒が凝縮されている。

　その凝縮を伊庭さんは修正する。弄《いじ》る。

　そして一枚の油彩を生む。

　風景画を。

　ということは、いったいそれは、何の風景画なのか？

　それと大崎の、ランダム・ドット・ステレオグラム、巨《おお》きな映像作品。これは二〇一九年の展覧会──COVID‐19出現のその前月に閉幕した──に出されたものとは違う。二〇二二年の作品である。僕は、『まなざしのあわい』展では、その3D画像をきちんと認識できたのか、やや怪しい。が、今度の映像はそうではない。つまり訝《いぶか》しさはない、それは立体として出現した。交叉視《こうさし》は容易だったということだ。が、この点は僕の功績というよりも（伊庭さんから展覧会のオープニングで直接聞いたのだが）性能のあがった映写機《プロジェクター》がおおいに関わるのかもしれない。しかしともかく現われた。

　その映像も風景だった。

恵比寿の風景画もむろん風景だった。

伊庭さんの作品に何かが現われる時、僕は、「何かが発見される」と直覚する。感覚、体感する。

要するにその感覚は僕を駆動している。ほら、五条駅のつぎは四条駅だ。降りよう。

四条駅は阪急電鉄の烏丸駅とも地下構内でつながる。しかし地下に用事は、もう、ない。……いや。

真実の地中への用事はこれからだ、と僕は了解している。しかし先に地上である。そこは烏丸四条の界隈、あるいは京都人は「四条烏丸」とこの辺を呼ぶのかもしれないが、よそさんの僕には違いは不明瞭である。賑やかな地域だ。ビジネス街だ。そしてメガバンクの京都支店と証券会社のそれも集まっている、だから金融街か？　資本、とは連想した。資本主義の資本だ。マネー、マネーと歌いたいなとも思った。しかし歌わず、四条通を西へ入《い》った。ひと区画。室町通を上がった。徒歩一分いいや二分。マンションの敷地があり、遺址《いし》がある。遺址のようなものがある。井戸の地上部のようなものがある。そこに「ある」ことを、それが「ある」ことを僕は把握していたから来た。ここは目的地だ。この目的地はどう名づけられて、どう説明されている？　遺址（のようなもの）には金属のプレートが嵌め込まれていて、解説する、これは菊水の井跡である、ここには室町時代、夷（えびす……とは福神のことか？　よもや、東方の異民族？）を祀《まつ》る神社があった、その社殿の隅には名水の〝菊水の井〟があった、そして時《いま》は現代、神社の跡地にマンションが建てられんとし、そこに旧《ふる》い井戸が発見される、井桁の組み石には「菊水」と彫られている、まさに〝菊水の井〟である、というわけで、それら（組み石など）も利用して、遺址《これ》は建立された。

　ここだ。

　ここを掘ろう。指で。

　荷物を下ろし、コンピュータを出す。コンピュータの電源を入れる。起動させる。筆記具《エディター》を起こす。白い画面が出る。キーボードに両掌《りょうて》をのせる。そして鍵《キー》を押す。ローマ字変換だからＢＯと押して、ぼ、ＫＵと叩いて、く。このようにして僕は掘る。

僕は僕の指で掘る。その井戸を掘る。そもそも贋《にせ》ものの遺構だ、その下には井戸はないぞ。なかったぞ。という史的事実を踏まえて、掘る。こういう行為をふり返る人間は路上にはいない。京都市中京区の室町通の路傍には。しかし掘る。指よ指よ指よ、僕の指よ。血にまみれるな、水にまみれろ。

水は噴く。

とうとうだ。噴出して、井戸は再生した（一度めの井戸があった場所ではないのに？）。僕は、括弧内の疑問に答えよう、いいんだ、いいんだよと。なにしろ噴いたら、現われる、地中から。誰が？彼女だ。

井戸の縁《へり》を握る手がある。

ほら、彼女だ。僕は（その手に）手を貸す。握り合う。彼女の手、腕、それは筋肉質だ。少し太い。彼女はもちろん、そのオペラの登場人物だ。これはカーテンコールなんだから。そして、彼女は誰だ？

すばらしい筋力をもって彼女は地上《うえ》へ出る。

彼女は僕を見ている。裸体である。

僕は、地中の湖《うみ》から噴射している軟水が、繁《しぶ》吹き、周囲に散っているのを確かめる。スクリーンだ。僕たちを包囲した散水のスクリーンだ、三六〇度の。いいや全面の。ほら人目は避けられた。僕は、彼女に着替えをさし出す。その前に彼女のその乳房を見た、彼女のその陰毛も見た、しかし顔も見た。皮膚《はだ》は白いといったら白い、しかし額が突出していて、そして髪は？　少し金色っぽい？　笑っている。歯が大きい。そうか、これがネアンデルタール人の歯だ。

これがねあんの歯だ。

僕は彼女に、寧安《ねあん》と名づける。

寧安の後頭部はロールパンのようだ。

寧安の身長は、やっぱり、妻と同程度だ。百五十センチちょっとか？

「着替えて、寧安」と僕は言った。

身振りも用いる。寧安の瞳《め》は知的で、こちらに応じる。寧安が笑い、僕が笑い、僕が眉間に皺《しわ》を寄せて「パンツ（とは肌着だ）は先に穿いて」と告げて、寧安は眉間に皺を寄せて「こう？」と応じる。

寧安はコートを気に入る。ネアンデルタール人は簡易な衣服は制作したし、それは外衣《ポンチョ》ふうだったりした。

僕は、井戸水の撒布《さっぷ》を止める。ほら僕たちが人目に触れる。そしてどうなる？

僕は「歩こう」と言った。日本語が通じないのはもうわかったから、言いながらジェスチャーを併用した。これは僕の手話だし、僕たちの手話なのだ。ところでネアンデルタール人だが、その遺伝子の調査、および舌骨《ぜっこつ》の調査から言葉は操れたであろうと推察されている。つまりネアンデルタール語がある。そして、もちろん、人類（ホモ・サピエンス）には言語があるけれども三千種類以上あるだろうと推測されていて、これは単に現代の話で、ここからもわかるようにネアンデルタール人には地域ごと、集団ごとに多数の――というよりも数多《あまた》の――言語がある。寧安はそのうちの一種類を話す。口にした、僕には通じない、でも、いいのだ。

温かい気分になる。だから、いいのだ。

その通じない日本語、その意味不明の寧安（の言）語も、僕たちの手話だ。

「こっち？」と寧安が訊いて、

「うん。そっち」と僕が答える。

歩いている。いったん四条通へ出て、そこから、そうだな西洞院《にしのとういん》通まで。インバウンドはいっぱい、ビジネスパーソンもいっぱい、しかし僕たちはビジネスパーソンには見えないはずで、どうだろうか？　インバウンドには見えるだろうか？　たぶん僕たちは真剣によそさんで、真にアウトサイダーだ。こうして寧安といると僕も「日本人だろう」とは思われないはず。寧安は何人《なにじん》と思われている？　ここで大事なのは、寧安を人類ではないと想像する人間（とは人類だ。ホモ・サピエンス、あるいはホモ・サピエンス・サピエンスだ）はここには皆無だ、という絶対的確信だ。そこだよ。

そこなんだよ。

「お腹《なか》は？」と僕。

「空《す》いてる」と寧安。

と、僕たちは手話でコミュニケートした。さあ、もてなそう。彼女を。西洞院通からはジグザグに南下した。市中《まちなか》の空気が変わる。堀川通に出る、そこの空気と西洞院通、そして、それこそ烏丸通――あの烏丸四条／四条烏丸――の空気はぜんぜん異質だ。「いいね」と僕は言い、「のんびりやね」とウソ京都弁で言い、寧安が「そうだね」とうなずいている。もしかしたらネアンデルタール人の言語の一つで、「そうやね」と答えた。

さあ、あと八百字でこの物語を終えよう。できれば八百字ほどで。

僕たちは、堀川五条の交叉点に出る。ファミレスを発見する。ロイヤルホスト堀川五条店だ。一階は駐車場、二階がお店、「階段だよ。気をつけて」と僕は寧安に注意を促す。入店。いらっしゃいませ、何名様ですか？　二名です。お好きな席へどうぞ。ありがとうございます。「僕はね、寧安。ボックス席が好きで」と四人掛けのボックス席へ向かう。「僕はね、寧安。窓ぎわが好きで」と向かい合って窓ぎわの席に座る。僕は、僕たちの間にメニューをひろげる。メニューには文字もあるが写真がある。写真（写真群）は寧安の関心を惹《ひ》いている。そこに〝もの〟はない、実際には存在しないけれども〝もの〟があるように見える、ということ。だが寧安は思っている、その知的な瞳《め》は「ここにはない〝もの〟は食べられないよ？」と尋ねている。うん、これは単なるメニューなんだ、注文しないと〝もの〟は出ないんだ、とまでは説明できないから、注文は僕がやった。一瞬、偏見かな……と悩んだけれども、ネアンデルタール人が親しむのは穀類（人類の主要栽培植物）ではないと感じられるので、肉汁のソースのアンガス牛のステーキ、アンガス牛は柔らかいのが特徴だ、そして事前に肉はカットずみにしてもらう。あとはケールサラダ、ピーナッツのオイルで。そういうのを注文する。あとは栗《マロン》のデザート。それと二人ぶんのドリンク・バー。僕は並べる――ホットココア。野菜と果実のミックスのジュース。オレンジのジュース。水（軟水だ）。飲んでもらうし、食べてもらう。そして聞いてもらう、僕の話を。

僕の話は、記憶に関係する。いろんな記憶に。虚構に関係する。あらゆるフィクションに。歴史に関係する。ありとあらゆる集団の歴史に。

「地上の全部だよ」とまで僕は言う。

僕の話は長い。

その間に寧安はステーキもサラダも食べ終えて、栗《マロン》に手を出して、ココアも飲んだ。そして笑って、それから「見せて」と言った。僕たちの手話で。僕は少し考える。躊躇《ためら》いながら躊躇いながら少し考える。すると答えが出る。僕はさっきのお店のメニューみたいに、伊庭靖子の『まなざ』しのあわい』展の硬表紙《ハードカバー》の図録をテーブルに出して、ひろげる。僕は、どこをひろげた？　映像を紹介するページを。ランダム・ドット・ステレオグラムのページを。

そこには粒子の集合が載っている。紙面いっぱいに点《ドット》が写っている。

少しして、寧安はページのほんの何センチか上方《うえ》、に手をのばした。宙に〝実体《もの》〟はあった。

初出　「文藝」二〇二三年春季号〜二〇二四年春季号（全五回）

古川日出男 ふるかわ・ひでお

1966年生まれ。98年、『13』でデビュー。『アラビアの夜の種族』で日本推理作家協会賞、日本SF大賞、『LOVE』で三島由紀夫賞、『女たち三百人の裏切りの書』で野間文芸新人賞、読売文学賞を受賞。2016年、「池澤夏樹＝個人編集 日本文学全集」の『平家物語』全訳が話題に。著書に『平家物語　犬王の巻』『紫式部本人による現代語訳「紫式部日記」』『の、すべて』『曼陀羅華X』『おおきな森』『ゼロエフ』『ベルカ、吠えないのか？』など多数。

京都という劇場で、パンデミックというオペラを観る

二〇二四年六月二〇日　初版印刷
二〇二四年六月三〇日　初版発行

著　者　古川日出男
発行者　小野寺優
発行所　株式会社河出書房新社
〒一六二-八五四四　東京都新宿区東五軒町二-一三
電話　〇三-三四〇四-一二〇一（営業）
　　　〇三-三四〇四-八六一一（編集）
https://www.kawade.co.jp/
印　刷　株式会社亨有堂印刷所
製　本　大口製本印刷株式会社

Printed in Japan　ISBN978-4-309-03192-7